MATTHEW COSTELLO   NEIL RICHARDS

Tiefer Grund

EIN **CHERRINGHAM** KRIMI

Aus dem Englischen
von Sabine Schilasky

BASTEI LÜBBE TASCHENBUCH
Band 17 654

Dieser Titel ist auch als Hörbuch und E-Book erschienen

Vollständige Taschenbuchausgabe
der bei Bastei Entertainment erschienenen E-Book-Ausgabe

Titel der englischen Originalausgabe:
»Dead in the Water. A Cherringham Mystery«

Copyright © 2016 und 2018 by Bastei Lübbe AG, Köln
Textredaktion: Dr. Arno Hoven, Düsseldorf
Umschlaggestaltung: Jeannine Schmelzer unter Verwendung von
Illustrationen von © shutterstock:
jason2009 | Maksim Shmeljov | suns07butterfly | allou
Satz: Urban SatzKonzept, Düsseldorf
Gesetzt aus der Adobe Caslon
Druck und Verarbeitung: CPI books GmbH, Leck – Germany
ISBN 978-3-404-17654-0

2 4 5 3 1

Sie finden uns im Internet unter www.luebbe.de
Bitte beachten Sie auch: www.lesejury.de

Ein verlagsneues Buch kostet in Deutschland und Österreich jeweils überall dasselbe.
Damit die kulturelle Vielfalt erhalten und für die Leser bezahlbar bleibt,
gibt es die gesetzliche Buchpreisbindung. Ob im Internet, in der Großbuchhandlung,
beim lokalen Buchhändler, im Dorf oder in der Großstadt – überall bekommen Sie Ihre
verlagsneuen Bücher zum selben Preis.

PROLOG

1. Nach der Abschlussfeier

»Ist das deine Bestellung, Maddie?«, fragte Billy Leeper und schob zwei Pints Lager über die Theke. Er musste schreien, um bei der Musik und den vielen Leuten gehört zu werden.

Maddie blickte hinunter zu dem Tablett mit Getränken, die sie gerade geordnet hatte.

Eine große Runde – und jetzt wurde ihr klar, dass sie vergessen hatte, ein Getränk für sich selbst zu bestellen.

»Oh, entschuldige, Billy, ein weiteres Glas Weißwein bitte. Egal, welcher, Hauptsache lecker und kalt!«

Sie sah, wie der Wirt ans andere Ende der Bar ging, und schaute sich um.

Im Ploughman war es voller denn je.

Er war Cherringhams beliebtester Pub – nicht so schick wie der Angel weiter oben in der High Street, aber auf jeden Fall die erste Adresse im Dorf für einen Umtrunk in geselliger Runde.

Und heute war hier nicht nur die übliche Freitagabend-Schar versammelt.

Eine Gruppe von Lehrerkollegen war nach der Schulabschlussfeier zu einem wohlverdienten Pint hergekommen, und einige Schüler aus dem Abschlussjahrgang hatten sich mit Freuden angeschlossen, um mit ihnen etwas zu trinken.

Manche der Jungen und Mädchen in ihren schicken Anzügen und Kleidern erkannte sie wieder. Die Teenager kippten die alkoholischen Getränke runter, als täten sie jedes Wochenende so etwas.

Na ja, dachte Maddie, *tun sie wahrscheinlich auch.*

»Bitte schön«, sagte Billy und stellte ein Glas Weißwein auf das Tablett. »Auf die Karte?«

»Ja, danke, Billy.«

Sie nahm das Tablett auf und drehte sich um.

»Die sind alle achtzehn, oder?«, fragte Billy mit einem Nicken zu den Schülern im Pub.

»Oh, sicher sind sie das«, antwortete Maddie, obwohl sie sich keineswegs sicher war. Eilig ging sie auf die Tische hinten im Pub zu.

Auf dem Weg dorthin kam sie am vollbesetzten Tisch neben der Dart-Scheibe vorbei und entdeckte einige Schüler aus der Zwölften, die mit Gläsern oder Flaschen in den Händen dastanden.

Also – die waren *eindeutig* noch nicht achtzehn. Maddie hielt unwillkürlich an.

Sollte sie etwas sagen?

Sie entdeckte Callum Brady in der Gruppe. Außerdem Liam Norris. Und Jake Pawson.

Die üblichen Verdächtigen, fuhr es ihr durch den Kopf. So wurden die drei in der Schule genannt.

Sie waren in T-Shirts und Jeans und wirkten schon aggressiv, wenn sie nur im Pub herumstanden und tranken.

Garantiert würden sie Ärger machen, wenn Maddie dem Wirt sagte, dass die Jungs minderjährig waren.

An der Schule zumindest sorgten sie dauernd für Ärger.

Je früher sie abgingen, desto besser.

Jake bemerkte sie, woraufhin die ganze Gruppe verstummte und sich zu ihr umdrehte.

Diese Blicke waren blanke Provokation.

Als wollten sie sagen: *Na los, versuch doch, uns rausschmeißen zu lassen!*

Falls du die Eier dazu hast.

Was natürlich rein anatomisch unmöglich war. Maddie wandte sich ab und ging mit ihrem Tablett weiter.

Verdammt, wie feige bin ich denn?

Aber als sie wieder hinten im Pub angelangt war, verdrängte sie kurzerhand die Begegnung mit der Teenager-Meute an der Dart-Scheibe.

In der Zeit, die sie weg gewesen war, hatte sich ihre Gruppe sogar noch vergrößert.

Jemand hatte drei Tische zusammengeschoben.

Sie mussten nun an die zwanzig sein – Lehrer und Schüler zusammen. Alle lachten, scherzten und erzählten sich Geschichten.

Die Schüler waren froh, dass ihr letztes Jahr an der Cherringham High vorbei war. Nun warteten der Sommer, die Uni und die Zukunft.

Maddie stellte das Tablett auf den Tisch ganz vorn, und alle griffen begeistert nach den Getränken.

Sie nahm ihren Weißwein und winkte Tim zu, der in der Tischmitte saß und mit einem der Starschüler im Fach Englisch, sprach – oder wenigstens dessen beschwipstem Geplapper zuhörte.

Er lächelte ihr reumütig zu und formte stumm mit den Lippen das Wort »Entschuldige«.

Der Junge hatte sich auf ihren Stuhl gesetzt. Lächelnd antwortete Maddie – ebenfalls lautlos: »Kein Problem.«

»Komm hierher, Maddie«, ertönte eine Stimme vom Ende eines der Tische.

Sie drehte sich um. Es war Josh Owen.

Ein Lehrer, den alle Schüler geradezu anhimmelten.

Neben ihm war ein freier Platz.

Sollte sie?

Mit einem kurzen Blick zu Tim drängte sie sich an einer

8

Gruppe von Einheimischen vorbei, die von Schülern umgeben wurden, und schlängelte sich zum anderen Ende der aneinandergereihten Tische.

»Ich könnte behaupten, dass ich den Stuhl für dich freigehalten habe, aber das wäre gelogen«, sagte Josh.

»Wow, du verstehst es wahrlich, einer Frau zu schmeicheln! Und, wie hat dir deine erste Abschlussfeier in Cherringham gefallen?«

»War doch ganz unterhaltsam, oder?«, antwortete Josh. »Ich hatte in diesem Jahr einige richtig tolle Schüler – schade, dass sie jetzt weg sind. Nette Kids.«

»Wären doch nur *alle* nett!«

»Die anderen gehören auch dazu.«

Maddie trank einen Schluck von ihrem Wein. »Hast du schon mit der neuen Direktorin geredet?«

»Heute Abend nicht«, erwiderte Josh leise. »Ist nicht der richtige Zeitpunkt.«

»Aber du bewirbst dich als Konrektor?«

»Und ob! Es muss sich eine Menge ändern, und nach dem, was ich bisher gehört habe, hat sie gute Pläne.«

»Hoffentlich komme ich in denen auch vor«, sagte Maddie.

»Wirst du – falls ich ein gewichtiges Wörtchen dabei mitreden darf.«

Sie lachte.

»Hör sich einer dich an, Herr Konrektor! Fängst du jetzt schon an, Leute einzustellen und zu feuern?«

»Darauf kannst du wetten. Also benimm dich anständig, Miss Brookes.«

»Immer doch . . .«, erwiderte sie lachend.

Sie alberte gerne mit Josh herum. Er hatte so eine besondere Art von Heiterkeit an sich, als würde er sein Leben richtig genießen.

Anders als . . .

Unweigerlich sah sie zu Tim, der immer noch in ein Gespräch verwickelt war.

Ihr fester Freund. Wie sie diesen Ausdruck hasste! Herrgott, sie war fast dreißig!

Vielleicht sollte ich anfangen, ihn als meinen Lebenspartner zu bezeichnen? Aber will ich das eigentlich?

Verlobter?

Obwohl es noch nicht offiziell ist . . .

Jemand brachte ein neues Tablett mit Gläsern, und alle griffen nach den frischen Drinks.

Während Maddie noch zu Tim hinschaute, blickte er zu ihr herüber.

Er lächelte.

Sie lächelte zurück.

Und ihr kam ein Gedanke . . . Was, wenn Tim nicht hier wäre?

Schließlich wurde der Stuhl neben Tim wieder frei.

Auf sein Nicken hin verließ Maddie ihren Kollegen Josh und setzte sich zu Tim.

»Da bist du ja!«, begrüßte er sie. »Ich habe eben erzählt, dass ich diesen Sommer mal einen echten Campingurlaub machen will, mit langen Spaziergängen . . . Nein, mit richtigen Wanderungen, meine ich.«

Sie nickte und bemerkte, dass er sie ansah.

»Was hältst du davon?«

Lächelnd antwortete sie: »Ja, sich das Schuljahr aus den Klamotten laufen, das klingt gut.«

Tim grinste und wandte sich wieder an die Leute, die in seiner Nähe saßen. Aus dem Augenwinkel sah Maddie, dass Josh von seinem Platz aufstand.

Für einen Moment schien er ... verwirrt zu sein.

Sie blickte ihm nach, als er zum vorderen Teil der Bar ging.

Seltsam ...

Aber dann ließ sie sich in das aufgeregte Geplauder über Sommerpläne verwickeln, über die herrliche Zeit weit weg von der Schule ...

Maddie lächelte die Mädchen an, die sie in einer Ecke in Beschlag nahmen. Sie redeten von Prüfungen, Noten und darüber, wie fantastisch es wäre, wenn ihre Lieblingsuni sie annehmen würde.

Maddies Blick fiel auf Josh. Er war drüben an einem Ecktisch und schien sein Bier regelrecht hinunterzustürzen. *Das wievielte ist das überhaupt?*, fragte sie sich. Dabei schaute er sich suchend im Raum um.

Obwohl sie in seine Richtung sah, gab er durch nichts zu erkennen, dass er sie bemerkte.

Sein Blick überflog weiterhin den überfüllten Pub.

Suchte er nach etwas?

Oder sieht vielleicht irgendwas?

Tim kam von der Bar zurück, legte einen Arm um Maddies Schultern und zog sie von den Mädchen weg.

»Ah, danke, Tim! Wenn ich noch eine einzige Prüfungsgeschichte höre ...«

Doch Tim wirkte besorgt. »Ist irgendwas mit Josh?«, fragte er und nickte in Richtung des Kollegen. Maddie drehte sich um und sah zu Josh.

»Weiß ich nicht.«

»Der steht schon ewig so da.«

»Ist mir gar nicht aufgefallen«, sagte Maddie.

»Glaubst du, er hatte ein bisschen zu viel? Ich sehe mal nach ihm.«

Tim ging zu ihm hinüber und legte ihm eine Hand auf die Schulter. Josh nickte.

Dann jedoch bemerkte Maddie, dass Josh den Kopf schüttelte.

Tim klopfte ihm auf die Schulter und kam zurück.

»Stimmt was nicht?«, fragte sie.

»Ich schätze, er hat zu viel getrunken.«

»Komisch ... wie er alle ansieht.«

»Ich behalte ihn lieber im Blick«, sagte Tim. »Wenigstens ist er nicht mit dem Wagen hier ... Er kommt schon klar, da bin ich mir sicher.«

Sie nickte und folgte Tim, der sich wieder zu den anderen Lehrern setzte.

Maddie sah auf ihre Uhr.

Fast elf. Die letzte Stunde hatte sie nur Wasser getrunken, und jetzt wollte sie nach Hause. Sie schaute in die Runde. Tim und die anderen unterhielten sich immer noch angeregt.

Josh allerdings konnte sie nirgends entdecken.

Vielleicht ist er schon gegangen, dachte sie.

Aber dann ...

Erblickte sie ihn vorn an der Bar, wo er sich mit Billy unterhielt.

Nein, eigentlich sah es eher wie ein *Streit* aus.

Billy schüttelte den Kopf, und Josh wirkte noch wackliger auf den Beinen als vorhin. Er schwankte, während er mit einer Hand auf die Theke schlug.

Wie jemand, der noch einen Drink wollte.

Und ihn nicht bekam.

Dann drehte er sich von der Bar weg.

Wieder blickte er sich um, als wüsste er nicht, wie er hergekommen war und was die Leute hier eigentlich taten.

Maddie dachte: *Ich könnte rübergehen und mit ihm reden.*

Aber im selben Moment kam Josh schon in ihre Richtung, als hätte er sie endlich entdeckt.

Er wankte leicht und stützte sich an den Tischen ab, an denen er vorbeiging.

Schließlich baute er sich direkt vor Maddie auf. Er schwankte hin und her wie ein Baum im Sturm.

»Tim, Maddie«, sagte er. »'s war *großart...*«

Er verstummte. Auf einmal war Joshs Blick nicht mehr auf sie gerichtet, sondern schweifte in die Ferne.

»Josh, bist du ...?«

Aber Tim sprang ein. »Josh, ab nach Hause? Gute Idee! Was für ein Abend, was?«

Maddie betrachtete Josh. Seine Augen waren glasig. Anscheinend war er betrunken. Oder stimmte etwas mit ihm nicht?

Wie gut, dass er gehen wollte.

»Ich bin ... okay«, sagte Josh. »Der Krach hier. Ich kann mich nicht mal denken hören. Aber klar ... ähm, jedenfalls ...« Er hob den linken Arm und starrte seine Uhr an, als hätte er sie nie zuvor gesehen. »Wird Zeit. Ich lasse euch zwei dann mal in Ruhe weitermachen. Ich brauche ... frische Luft ... frische ...«

Wieder verloren sich seine Worte.

Er lächelte Maddie zu. Es war allerdings ein trauriges, verwirrtes Grinsen.

Maddie fand, es wäre besser, wenn ihn jemand nach Hause bringen würde. Dann grinste Josh wieder, schwankte zur Tür und verschwand.

Er hat es nicht weit, beruhigte sie sich selbst. *Das schafft er schon.*

Und sie konnte nicht einfach Tim und die anderen sitzen lassen.

Es ist sicher nicht das erste Mal, dass er ein Bier zu viel hatte.

Zumindest redete sie sich das ein.

2. Die Brücke

»Willst du noch mit reinkommen?«, fragte Tim, als Maddie ihn vor seinem Haus absetzte. »Auf einen Schlummertrunk?«

Sie rang sich ein Lächeln ab. »Es war ein ziemlich langer Abend. Mich reizt jetzt nur noch das Bett.«

Kaum hatte sie es gesagt, wurde ihr bewusst, dass man den Satz auch falsch interpretieren könnte.

Aber Tim nickte und nahm die freundliche Abfuhr hin.

»Komm gut nach Hause«, sagte er und beugte sich zu ihr, um sie auf die Wange zu küssen.

Maddie lächelte immer noch. »Sicher«, antwortete sie. »Gute Nacht!«

Als Tim die Wagentür geschlossen hatte und in sein Cottage ging, fuhr sie weg.

Allerdings kehrte sie nicht nach Hause zurück.

Maddie ließ das Auto, so langsam sie konnte, die Cherringham High Street entlangrollen und sah in jeden dunklen Ladeneingang und jede kleine Seitengasse.

Sie war auf der Suche nach Josh Owen.

Er hatte übel ausgesehen, und irgendwas hatte mit ihm nicht gestimmt.

Maddie, die allzeit Besorgte.

Bei seinem Haus war sie schon gewesen. Dort hatte Licht gebrannt, und die Vorhänge waren offen gewesen – aber kein Josh weit und breit.

Auch auf ihren Anruf hatte er nicht reagiert.

Und jetzt war es nach Mitternacht und im Dorf fast nichts mehr los.

Falls er irgendwo hier draußen unterwegs war, würde sie ihn finden.

Sie fuhr an kleinen Schülergruppen vorbei, die von der Feier übrig geblieben waren und nun auf Straßenbänken oder den Stufen des Gemeindesaals hockten.

Sie lachten, umarmten und küssten sich, und hier und da stiegen Rauchwolken aus den Gruppen auf.

Am Ende der High Street bog Maddie in eine ruhige Straße ab und kehrte an der nächsten Ecke wieder um.

Die Nacht war noch warm, aber es stieg bereits erster Sommerdunst vom Fluss auf.

Er machte das Licht der Straßenlaternen diesig und dämpfte die Geräusche.

Bald kam Maddie wieder am Ploughman vorbei, wo schon alles dunkel war. Geschlossen.

Billy war gut darin, alle auf den Heimweg zu schicken. Und das Aufräumen und Saubermachen überließ er dem nächsten Morgen.

Es ist zwecklos, dachte sie.

Sie bewegte sich im Kreis.

Und womöglich wegen nichts.

Zumindest versuchte sie sich das einzureden.

Langsam tuckerte sie an der winzigen Polizeistation von Cherringham vorbei.

Dort brannte noch Licht, dennoch verwarf Maddie sofort wieder die Idee, hineinzugehen und von Josh zu erzählen.

Was könnte sie schon berichten?

Sie sah nach links und rechts. *Ein letztes Mal noch*, sagte sie sich im Stillen ...

Als an ihre Seitenscheibe geklopft wurde.

Vor Schreck zuckte Maddie zusammen.

Es war einer der Schüler aus dem Pub: Jake Pawson.

»Problemkind« – so nannten ihn die anderen Lehrer. Und manche sprachen auch schlicht von einem »Problem«.

Maddie drückte den Knopf, und das Fenster glitt nach unten.

Über Jakes Schulter hinweg konnte sie seinen Kumpel Callum Brady sehen, der an einer Hausmauer lehnte.

Jake beugte sich hinein. Er hatte eine eklige Fahne.

»Miss, hi!« Er grinste anzüglich. »Verfahren?«

»Ich . . . Nein, alles okay. Ich bin nur. . . Ähm, alles in Ordnung mit dir, Jake?«

»Immer. Ich bin *immer* . . . in Ordnung.«

Sie nickte und wollte das Fenster wieder schließen.

»Was machen Sie hier . . . Suchen Sie wen?«, fragte er lallend.

Sie schüttelte den Kopf.

»Na ja, ich meine, muss doch irgendwas los sein . . . mit euch Lehrern. Heute Abend, meine ich.«

Jake stieß ein fieses Lachen aus, das sich in der stillen Sommernacht besonders laut und grausam anhörte.

»Egal. Sie wissen ja, wo Sie mich finden, was?«

Nun ging Jakes Lachen in einen Hustenanfall über.

»Danke, Jake! Ich fahre mal lieber . . .«

Er ließ seine Hände an dem Fenster, als Maddie den Knopf drückte, um die Scheibe wieder hochzufahren.

»Ey, holla! Ich dachte, wir könnten ein bisschen nett . . .«

In letzter Sekunde zog er die Finger weg.

Und Maddie gab wieder Gas und war wenig später erneut in Richtung Ploughman unterwegs.

Sie stand auf dem verlassenen Parkplatz des Pubs und schaute zu, wie sich Nebelfetzen um die orangefarbenen Straßenlaternen drehten.

Das ist Zeitverschwendung, dachte sie. *Ich sollte nach Hause fahren und ins Bett gehen.*

Da hörte sie ein Rufen – von weit weg.

Ein Rufen? Nein, mehr wie ein Heulen. War das ein Tier? Ein Fuchs vielleicht, der in einer Falle gefangen war?

Nein. Da war es wieder, und diesmal konnte sie eindeutig hören, dass ein Mensch rief. Irgendwo unten am Fluss. Es war ein jammernder, klagender Ton, der sich eine Weile in der Nachtluft hielt.

War das Josh? Sie musste nachsehen. Maddie stieg zurück in ihren Wagen und machte sich auf den Weg zur Brücke.

Eine dünne Mondsichel war über den Hügeln hinter Cherringham aufgegangen, sodass Maddie nur vage die Umrisse der Wiesen ausmachen konnte, die hinab zum Fluss führten.

Und als sie das Dorf hinter sich ließ, musste sie feststellen, dass der Nebel im Tal vor ihr stärker wurde – eine dichte wolkenartige Schicht, die dort einsetzte, wo sich die Themse von Norden her in einer Biegung dem Ort näherte, und bis zu dem Abschnitt reichte, wo der Fluss direkt an Cherringham vorbeiströmte. Das kühle Wasser traf auf warme Sommerluft.

Maddie fuhr von der einsamen Straße ab, obwohl sie noch ein gutes Stück von der jahrhundertealten Brücke entfernt war, und stellte den Motor aus.

Sie wollte nicht überstürzt vorwärtsbrausen – nicht, wenn es die Möglichkeit gab, dass sich Josh hier irgendwo befand.

Eine Dunstwolke lag wie eine Decke über der Brücke und verhüllte die Straße, die Brückenmauern – einfach alles verschwand darunter.

Sobald Maddie aus dem Wagen gestiegen war, hörte sie das

Wasser unter den Brückenpfeilern hindurchgurgeln und über das Wehr rauschen.

Und dann vernahm sie die Stimme wieder!

Ein Brüllen. Sehr laut. Nein, eher ein Heulen – ein Schrei.

Josh.

Irgendwo auf der Brücke musste er sein. Doch obwohl sie in der Nähe war, konnte sie bei dem Nebel unmöglich etwas erkennen. Dicke Schwaden hingen über dem Fluss und bedeckten alles.

Maddie lief los und überlegte bereits ihre nächsten Schritte.

Sie würde ihn zu ihrem Wagen schaffen und nach Hause fahren, damit sie sicher war, dass er heil dort ankam.

Während sie rannte, rief sie laut nach ihm. »Josh!«

Dann jedoch, einfach so, verstummte das Heulen.

War Josh weg?

Um auf der Brücke nachzusehen, die sich über dem diesigen Fluss wölbte, würde Maddie in diese Nebelbank gehen müssen, die wie eine Wand vor ihr aufragte.

Als würde man eine Wolke betreten.

Noch nie hatte Maddie solche Angst gehabt.

Als sie in die Wolke hineinging, schien sich diese vor ihr nach und nach aufzulösen – als würde Maddie durch ihr Eindringen das Nebelgebilde vertreiben. Oder sie konnte einfach mehr sehen, weil sie sich jetzt direkt in dem Dunst aufhielt. Maddie erkannte die weiße Linie in der Straßenmitte und die alten Mauern der Brücke. Aber sie erblickte keinen Josh.

War er weggelaufen, als er sie rufen hörte?

Wieder versuchte sie, sich einen Reim auf alles zu machen: dass Josh hier gewesen war, sein eigenartiges Benehmen nach . . . Tja, woher sollte sie wissen, was in dem Pub passiert war? All das passte nicht zu dem Josh, den sie kannte. Wenigstens hatte die Sache ein Gutes: Josh war nicht hier.

Dann kam Wind auf. Es war eine warme Brise, trotzdem bekam Maddie eine Gänsehaut. Und als der dünne Nebel für einen Moment weggeblasen wurde, ging Maddie hinüber zum Brückengeländer.

Auf dem Mauerwerk war ein dünner Wasserfilm, den der Dunst dort zurückgelassen hatte.

Josh war offensichtlich weggelaufen.

Zumindest war er nicht hier.

Vielleicht sollte sie einfach nach Hause fahren und morgen nach ihm sehen. Sie blickte nach unten.

Über dem Wasser waberte noch ein zarter Dunstschleier, doch auch der wurde zügig vom Wind vertrieben. Und während sich der Nebel lichtete, sah Maddie etwas im kalten Mondlicht.

Es war nur wenige Meter entfernt – dort, wo sich ein kleiner Knick in der Uferböschung befand und die starke Strömung Wellen gegen ihn trieb. Dort schlugen sie an einige kahle Felsen und warfen weißen Schaum auf. Und an der Stelle war etwas.

Etwas ... das mit dem sich auflösenden Nebel an Konturen gewann.

Nein, nicht etwas.

Jemand.

Maddie starrte angestrengt auf die Stelle, um mehr zu erkennen. Bis sie sah ... *wusste*, wer es war. Sie nahm die Hände von der Steinbrüstung, denn sie musste da runter, und zwar schnell. *Um sich absolute Gewissheit zu verschaffen* ...

Doch die schreckliche Wahrheit konnte sie jetzt bereits deutlich erkennen.

Joshs Augen waren weit aufgerissen und hinauf zum Nachthimmel gerichtet. Sein Körper war verdreht wie der einer Marionette, die man gegen eine Wand geschleudert hatte. Jeder Arm, jedes Bein war verdreht und wies in eine andere Richtung, während die Strömung an seinem leblosen Leib zerrte.

Schließlich – als würde er einen Kampf aufgeben – riss sich der Körper von den Felsen los und trieb mit dem Wasser des dunklen Flusses unter der Brücke hindurch, immer weiter weg ...

Und dann war Josh fort.

Er wurde sehr schnell flussabwärts getragen.

Im Geiste wiederholte Maddie ständig vier Wörter, als wäre das, was damit ausgesagt wurde, schlichtweg unmöglich, als könnte es niemals wahr sein.

Und dennoch war es eine Tatsache.

Josh Owen ist tot.

TEIL 1

Ein fragwürdiger Todesfall

3. Shuttle-Service

»Mum, die kann ich nicht anziehen! Guck doch mal!«

Sarah Edwards blickte von ihrem Schlafzimmerspiegel zur Tür, wo ihre Tochter Chloe stand und eine krause weiße Bluse in die Höhe hielt.

»Das Bügelbrett ist unten. Leg sie da hin, Schatz, und geh frühstücken«, sagte Sarah und wandte sich wieder zum Spiegel, um ihr Haar zu prüfen. »Ich bin gleich unten und bügle sie dir.«

Sarah hörte, wie Chloe auf dem Weg nach unten etwas vor sich hin murmelte. Ihre Tochter mochte siebzehn sein, war bislang jedoch nicht auf die Idee gekommen, dass sie durchaus selbst bügeln könnte.

Gott, bin ich froh, wenn das Schuljahr vorbei ist, dachte Sarah. *Viel mehr von diesem Chaos verkrafte ich nicht.*

Das neue Haus zu kaufen, das größer war und ein Arbeitszimmer sowie einen richtigen Garten bot, war ihr eigentlich wie eine gute Idee vorgekommen.

Jetzt hingegen, da ihr Leben mit nicht ausgepackten Kartons vollgestellt war, kamen ihr Zweifel.

Sie zog eine Strickjacke aus einem der Umzugskartons in der Schlafzimmerecke, ging um einen Bücherstapel herum und raus auf den Flur.

»Daniel, es ist fünf nach!«, rief sie, als sie am Zimmer ihres Sohns vorbeikam.

»Ich bin schon wach«, antwortete eine gedämpfte Stimme durch die Tür.

»Das solltest du auch tunlichst sein. Wir fahren in zehn Minuten los«, sagte Sarah.

Es schien zu wirken. Als sie die Treppe hinunterging, hörte sie das vertraute Poltern und Stöhnen. Es bedeutete, dass Daniel sich anzog.

Unten in der Diele stapelten sich noch mehr Kartons, und Sarah drängte sich an ihnen vorbei in den hinteren Hausbereich, wo die große Küche mit der Frühstücksecke war. Dort lehnte Chloe an der Anrichte und löffelte Müsli aus einer Schale.

Riley, der verrückte Spaniel, um den sie sich inzwischen schon seit fast einem Jahr kümmerten, hockte geduldig zu Chloes Füßen und hoffte, dass irgendwelche Krümel herunterfielen.

Er war eigentlich Jack Brennans Hund, doch mittlerweile gehörte er hier schon zur Familie.

Und wer wusste schon, ob Jack jemals aus den Staaten zurückkehrte, um seinen Hund und sein altes Leben wiederaufzunehmen?

Sarah durchquerte die Küche, legte die Bluse ihrer Tochter auf dem Bügelbrett aus und testete das Bügeleisen.

Sie mochte diesen Raum sehr. Und gerade jetzt, im Hochsommer, strömte das Morgenlicht durch die Glasschiebetüren herein, die über die gesamte Hausbreite verliefen.

Das Sonnenlicht fühlte sich wie eine Einladung an, den Tag freizunehmen, im Garten zu sitzen, ein Glas Weißwein zu trinken und den Schwalben zuzusehen, wie sie im Gleitflug über den Fluss segelten.

Was heute natürlich nicht ging.

Als Erstes stand die Tour zur Schule an. Immer wieder eine besondere Herausforderung! Und danach erwartete sie ein langer Tag im Büro am Computer, wo sie die endgültigen Entwürfe für eine Werbekampagne im Herbst durchgehen musste. Es war der große Auftrag, bei dem aller Voraussicht nach so viel Geld für sie

23

herausspringen würde, dass Sarah gedacht hatte, alles riskieren und in dieses größere Haus am Rand von Cherringham ziehen zu können.

Es handelte sich um das Traumhaus, für das sie schon seit Jahren geschwärmt hatte. Und als es vor zwei Monaten plötzlich zum Verkauf angeboten wurde, hatte Sarah die Gelegenheit beim Schopf gepackt.

Und mithilfe einer unerwarteten Erbschaft – dem Himmel sei Dank für Großtanten! – konnte sie es sich gerade so leisten. Die Bank war zwar sehr skeptisch gewesen, wie eine alleinerziehende Mutter die Hypothekenraten zahlen wollte – dennoch hatte man ihren Kredit vor zwei Wochen bewilligt.

Aber was für ein Zeitpunkt für einen Umzug: einen Monat vor Ende des Schuljahres und in einer Phase, wo es bei ihr im Büro brummte!

»Ach, das hab ich ja ganz vergessen, Mum. Ich habe dir einen Tee gemacht«, sagte Chloe, stellte ihre Schale in die Spüle und brachte Sarah einen Becher.

»Danke, Schatz!« Sarah trank einen Schluck und fügte hinzu: »Kannst du Riley bitte ein bisschen durch den Garten scheuchen?«

»Klar.« Chloe zog die Glastür auf.

Sie liebte den Hund.

In dem Moment, in dem sich die Tür öffnete, schoss Riley in den Garten hinaus. Wenigstens *er* durfte ihn genießen!

Sarah beobachtete, wie der Hund vergnügt durch die warme Sommerluft tollte.

»Hast du meine Brotdose gesehen?«, fragte Daniel hinter ihr.

Sarah drehte sich zu ihrem Sohn um. Daniel war in Schuluniform, aber die Schuhe hatte er noch nicht angezogen. Er kratzte sich durchs zerzauste Haar und lehnte im Türrahmen.

Noch nicht ganz fertig.

»In deiner Tasche, nehme ich an«, antwortete Sarah.

»Ah, guter Tipp.« Daniel holte seine Tasche, nahm die Brotdose heraus und ging damit zum Kühlschrank. Eine Weile wühlte er darin herum.

»Darf ich den Käse haben?«, bat er.

»Ja, wenn du auch von dem Salat was nimmst.«

»Salat ist Teufelswerk«, erwiderte Daniel grinsend.

»Wohl kaum«, sagte Sarah und hängte die Bluse über eine Stuhllehne. »Der Teufel dürfte sich eher mit Ungesünderem befassen, wie mit Cheeseburgern zum Beispiel!«

»Hmm, steckt der Teufel im Cheeseburger? Erörtert dieses Thema in maximal fünfhundert Wörtern . . .«

»Deine Bluse ist fertig, Chloe!«, rief Sarah laut, sodass man es überall im Haus hören konnte. Dann ging sie zu Daniel, der am Kühlschrank stand. »Sieh mal, hier ist eine leckere Pastete, okay? Und Tomaten sind auch noch da.«

Sie beobachtete, wie Daniel sich Essen in die Plastikdose legte und den Deckel schloss. Der Behälter sah ziemlich schmutzig aus.

»Hast du die abgewaschen?«

»Passt schon«, meinte er und steckte die Dose in seine Schultasche. »Gestern hat sie noch nicht allzu schlimm gerochen.«

»Bringen die euch in Biologie nichts bei? Über Schimmel? Oder Bakterien?«

»Ich stehe nicht so auf Bio.«

»Schade«, befand Sarah. »Und wo wir schon von Bio-Gefahren reden – deine Schuhe sind unterm Sofa. Die würden sich an deinen Füßen ganz praktisch machen.«

Daniel grinste und schlenderte ins Wohnzimmer, um sie zu holen.

Er wird auch zu schnell groß. Wie sagen die Leute immer . . . Es geht so schnell vorbei. Aber wenn man mittendrin steckt, merkt man es kaum.

Außer heute, an diesem Morgen. Da merkte sie es.

Sarah trank ihren Tee aus, räumte das restliche Geschirr zusammen und in die Spülmaschine und öffnete die hintere Tür, um Riley hereinzulassen. Dann füllte sie eilig seine Wasserschale. Sie schloss die Hintertür ab, überprüfte kurz, ob Daniel den Kühlschrank richtig zugemacht hatte, schnappte sich ihre Handtasche und die Autoschlüssel. Und *ab!*

Sie ging in die Diele.

»Zwei Minuten, Leute, sonst sind wir wirklich zu spät!«

Da klingelte ihr Handy.

Sie sah aufs Display: Es war Tony Standish.

Ausgerechnet jetzt!

Tony war Anwalt und ein guter Freund der Familie. Vor einigen Jahren hatte er Sarah unterstützt, als sie zufällig eine Teilzeit-Privatermittlerin wurde; und seither hatte er Jack und sie auch schon einige Male bei einem Fall eingespannt.

Hetze hin oder her, Tony konnte sie nicht wegdrücken.

»Tony!«

»Sarah, meine Liebe, wie geht es dir? Was macht das neue Haus und so? Das muss der Wahnsinn sein!«

Tony klang immer wie ein Landarzt aus einem Fünfzigerjahre-Film: so beruhigend und verlässlich.

»Ach, gerade habe ich die morgendliche Schultour, du weißt schon.«

Nein, wusste er eigentlich nicht, denn Tony und sein langjähriger Partner hatten sich mit derlei ja nie herumgeplagt.

Vielleicht bedauert er ja, so etwas nie erlebt zu haben – Chaos hin oder her?

»Ach du liebe Güte! Entschuldige, dass ich gerade jetzt störe«, sagte Tony. »Also fasse ich mich sehr kurz. Mittagessen heute in meinem Büro? Sagen wir, gegen eins?«

»Huch. Na ja, ich …«

»Furchtbar kurzfristig, ich weiß. Aber, nun ja, ich brauche deine Hilfe, Sarah.«

»Natürlich.« Sie konnte nicht Nein sagen. *Das ist immerhin Tony!*

Rasch fügte sie hinzu: »Ich freue mich.«

»Hervorragend«, antwortete Tony. »Bis nachher!«

Sarah schaltete das Telefon aus und ließ es zurück in ihre Tasche fallen.

Inzwischen warteten die Kinder schon in ihrem alten RAV4, der auf der Kieseinfahrt parkte.

»Bis später, Riley!«, rief Sarah aus purer Gewohnheit ins leere Haus.

Dann schloss sie die Tür hinter sich ab, stieg in den Wagen, ließ den Motor an und fuhr die Straße hinauf, die in den Ortskern von Cherringham führte.

Dabei überlegte sie . . .

Tony Standish braucht Hilfe? Früher konnte das nur eines heißen. Eine ganz bestimmte Art von Problem. Und vielleicht . . .

Bedeutete dies einen neuen Fall.

Aber gleich darauf dachte sie: *So etwas mache ich nicht mehr.*

Sarah schloss die Bürotür hinter sich und stieg die drei Treppen hinunter. Dann trat sie hinaus auf die High Street und begann sich zwischen den Touristen hindurchzuschlängeln.

Es war Anfang Juli, also noch nicht mal Hochsaison in Cherringham – aber die Busse kamen bereits im Stundentakt und entluden Besucher aus aller Welt auf ihren Rundfahrten durch die Cotswolds.

Sarah beklagte sich allerdings nicht. Die Touristenmassen waren gut für die Wirtschaft in dieser Region, und das kam letztlich auch ihrem Geschäft zugute.

27

Sie ging an dem alten viktorianischen Gebäude vorbei, in dem sich das Gemeindezentrum befand, und blieb vor Huffington's Tea Rooms stehen, um eine Gruppe japanischer Touristen vorbeizulassen.

Was ist, wenn Tony tatsächlich einen Fall für mich hat?, fragte sie sich.

Bin ich wirklich durch damit? Oder könnte ich auch allein ermitteln?

Seit Jack vor einem Jahr Hals über Kopf nach L. A. gereist war, hatte sich Sarah auf ihre Webdesign-Agentur konzentriert und damit abgefunden, dass sie beide wohl nicht mehr nebenher ermitteln würden.

Und, Mann – wie Jack sagen würde –, die Arbeit als Privatdetektivin fehlte ihr doch sehr!

Sie wartete, bis die Touristen hinter ihrem Fremdenführer weitergetrottet waren, und überquerte die Straße.

Tony Standishs Kanzlei befand sich in einem vornehmen Haus aus dem achtzehnten Jahrhundert – mit direktem Blick auf den Marktplatz von Cherringham. Es hatte hohe Fenster, eine geschmackvolle graue Fassade und ein dezentes Messingschild neben der weiß gestrichenen Eingangstür aus massiver Eiche.

Sarah klingelte, und Tonys Sekretärin öffnete ihr. Mary war fast so alt wie Tony und wie er eine feste Institution in Cherringham.

»Hallo, Mary«, grüßte Sarah.

»Ah, Miss Edwards«, sagte die Frau – auch sie könnte einem alten Film entsprungen sein –, als sie Sarah hineinließ und leise die Tür hinter ihr schloss. »Mr Standish ist mit seinem Besuch oben im Konferenzraum. Gehen Sie einfach hinauf.«

Besuch? Tony hat mir nichts von einem Besuch gesagt.

Und Sarah musste zugeben, dass sie ein bisschen neugierig wurde. Vielleicht war sie sogar gespannt. Was auch immer. Bald würde sie erfahren, was los war.

4. Die neue Schulleiterin

Sarah ging an Tonys Büro vorbei und stieg die geschwungene breite Treppe mit dem Mahagoni-Geländer hoch, auf der Messingstangen den Teppichläufer hielten.

Da oben die Tür zum Konferenzraum offen war, ging Sarah direkt hinein.

Tony stand mit einem Glas Sherry am Ende des langen Eichentisches. Der Tisch war für drei Personen gedeckt.

Neben ihm war eine große Frau in einem eleganten Kostüm – wahrscheinlich Mitte vierzig. Als sie sich lächelnd umdrehte, erkannte Sarah sie sofort.

Die neue Direktorin von Chloes und Daniels Schule.

Die gerade einen Sherry trinkt!

»Sarah, darf ich dir Louise James vorstellen?«

Sarah trat vor und schüttelte Louise die ausgestreckte Hand. Wie immer war sie elegant gekleidet – und sehr passend für eine Frau, die eine wichtige berufliche Position innehatte.

»Wir sind uns kurz begegnet, als Sie im Mai herkamen«, sagte Sarah. »Sicher erinnern Sie sich nicht an mich, bei den vielen Eltern, die dort waren.«

»Doch, ich erinnere mich recht gut«, erwiderte Louise und lächelte. »Sie haben mir Glück gewünscht. Darüber freue ich mich immer.«

»Ich dachte, dass Sie es brauchen können. Wie haben Sie sich eingelebt?«

Sarah bemerkte, dass Louise zu Tony sah und kurz zögerte. »Ich bin noch dabei, mich in der Schule zurechtzufinden«, antwor-

29

tete Louise. »Und in dem neuen Haus ist alles noch sehr chaotisch.«

»Wem sagen Sie das? Wir sind vor ein paar Wochen umgezogen und leben immer noch aus den Kartons«, gestand Sarah. »Wir sollten uns mal auf einen Drink treffen – Erfahrungen austauschen.«

»Das wäre schön.«

»Alle paar Jahre ein neuer Job und ein neues Haus: Ich weiß nicht, wie Sie das schaffen, Louise«, sagte Tony.

»Eigentlich müsste ich langsam Routine darin haben, aber leider ist das nicht der Fall.«

»Und dann noch der Unfall des armen Mr Owen«, merkte Sarah an, der plötzlich wieder einfiel, was letzte Woche passiert war. »Das muss für Sie alle furchtbar gewesen sein.«

»Das war es«, bestätigte Louise. »Ganz besonders für seine Jahrgangsstufe. Die Schüler werden nur schwer damit fertig.«

»Weiß die Polizei schon, was er auf der Brücke wollte?«, fragte Sarah. »Ich meine – war er vielleicht nach der Abschlussfeier in einer zu übermütigen Stimmung?«

Wieder bemerkte sie, dass Tony und Louise einander anblickten.

»Louise«, sagte Tony, »ich habe Sarah noch nicht erklärt, warum ich sie zum Mittagessen hergebeten habe.«

»Ach so.« Louise wandte sich wieder zu Sarah. »Demnach wissen Sie auch nicht, warum ich hier bin?«

»Ich habe keine Ahnung«, antwortete Sarah lächelnd. »Aber ich vermute, dass es etwas Vertrauliches ist. Das ist es normalerweise immer, wenn einer von Tonys berühmten Büro-Lunches ansteht.«

»Oh ja, vertraulich ist es allemal«, bekräftigte Louise.

»Wollen wir es uns dann bequem machen?«, schlug er vor und zeigte zu den drei gedeckten Plätzen. »Das Mittagessen wird gleich da sein, und vielleicht könnten Sie in der Zwischenzeit schon mal, äh, die Situation schildern, Louise?«

Sarah zog einen der Regency-Stühle hervor und setzte sich Louise gegenüber hin, während Tony sich am Kopfende des Tisches niederließ.

Sie nahm die Serviette aus dem silbernen Ring – bei Tony ging es wie immer »stilvoll« zu – und breitete sie auf ihrem Schoß aus.

Anschließend sah sie Louise an und wartete auf deren Ausführungen.

»Sie erwähnten Josh ja schon«, begann Louise schließlich und blickte Sarah direkt an. »Nun ja, leider geht es bei dieser Sache um ihn.«

Sarah musste sich erneut in Geduld üben, da Louise nicht weiterredete, sondern Tony anblickte. Anscheinend wünschte sie sich irgendeine Bestätigung von ihm, ehe sie ihr eigentliches Anliegen ansprechen wollte.

»Nun, am Samstag meldete sich Tony mit einigen recht verstörenden Neuigkeiten bei mir«, fügte Louise hinzu.

»Wie du weißt, Sarah, bin ich im Schulrat«, erklärte er. »Darüber hinaus habe ich als Anwalt einige nützliche Kontakte bei der Polizei, die ich, ähm, über die Jahre hinweg gepflegt habe; und dazu gehören auch recht hochrangige Personen. Einer von ihnen war so freundlich, mich am Wochenende anzurufen und mir ein paar Informationen zukommen zu lassen, bevor sie öffentlich gemacht werden.«

Sarah hörte stumm zu.

»Nach dem vorläufigen Autopsiebericht war der Sturz die Todesursache – Josh erlitt ein starkes Schädeltrauma«, fuhr Tony fort. »Was natürlich nicht weiter überraschend ist. Aber da gibt es noch etwas . . .«

Er lehnte sich vor, als wollte er den Ernst dessen betonen, was jetzt kommen würde.

»In dem Bericht heißt es außerdem, dass unser Mr Owen neben Alkohol auch eine große Menge gewisser Substanzen im Blut hatte.«

»Substanzen?«, fragte Sarah. »Was meinst du damit? Verschreibungspflichtige Medikamente?«

»Nein«, antwortete Louise. »LSD.«

»Wie bitte?«, entfuhr es Sarah.

»Und, um ganz genau zu sein, auch Spuren von MDMA«, ergänzte Tony.

»Ecstasy?«, rief Sarah. »Mein Gott!«

»Ein wirklich bedenklicher Cocktail«, merkte Tony an.

»Bisher wissen nur Tony, der Schulrat und ich davon«, erklärte Louise. »Aber ich fürchte, dass diese Information bald an die Öffentlichkeit kommt.«

»Ich kann das gar nicht glauben.« Sarah lehnte sich auf ihrem Stuhl zurück. »Ich meine, Josh war Chloes Erdkundelehrer. Ich habe ihn beim Elternabend kennengelernt. Da kam er mir so ... geerdet vor. Niemals wäre ich bei ihm auf so etwas gekommen.«

»Eben«, sagte Louise hastig. »Ganz meiner Meinung. Ich kannte ihn leider nicht lange, aber auch mir fällt es schwer zu glauben, dass er Drogen genommen haben soll.« Sie holte tief Luft. »Das scheint mir undenkbar.«

Sarah sah von Louise zu Tony.

»Könnte er die Drogen versehentlich genommen haben?«, fragte sie.

»Möglich wäre es«, antwortete Tony, »aber unwahrscheinlich. Wie hätte das passieren können? Und woher hätten sie kommen sollen?«

»Was sagt die hiesige Polizei?«, wollte Sarah wissen. »Weiß sie schon Bescheid? Hast du mit Alan geredet?«

Alan Rivers war Cherringhams einziger Polizist. Früher hatte er oft ein Auge zugedrückt, wenn Sarah und Jack etwas unorthodox ermittelten, und war ihnen sogar manchmal dabei behilflich gewesen.

32

Die Tatsache, dass er Sarah mochte – ohne jede Ermutigung ihrerseits –, hatte wohl ebenfalls geholfen.

»Oh, Alan hat die Akte gesehen. Er hat mir mitgeteilt, dass ›die Sache von denen weiter oben überprüft wird‹«, sagte Tony. »Aber egal, was sie machen ... Sobald das hier bekannt wird, und das wird es –«

»Es ist schon schlimm genug, wenn Schüler ein Drogenproblem haben«, unterbrach Louise ihn. »Doch wenn sich herausstellt, dass auch Lehrkräfte mit Drogen zu tun haben ...«

»Gibt es denn tatsächlich ein Drogenproblem an der Schule?«, fragte Sarah erschrocken. Dort wurden ihre eigenen Kinder unterrichtet! »Ich wusste nicht –«

Doch bevor sie ihren Satz beenden und Louise antworten konnte, erschien Mary mit einem Tablett an der Tür.

»Ah, wunderbar!«, sagte Tony. »Hier ist unser Lachs.«

Sarah beobachtete schweigend, wie die Sekretärin, die zugleich als Kellnerin fungierte, vorsichtig Platten mit Frühkartoffeln, Salat und kaltem, pochiertem Lachs auf den glänzenden Tisch stellte.

»Das sieht köstlich aus, Mary«, lobte Tony. »Ich denke, wir kommen dann allein zurecht. Würden Sie bitte die Tür schließen? Vielen Dank!«

Als die Sekretärin fort war, wandte er sich an die Schulleiterin. »Louise, bitte, verzichten wir auf Förmlichkeiten.« Er bedeutete ihr, sich zu bedienen. Während sie es tat, ging Tony zu einem Sideboard und holte von dort eine Flasche Wein.

»Möchtest du ein winziges Glas Chablis trinken, während wir den Fall besprechen, Sarah?«, fragte er und hielt die Flasche so, dass er sofort einschenken konnte. »Er ist schön gekühlt.«

Und ausnahmsweise beschloss Sarah – angesichts all dieser Enthüllungen und des eindrucksvollen Rahmens –, dass sie heute Mittag etwas trinken würde.

5. Schulprobleme

Sarah schnitt ein wenig von dem schimmernden Lachs ab und tunkte ihn in einen kleinen Klacks Dillsoße: Es schmeckte absolut köstlich!

»Hervorragend!«, rief Louise.

»Mary kann es einfach«, sagte Tony.

»Das Essen ist wunderbar«, stimmte Sarah höflich zu, auch wenn sie sich dringend wünschte, endlich eine Antwort von Louise zu erhalten.

Schließlich legte die Direktorin ihr Besteck ab.

»Sie haben mich gefragt, ob es ein Drogenproblem an der Schule gibt. Ich bin noch keine sechs Wochen hier in meinem Amt, also habe ich bisher kaum anfangen können, tatsächlich existierende Probleme auszumachen, geschweige denn deren Ursachen. Mangelnde Disziplin, schlechte Noten, häufiges Schwänzen, Mobbing, rüpelhaftes Benehmen: All das kann durch eine ganze Reihe von Faktoren verursacht werden.«

»Aber Sie waren doch schon früher an schwierigen Schulen – auch an solchen, wo Drogen ein Problem waren«, hakte Sarah nach. »Gibt es denn keine eindeutigen Anzeichen für so was?«

»Doch«, räumte Louise ein. »Aber als ich herkam, habe ich nicht gezielt nach denen gesucht. Ich meine, hier in Cherringham, in den Cotswolds, habe ich mit anderen Schwierigkeiten gerechnet. Nicht mit Drogen.«

Sarah hingegen wusste nur allzu gut, dass die malerischen Cotswolds einige dunkle Geheimnisse bargen.

»Glauben Sie das nicht«, sagte Sarah. »Die Gegend hier ist

zwar recht malerisch mit ihren kleinen Dörfern, den urigen Pubs und den Scharen von Touristen. Aber man muss nicht besonders tief unter der Oberfläche nachschauen, um zu sehen, dass wir heute die gleichen Probleme haben wie die großen Städte.«

»Ja, das ist mir inzwischen klar.«

»Und gibt es an unserer Schule ein Problem?«

Nun faltete Louise ihre Serviette zusammen.

»Am Samstagnachmittag, nachdem Tony angerufen hatte, bestellte ich eine Firma aus London hierher, die ich schon von früheren Fällen her kenne. Sie machen Drogentests. Wir drehten gestern eine Runde durch den Oberstufentrakt, und dort fanden sich Spuren von Drogen in einigen der öffentlichen Bereiche.«

Ungläubig schüttelte Sarah den Kopf.

»Louise meldete sich danach sofort bei mir«, berichtete Tony, »und bat mich um Rat.«

»Wir trafen uns gestern Abend und sprachen darüber, ob wir die Polizei einschalten sollten. Ich bezweifle, dass es das Problem lösen würde. Manchmal verschwindet es dann für ein paar Monate – aber danach kehrt es zurück, und es ist genauso schlimm wie zuvor.«

»Deshalb habe ich vorgeschlagen, dass du vielleicht helfen könntest, Sarah«, sagte Tony.

Sarah sah ihren alten Freund an. Er wusste doch, dass sie nicht mehr als Hobby-Detektivin tätig war.

»Tony erzählte mir von Ihren inoffiziellen Ermittlungen in den letzten Jahren«, sagte Louise. »Ziemlich eindrucksvoll.«

»Wir hatten beide das Gefühl, dass du Dinge finden könntest, die die Polizei nicht entdeckt.«

Sarah lehnte sich erneut zurück, während Tony und Louise sie erwartungsvoll ansahen.

Sie überlegte schnell.

Als Mutter wollte sie auf der Stelle zur Schule fahren, sich ihre

Kinder schnappen und sie nach Hause bringen, wo sie in Sicherheit waren.

Nur würde das überhaupt nichts bringen.

Außerdem überwältigte sie das schiere Ausmaß des Problems. Was wusste sie denn schon über Drogen? Mit Jack zusammen – ja, da könnte sie sich die Geschichte vielleicht vornehmen. Aber allein?

Ausgeschlossen!

»Es tut mir sehr leid, ganz ehrlich«, antwortete sie und schob ihren Teller beiseite. »Aber für so etwas bin ich nicht die Richtige. Zudem weißt du ja, Tony: Seit Jack wieder in die Staaten zurückgegangen ist, arbeite ich sehr viel und bin auch noch umgezogen. Also bin ich eh schon vollkommen überlastet. Ich hätte nicht mal die Zeit, herumzulaufen und so zu tun, als wäre ich eine Art Detektivin.«

»Du musstest nie so tun, Sarah, denn du warst immer eine sehr gute Detektivin«, widersprach Tony. »Eine herausragende sogar. Besser als viele mit Dienstmarke, die ich kenne.«

»Wie nett von dir, Tony. Ich weiß das wirklich zu schätzen, aber offen gesagt, wüsste ich nicht mal, wo ich anfangen soll. Und meine Kinder sind auf dieser Schule. Nein, ich kann unmöglich durchs Dorf laufen und nach Drogendealern suchen. Das wäre der blanke Wahnsinn.«

»Gerade weil Ihre Kinder auf unserer Schule sind, wären Sie genau die Richtige dafür«, entgegnete Louise. »Sie wissen, wie die Kinder ticken. Sie kennen die Schule, das Dorf und so gut wie jeden hier.«

»Was auch für Alan Rivers gilt. Und er ist derjenige, mit dem Sie reden sollten. Nicht mit mir.«

»So liebenswert unser hiesiger Detective Constable auch sein mag...«, sagte Tony, »er kann dir nicht das Wasser reichen, Sarah.«

»Nochmals, Tony: Deine Komplimente ehren mich, wirklich, aber sie werden mich nicht umstimmen. Tut mir leid.«

Sie stand auf und nahm ihre Handtasche von dem Stuhl neben ihrem.

»Und jetzt muss ich wirklich wieder zur Arbeit zurück. Zu meiner richtigen Arbeit. Louise, es war schön, Sie näher kennenzulernen.«

»Ganz meinerseits, Sarah«, sagte Louise lächelnd und reichte ihr die Hand.

»Ich hoffe um unser aller willen, dass es Ihnen gelingen wird, der Sache auf den Grund zu gehen«, erklärte Sarah und schüttelte ihre Hand. »Und ich bedaure aufrichtig, dass ich Ihnen nicht helfen kann.«

»Das verstehe ich gut.«

Allerdings konnte Sarah ihr ansehen, dass sie es zwar möglicherweise verstand, aber dennoch zutiefst enttäuscht über die Absage war. Und Sarah hasste es, diese Enttäuschung verursacht zu haben.

»Darf ich dich noch zur Tür begleiten, Sarah?«, fragte Tony, der schon um den Tisch herumkam und sanft eine Hand auf ihre Schulter legte.

»Sicher.«

Mit Tony an ihrer Seite verließ sie das Konferenzzimmer und ging die breite Treppe hinunter.

Bevor er die Tür unten öffnete, blieb Tony stehen und drehte sich zu ihr um.

»Ich weiß, dass du denkst, deine Antwort ist endgültig, Sarah. Aber tu mir den Gefallen und denk noch mal über die Situation nach. Du weißt, dass ich volles Vertrauen in dich habe. Und nun frag dich mal, ob du glaubst, dass die Polizei diese Sache aufklären wird.«

Sarah öffnete selbst den Türriegel.

»Es ist ihr Job, oder? Ich habe mich wirklich entschieden, Tony.«

»Ich weiß, ich weiß. Aber tun wir fürs Erste so, als wäre das nicht der Fall. Ruf mich morgen früh an, nachdem du eine Nacht drüber geschlafen hast. Kannst du das wenigstens tun?«

»Ehrlich, ich muss nicht darüber schlafen. Ich –«

»Sagen wir gegen neun, wenn du ins Büro gekommen bist? Ich werde früh hier sein und auf deinen Anruf warten.« Er lächelte, und Sarah wurde klar, dass sie es ihrem Freund nicht abschlagen konnte. »Das könntest du doch für mich tun, oder?«

Lächelnd schüttelte Sarah den Kopf.

»Tony Standish, manchmal kannst du eine echte Nervensäge sein. Ich werde meine Meinung nicht ändern, ob mit oder ohne Schlaf.«

»Wie du meinst, meine Liebe«, sagte er schmunzelnd. »Schlaf dennoch drüber.«

Dann klopfte er ihr auf die Schulter, und Sarah trat hinaus in die warme Mittagssonne.

Auf dem gesamten Weg zurück ins Büro – ja, sogar während des ganzen Nachmittags bei der Arbeit – schwirrte Sarah der Kopf von den dunklen, beängstigenden Geheimnissen, die Louise und Tony ihr anvertraut hatten.

Ihre eigenen Kinder waren in diesem Moment dort an der Schule.

Und ihr setzte außerdem zu, dass sie zum ersten Mal seit vielen Jahren einen Auftrag abgelehnt hatte, weil sie sich davor fürchtete.

Der Gedanke schmerzte. Sehr sogar.

6. Väterlicher Rat

Sarah hatte in dem neuen Hofladen gleich außerhalb des Dorfs eingekauft. Sie wollte ausnahmsweise mal den Kindern zuvorkommen und ein richtiges Abendessen zubereiten, bei dem sie alle gemeinsam am Tisch sitzen würden.

Als sie jedoch die holprige Zufahrt zu ihrem neuen Haus hinunterfuhr, stellte sie fest, dass sie Besuch hatte.

Der Range Rover von ihrem Dad, Michael, parkte neben dem Eingang.

Mit ihren zwei schweren Taschen eilte sie ins Haus hinein, aus dem ihr außer Rileys Bellen auch noch der Lärm einer Bohrmaschine entgegenschallte.

Einige Momente später entdeckte sie ihren Dad, der gerade ein Holzregal vom Boden hob, um es zum Maßnehmen an die Wand in ihrem neuen Arbeitszimmer zu halten.

»Dad?«

»Ah, mit dir hatte ich noch gar nicht gerechnet, Sarah.« Er zeigte auf die bereits befestigten Regalbretter. »Eigentlich hatte ich gehofft, dass ich es vor deiner Heimkehr schaffe, das hier anzubringen und die Bücher einzuräumen.«

»Hey, vielen Dank! Irgendwann wäre ich dazu schon noch gekommen.« Sie stellte ihre Einkaufstaschen ab. »Obwohl meine ›Irgendwann‹-Liste allmählich ganz schön lang wird.«

Ihr Vater legte die Bohrmaschine hin. »Ja, kann ich mir vorstellen. Ein Umzug in ein größeres Haus macht eine Menge Arbeit. Alles aufbauen und so. Und obendrein musst du ja auch noch meine fantastischen Enkel großziehen!«

Sarahs Eltern liebten Daniel und Chloe wahrscheinlich genauso sehr wie sie selbst.

Außerdem sah Michael in Daniel den Sohn, den er sich immer gewünscht hatte. Mit ihm teilte er seine Begeisterung für kleine Soldatenfiguren und Fußball.

Sarah nahm die Taschen wieder auf und ging in die Küche.

Michael folgte ihr und begann, eine Tasche neben ihr auszupacken.

»Deine Mum und ich staunen oft, wie du das alles schaffst, Sarah. Deine Firma, die Kinder. Und jetzt noch dieses Haus.«

Er hielt gerade eine Packung Nudeln in der Hand, als er seine Tätigkeit unterbrach und Sarah an der Schulter berührte.

»Du weißt, wie stolz wir auf dich sind, nicht? Auf das Leben, das du euch hier aufgebaut hast.«

»Danke, Dad. Ja, das weiß ich.«

Michael schenkte ihr ein strahlendes Lächeln.

Gleich darauf sah Sarah auf ihre Uhr. Die Aura solcher Momente sollte man natürlich nicht übereilt zerstören; doch wenn Sarah sich einer Tatsache gegenwärtig immerfort bewusst war, dann der, wie rasch die Zeit verging.

»Ich habe gerade noch Zeit für einen Tee, bevor ich Chloe vom Theaterkurs abhole. Möchtest du auch einen?«

»Selbstverständlich!«

Sarah füllte den Wasserkocher. Er war noch ein Überbleibsel aus dem alten Haus, denn Sarah liebte sein lautes Pfeifen.

Sie saßen am Tisch und hatten sich gegenseitig erzählt, was ihnen in letzter Zeit passiert war. Die üblichen Fragen waren beantwortet:

Wie geht es allen?

Wie läuft es bei den Kindern in der Schule?

Hat Mums Garten den vielen Regen in der letzten Zeit überstanden?

Nachdem all das geklärt und es fast so weit war, dass Sarah wieder losmusste, sah sie ihren Dad an und beschloss spontan, ihn um Rat zu bitten.

»Ich war heute zum Mittagessen bei Tony«, sagte sie.

»Ach ja? Du Glückliche! Wie geht es ihm? Ich habe ihn ewig nicht gesehen.«

»Er war reizend, wie immer«, antwortete Sarah. »Und wie immer gab es einen Grund für die Einladung.«

Sarah erzählte ihm von Louises und Tonys Bitte.

»Was meinst du, was ich tun soll, Dad?«

Minutenlang sagte er nichts. Sarah schenkte Tee nach, denn diese Unterhaltung erforderte eindeutig noch eine Tasse Earl Grey.

Michael blickte in die Ferne, als würde er gründlich überlegen.

»Also?«, hakte Sarah schließlich nach. »Soll ich ihnen zusagen?«

Er lächelte. »Tja, das ist eine gute Frage, Sarah. Und ich verrate dir auch meine Antwort. Aber halt dir dabei vor Augen, dass es ganz sicher nicht die wäre, die du von deiner Mum bekämst. Wir sind uns längst nicht in allem einig, und dies dürfte ein solcher Fall sein.«

Nun war Sarah gespannt.

»Was du und Jack hier in Cherringham getan habt, war, nun ja, so vollkommen unerwartet.«

»Wem sagst du das? Jack nannte es gern: ›Die junge Miss Marple reist in die Cotswolds.‹«

Michael nickte schmunzelnd, bevor er fortfuhr: »Aber es war mehr als das, Sarah. Meiner Meinung nach – und ich denke, dass viele im Ort meine Ansicht teilen – war es eine wichtige Arbeit. Man bedenke nur, wie vielen Leuten ihr geholfen habt, wie viele

Geheimnisse ihr aufgedeckt habt. Ehrlich, ich bewundere unseren guten Alan Rivers durchaus, aber vieles wäre ohne euch beide nie denkbar gewesen.«

Sarah trank von ihrem Tee.

Mit einer solchen Erwiderung hatte sie nicht gerechnet.

»Wäre ohne *Jack* nie denkbar gewesen«, betonte sie. »Immerhin ist er ein waschechter New Yorker Detective gewesen. Er war der ...«

Sarah verstummte, als Michael seine Hand hob.

»Moment mal. Ich *weiß*, was er mir darüber erzählt hat – vor allem, wie wichtig du warst. Und das nicht bloß für eure gemeinsame Arbeit, sondern auch generell für ihn.«

Jack.

In den letzten Tagen hatte sie nicht mehr oft an ihn gedacht, zumal sie seit einigen Wochen nichts mehr von ihm gehört hatte.

Ein Jahr ist eine lange Zeit, dachte sie. *Für jeden geht das Leben weiter.*

Aber wenn sie ehrlich sein sollte, verging keine einzige Woche, ohne dass sie sich wünschte, er wäre hier.

Damit sie sich auf ein Pint im Ploughman treffen könnten.

Zum Dinner im Spotted Pig.

Oder zu einem Familienessen, bei dem die Kinder ihn mit Fragen zu überhäufen pflegten: über die Stadt New York und über seine früheren Ermittlungen. (Jack hatte die Unterhaltungen mit Daniel und Chloe ganz besonders geliebt.)

Und ihre gemeinsamen Fälle ...

»Du hast wesentlich zu allem beigetragen, Sarah. Jack erzählte mir, dass du eine echte Gabe und einige richtig tolle Fähigkeiten entwickelt hast.«

Sie nickte. »Ja, wir haben gut zusammengearbeitet, Dad.«

»Stimmt. Ihr seid ein großartiges Team gewesen. Und was ist

jetzt? Jemand braucht Hilfe, an der Schule deiner Kinder! Und du könntest diese Hilfe leisten.«

Michael sah wieder zur Seite.

»Mir ist vollkommen klar, wie viel du zu tun hast, Sarah«, fuhr er schließlich fort. »Aber falls du Zeit erübrigen könntest, um der neuen Schulleiterin zu helfen, sei es auch nur ein wenig ...«

Mehr sagte er nicht.

Und für einen Moment schwiegen sie beide.

Vielleicht, dachte Sarah, *ist das der Grund, weshalb ich ihn gefragt habe. Vielleicht ... habe ich geahnt, was er sagen würde. Neigen wir nicht alle dazu, den Rat anzunehmen, den wir tief in unserem Innersten für den sinnvollsten halten?*

Sie probierte es mit einem letzten Gegenargument.

»Aber dieser Fall ist anders, Dad. Düsterer. Es sind Drogen im Spiel. Findest du nicht, dass man das lieber der Polizei überlässt?«

Michael hielt ihrem Blick für eine Sekunde stand.

»Wie ich schon sagte, würde die Antwort deiner Mum anders ausfallen. Und sicher will ich nicht, dass du irgendwelche Risiken eingehst. *Niemals.* Das verstehst du doch, oder?«

»Ja, natürlich.«

»Aber ich glaube auch, dass du gelernt hast, vorsichtig zu sein. Ich vertraue darauf ...« – er beugte sich vor und klopfte ihr spielerisch auf den Kopf –, »dass du stets deinen wachen Verstand einsetzt. Du passt auf, egal, was passiert.«

Sie nickte.

Ja, sie hatte gefragt und jetzt ihre Antwort erhalten.

»Meinst du, ich soll Tony anrufen und ihm sagen, dass ich helfe?«

Michael lehnte sich wieder zurück.

»Oh, es steht mir nicht zu, dir zu sagen, was du tun sollst.«

Hierüber musste sie lachen.

43

»Wie dem auch sei, ich gehe mal lieber wieder an die Regale. Ich will fertig sein, bis du wiederkommst.«

Beide standen auf, denn Sarah musste dringend los. Aber zuerst . . .

»Danke, Dad! Ist dir klar, wie wahnsinnig lieb ich dich habe?«

Michael ging an ihr vorbei zu seiner Bohrmaschine und den Regalbrettern.

»Das ist es, was mich in Schwung hält, Sarah. Und natürlich deine Kinder! Also . . .«

Er hob den Bohrer hoch und drückte kurz auf den Schalter, worauf ein lautes Heulen ertönte.

». . . zurück an die Arbeit.«

»Ja, das gilt für mich auch.«

Als sie nach draußen zu ihrem RAV4 eilte, nahm sie sich vor, bei ihrer Rückkehr als Erstes zu telefonieren.

Tony Standish musste die Neuigkeit erfahren.

Ich bin dabei.

7. Der Alleingang

Sarah saß im Empfangsbereich der Cherringham Highschool und fühlte sich wie bei einem Vorstellungsgespräch.

In gewisser Weise trifft das ja auch zu. Ein Test, ob ich wirklich als Ermittlerin etwas tauge. So ganz auf mich allein gestellt.

Sie sah hinüber zum Schulbüro.

Vor zwanzig Jahren, als Sarah hier Schülerin gewesen war, hatte es nur eine Sekretärin gegeben. Heute waren es drei, und sie alle wirkten überlastet.

Es war zehn nach neun am Morgen, und die letzten Schulwochen – im Prinzip ein ganzes Schuljahr – mussten abgeschlossen werden. Kein Wunder, dass die Sekretärinnen alle Hände voll zu tun hatten.

Ein Mädchen in Schuluniform kam durch den Haupteingang hereingelaufen, klatschte einen Zettel auf den Empfangstresen und verschwand durch eine andere Doppeltür. Sarah blickte ihr nach.

Nichts hat sich geändert, dachte sie. *Das hätte ich sein können. Vor etlichen Jahren.*

Die gleiche Uniform – zumindest fast. Das gleiche Ritual, wenn man zu spät kam. Die gleiche Panik.

Sie dachte an ihre Zeit an der Cherringham High zurück. Damals war die Schule halb so groß, für sie aber genauso riesig und einschüchternd gewesen wie für ihre Kinder, als sie hier anfingen.

Sarah war mit elf hier an die Schule gekommen. Bis dahin war sie auf diversen Lehranstalten gewesen – jeweils dort, wohin die Royal Air Force ihren Vater gerade geschickt hatte. Mit ihm zog die Familie alle drei Jahre von einem Luftstützpunkt zum nächsten, und zwar quer durch die Welt.

Als er in den Ruhestand ging und nach Cherringham zog, war Sarah längst gewohnt gewesen, immer die Neue zu sein. Folglich hatte sie keine Schwierigkeiten gehabt, hier an der Schule neue Freunde zu finden.

Allerdings konnte sie es auch nicht erwarten, nach dem Abschluss aus dem kleinen Cherringham wegzukommen und in die große Stadt zu ziehen.

London!

Doch wie es das Leben bisweilen so komisch einfädelte, floh sie fünfzehn Jahre später aus ebenjener Großstadt zurück ins beschauliche Cherringham – diesmal jedoch mit zwei eigenen Kindern.

Und hier wären wir wieder ...

»Miss James hat jetzt Zeit für Sie«, unterbrach eine der Sekretärinnen ihre Gedanken. »Wissen Sie, wohin Sie müssen, Miss Edwards?«

Sarah nahm lächelnd ihre Handtasche auf und ging zum Büro der Direktorin.

»Oh ja, ich kenne den Weg!«

Sarah schüttelte Louise James' Hand, als die Schulleiterin hinter ihrem Schreibtisch hervorkam. Die Frau zeigte auf ein paar Sessel in der Zimmerecke. Zwischen ihnen, auf einem Couchtisch, stand ein Tablett mit Tee und Keksen.

»Hallo, Sarah! Tee?«

»Gerne.«

Durch die Fenster erkannte Sarah einen großen Gebäudetrakt mit Klassenräumen aus den Sechzigerjahren wieder. Der war schon zu ihrer Zeit dort gewesen, und sie fragte sich, ob Chloe oder Daniel gerade in einem der Räume saßen.

Die wären geschockt, könnten sie Sarah jetzt hier sehen.

»Ich werde Sie nicht fragen, warum Sie Ihre Meinung geändert haben«, sagte Louise, die sich Sarah gegenüber hinsetzte und ihnen Tee einschenkte. »Aber ich bin sehr froh, dass Sie es sich noch einmal überlegt haben.«

Sarah lächelte und nahm die Tasse, die Louise ihr reichte. »Ich hoffe nur, dass ich auch wirklich helfen kann.«

»Nach allem, was ich bisher gehört habe, bin ich sicher, dass Sie es können«, sagte Louise und erwiderte ihr Lächeln. »Also, Sie schrieben in Ihrer E-Mail, dass Sie gerne mit einigen der Lehrer sprechen würden, die Josh gekannt haben. Ich hoffe, dass sich ein oder zwei kurz zu uns gesellen können – wenn es der Stundenplan erlaubt. Ansonsten müssten Sie sich wohl eher außerhalb der Schulzeiten mit ihnen verabreden. Und um der Diskretion willen vielleicht nicht auf dem Schulgelände. Ist das okay für Sie?«

»Ja, das ist in Ordnung«, antwortete Sarah, die ihren Notizblock und einen Kuli hervorholte.

»Sie schrieben auch, dass Sie noch einige Fragen an mich haben.«

»Ja, genau. Können Sie mir noch mal erzählen, was Sie über die Abläufe in der Nacht wissen, in der Josh starb?«

Sarah hörte aufmerksam zu, wie Louise die Ereignisse des schicksalhaften Abends vor nur einer Woche durchging. Diesmal jedoch machte sie sich Notizen.

»Im Grunde wiederhole ich bloß, was andere mir erzählt haben«, räumte Louise zum Schluss ein. »Ich war natürlich auch bei der Abschlussfeier, und ich erinnere mich, kurz mit Josh geredet zu haben. Doch ich bin schon gegen neun nach Hause gefahren, mehr oder weniger direkt nach dem Abendessen. Dann habe ich am nächsten Morgen, als sich die Polizei bei mir gemeldet hat, zum ersten Mal gehört, dass es ein ... *Problem* gebe.«

»Verstehe«, sagte Sarah. »Als Sie die Abschlussfeier verließen,

47

wussten Sie da, dass die Lehrer und einige der Schüler noch in den Pub wollten?«

»Na ja, ich wusste, dass es traditionell hier so gehalten wird, hatte aber nicht den Eindruck, ich müsste auch dabei sein.«

»Doch Sie hatten nichts dagegen, dass Lehrer und Schüler zusammen trinken?«

»Ich wollte es jedenfalls nicht problematisieren«, erwiderte Louise. »In diesem Schuljahr versuche ich, möglichst im Hintergrund zu bleiben und zu beobachten. Es bleibt genug Zeit, im nächsten Jahr meine Bedenken zu dieser Sitte zu äußern. Falls ich dann noch hier bin.«

»Und bei der Abschlussfeier sind Ihnen keine Anzeichen aufgefallen, dass Josh unter Drogen stehen könnte?«

»Nein! Ich habe nichts dergleichen an ihm bemerkt und auch nicht gehört, dass den Kollegen etwas aufgefallen wäre. Anscheinend ist er von einem Tisch zum anderen gewandert, um mit den Schülern zu plaudern, die er gut kannte. Er war ein sehr beliebter Lehrer.«

»Sie sagten, dass Sie an dem Abend kurz mit ihm geredet hatten. Erinnern Sie sich, worum es dabei ging?«

»Sehr genau sogar. Er wollte wissen, ob ich seine Bewerbung für die Konrektor-Stelle bekommen hatte.«

»Und – hatten Sie sie erhalten?«

»Ja. Er hatte sie mir direkt vor der Abschlussfeier gemailt.«

»Und an seinem Verhalten an dem Abend war nichts, was Ihnen ungewöhnlich vorkam?«

»Überhaupt nichts.«

»Wie gut kannten Sie ihn?«

»Nicht besser als die anderen Kollegen, um ehrlich zu sein. Aber ich hatte ihn schon als möglichen Konrektor für das nächste Jahr vorgemerkt, daher behielt ich ihn bei unseren Konferenzen im Blick. Ich habe hier ein altes Leitungsteam geerbt, das ich erweitert habe, indem ich alle Jahrgangsstufenleiter hinzunahm, wie Josh.«

»Und warum?«

»Weil ich so schnell wie möglich einen Eindruck davon bekommen will, was in der Schule passiert. Mehr Augen, mehr Feedback.«

»War er ein guter Jahrgangsstufenleiter?«

»Gut und beliebt. Und wie ich schon bei Tony sagte, gab es nicht den kleinsten Hinweis, dass etwas mit ihm nicht stimmte.«

Sarah nahm sich eine Minute, um noch einiges aufzuschreiben.

Jack hatte sie gelehrt, dass die Leute sich mehr konzentrierten und ihre Antworten detailreicher waren, wenn man sich Notizen machte.

Das wird ja alles aufgeschrieben!

Es klopfte an der Tür, dann wurde sie geöffnet. Sarah blickte auf und sah, dass die Sekretärin dort stand.

»Miss Brookes ist hier, Louise«, teilte die Sekretärin mit.

»Geben Sie uns bitte noch fünf Minuten«, antwortete die Schulleiterin.

Die Sekretärin nickte und schloss die Tür wieder.

»Maddie Brookes gibt Schauspielunterricht«, sagte Louise. »Sie fand Joshs Leiche.«

Sarah nickte. »Beim Lunch gestern haben Sie erwähnt, dass Sie noch andere Spuren von Drogen in der Schule gefunden haben. Wer weiß alles davon?«

»Bisher nur Tony – und mein Team. Die Jahrgangsstufenleiter und so.«

»Wie haben sie auf die Nachricht reagiert?«

»Manche waren überrascht. Aber manche auch nicht.«

»Interessant. Also vermuteten sie schon, dass hier Drogen konsumiert werden?«

»Ja.«

»Und diese Lehrer haben nichts dagegen unternommen?«

»Wie es scheint, haben ein paar von ihnen im März die vorherige Schulleitung darauf angesprochen. Doch die meisten haben wohl gehofft, dass es sich von selbst wieder erledigen würde.«

Sarah bemerkte jetzt eine gewisse Unsicherheit bei Louise und hatte das Gefühl, sich auf schwierigem Terrain zu bewegen.

»Louise, ich bin nicht als Mutter hier. Das ist Ihnen doch bewusst, oder? Wenn Sie denken, dass es hier Versäumnisse gab, müssen Sie es mir erzählen.«

Louise nickte. »Okay. Arthur Limb, der vorherige Direktor, war noch einer von der alten Schule. Buchstäblich. Wie ich hörte, fand er, dass die Kollegen überreagierten.«

»Im Ernst? Also hat er nicht nachgeforscht?«

»Er hat dem Kollegium gesagt, dass sich der Schulrat um das Problem kümmern würde. Aber inzwischen weiß ich von Tony, dass sie nie etwas erfahren haben.«

Sarah wurde augenblicklich wütend. Es war die Wut einer Mutter, die erfuhr, dass ihre Kinder wissentlich großer Gefahr ausgesetzt wurden.

Der scharfsinnigen Schulleiterin entging das natürlich nicht. »Ich weiß, was Sie jetzt denken müssen, Sarah. Glauben Sie mir, ich bin auch darüber entsetzt, wie mit der Sache umgegangen wurde. Und ich kann Ihnen nur versichern, dass ich mit Problemen nicht so verfahre.«

»Und wann hatten *Sie* zum ersten Mal den Verdacht, dass es ein Drogenproblem geben könnte und es nicht von allein wieder verschwinden würde?«

»Ziemlich bald nachdem ich mein Amt hier übernommen hatte. Die Schule machte eine rasante Talfahrt durch, und ich hatte das Gefühl, dass es dafür einen gewichtigen Grund gab. Also sprach ich mit einigen der älteren Lehrer, und die erzählten mir von ihrem Verdacht.«

»Welcher war das?«

Louise holte tief Luft. »Dass gedealt würde – direkt in der Schule.«

»Haben Sie darauf reagiert?«

»Ja. Ich veranlasste eine Durchsuchung der Spinde im gesamten Oberstufentrakt.«

»Wann genau war das?«

»Am Tag der Abschlussfeier, und zwar vormittags.«

»Warum ausgerechnet da?«

»Ich wusste, dass wegen der Feier am Abend viele der Schüler aus dem Abschlussjahrgang morgens nicht hier sein würden.«

»Und diese Durchsuchung wurde heimlich durchgeführt?«

»Ja, ohne Wissen der Schüler – was ich unter normalen Umständen nie tun würde.«

»Aber Sie fanden keine Hinweise auf Drogen?«

Die Direktorin hielt kurz inne, bevor sie antwortete: »Nein, gar nichts.«

»Glauben Sie, dass gründlich genug gesucht wurde?«

Gleichzeitig dachte Sarah: *Hier stimmt etwas nicht.*

Doch sie konnte noch nicht erkennen, was es war.

»Ich habe dafür fünf Teams eingesetzt; sie bestanden aus jeweils zwei Kollegen. Jeder Schrank wurde komplett geleert, der gesamte Inhalt durchsucht und wieder zurückgelegt.«

»Und es wurde nichts gefunden?«

»Nein.«

»Könnte vorher etwas über die Aktion durchgesickert sein?«

»Nur die Kollegen wussten Bescheid.«

»War Josh in einem der Suchteams?«

»Ja, schon. Aber falls Sie andeuten wollen ...«

»Ich deute überhaupt nichts an, sondern gehe nur die Möglichkeiten durch.«

»Natürlich«, lenkte Louise ein. »Ich kann bloß nicht glauben, dass Josh – oder irgendein anderer Kollege – mit so etwas zu tun haben könnte.«

»Trotzdem wäre es doch möglich, dass Drogen, falls sie in Spinden versteckt gewesen waren, vor der Durchsuchung entfernt wurden?«

»Möglich, ja. Aber vielleicht haben die Schuldigen sowieso nicht darauf vertrauen wollen, dass die Schränke sichere Verstecke sind. Sie könnten die Drogen immer bei sich getragen haben. Und bevor Sie fragen, Sarah – ich lehne es aus rechtlichen und moralischen Gründen strikt ab, meine Schüler zu durchsuchen.«

Sarah überlegte.

Und ihr kam etwas in den Sinn ...

»Und was ist mit den Lehrern, die jene Durchsuchung gemacht haben?«, platzte es beinahe aus ihr heraus, weil sie so frustriert darüber war, dass dieses Problem offensichtlich nicht gelöst worden war. »Lehnen Sie es bei denen auch ab?«

Ihr wurde sofort klar, dass sie zu weit gegangen war.

Louise verschränkte die Arme vor der Brust und sah sie frostig an.

Verdammt, das war so unprofessionell, dachte Sarah. *Ich darf nicht vergessen, dass ich nicht als Mutter hier bin.*

Dann entspannte sich die Direktorin anscheinend wieder.

»Sarah«, antwortete sie vorsichtig, »es ist völlig normal, dass Ihnen die Sache sehr nahegeht. Und ich fühle mich schuldig, weil ich nicht viel früher erkannt habe, was sich direkt vor meiner Nase abspielt. Damit muss ich leider auch klarkommen.«

Louise schaute für einen Moment zur Seite.

Sie hat es wahrlich nicht leicht ...

»Mir ist bewusst, dass alle Eltern entsetzt sein werden, wenn sie das mit Josh erfahren. Aber ich hoffe, dass Sie und ich gemeinsam die Lösung für diesen Schlamassel finden. Was meinen Sie?«

»Ja, und deshalb muss ich auch weiterhin unangenehme Fragen stellen.«

Endlich lächelte Louise. »Und deshalb müssen wir zusammenarbeiten«, betonte sie.

Sarah nickte. Nun war es an ihr, tief Luft zu holen.

»Sie haben recht, Louise. Und das werden wir.«

»Schön.« Wieder lächelte die Schulleiterin. »Also, wie wäre es, wenn wir Maddie hereinbitten, damit Sie richtig mit der Ermittlung anfangen können?«

8. Beziehungen

Sarah stand auf und lächelte Maddie zu, als sie hereinkam.

Die junge Frau erwiderte das Lächeln, auch wenn Sarah ihr gleich ansah, dass sie angespannt war und sich nervös umblickte.

Louise machte sie miteinander bekannt und ging anschließend zur Tür.

»Ich lasse Sie beide dann allein«, erklärte sie. »Ich habe noch ein Meeting. Und wir hören voneinander, Sarah.«

Sarah war zunächst überrascht, dann jedoch auch froh darüber, dass die Direktorin ihr vertraute und sie diese Befragung allein vornehmen konnte.

»Danke, Louise«, sagte sie.

Als die Schulleiterin gegangen war, setzte Sarah sich in einen der Sessel, und Maddie nahm ihr gegenüber Platz.

Sarah bemerkte, dass die Lehrerin die Hände zu Fäusten geballt hatte. Wieder lächelte sie ihr zu. Maddie war hübsch, hatte krauses Haar und Sommersprossen. Aber unter ihren Augen waren dunkle Schatten, und sie wirkte rastlos.

Das wird nicht einfach, dachte Sarah.

»Hat Louise erklärt, warum ich hier bin, Maddie?«, fragte sie.

Ein Nicken. »Sie wollen wissen, was mit Josh passiert ist.« Maddies Stimme zitterte.

»Stimmt. Und ich weiß, wie schwierig es für Sie ist. Aber da Sie diejenige sind, die ihn gefunden hat ...«

»Ich habe der Polizei schon alles erzählt.«

Das kam sehr schnell.

»Sicher haben Sie das. Es wäre nur hilfreich, wenn Sie es mir noch mal erzählen könnten. Meinen Sie, das ginge? Es ist wichtig, dass ich es von Ihnen höre.«

Maddie sah weg, faltete die Hände und löste sie wieder voneinander.

»Ich verstehe nicht, was das hier soll. Sie sind nicht von der Polizei. Also, wer sind Sie?«

»Louise bat mich, Joshs Todesumstände zu untersuchen – unabhängig, für die Schule. Ich habe ein bisschen Erfahrung in solchen Dingen.«

Sarah bemerkte, dass Maddie sich nach wie vor unbehaglich fühlte.

»Sie müssen mir gar nichts erzählen. Aber ich möchte herausfinden, was wirklich mit Josh passiert ist.«

Das schien Maddie etwas zu beruhigen.

»Okay, meinetwegen«, sagte Maddie seufzend. »Wo soll ich anfangen?«

»Wie wäre es mit dem Dinner bei der Abschlussfeier? Wann Sie hinkamen, woran Sie sich erinnern, wer da war. Dann der Pub . . .«

Während Maddie die Geschehnisse jenes Abends wiedergab, machte sich Sarah eifrig Notizen. Sie unterbrach die junge Frau nicht, sondern ließ Maddie einfach ihre Geschichte erzählen.

Als sie schließlich beschrieb, wie sie die Straßen nach Josh abgesucht hatte, fing Maddie zu weinen an.

Sarah wartete, bis Maddie sich wieder fing und mit ihrem Bericht fortfuhr.

Dann näherte sich die Lehrerin endlich dem Schluss ihrer Geschichte.

Sarah konnte nur mühsam ihr eigenes Entsetzen verbergen, als Maddie schilderte, wie sie allein auf der Cherringham Bridge stand, nachdem Josh von der Flussströmung fortgetrieben worden war, und das Wasser unter ihren Füßen hindurchrauschte.

Das muss schrecklich gewesen sein.

Sarah berührte sanft Maddies Arm.

»Mir ist klar, wie schwer das für Sie ist«, sagte Sarah. »Ist es okay, wenn wir weitermachen?«

Maddie schniefte. »Ja, schon gut. Ehrlich.«

»Also, was geschah, nachdem Sie Josh gefunden hatten?«, fragte Sarah.

»Ich rief die Polizei an und wartete dann auf sie. Alan Rivers war als Erster da. Dann kamen weitere Polizisten. Sie setzten mich hinten in einen Krankenwagen. Warum, weiß ich nicht. Wegen meines Schocks, nehme ich an.«

»Und dann hat Alan Ihre Aussage aufgenommen?«

»Ja, sofort.«

»Ist Ihnen seitdem noch irgendwas eingefallen, das wichtig sein könnte?«

»Na ja, wir haben natürlich alle darüber geredet – im Kollegium, meine ich. Eine Menge haben wir gesprochen: über das, was passiert ist, und warum Josh ... Sie wissen schon ...«

»Und was denken Sie heute?«

»Weiß ich nicht. Tim glaubt, dass Josh vielleicht irgendeine Geisteskrankheit hatte, von der keiner wusste – vielleicht nicht mal er selbst.«

»Tim?«

»Mein Verlobter. Tim Wilkins. Er unterrichtet auch hier. Wir waren beide im Pub, ich meine, also, zusammen.«

»Und an dem Abend fiel Ihnen beiden auf, dass Josh sich nicht wie sonst verhielt?«

»Ja. Er war noch ganz okay, als wir in den Pub reinkamen. Aber nach ungefähr einer Stunde wurde er auf einmal – ich weiß nicht, wie ich es beschreiben soll – komisch.«

»Wie komisch?«

»Na, plötzlich ist er von unserem Tisch aufgestanden und hat sich weiter weg allein hingesetzt. Bis dahin war er normal gewesen, nett und witzig – typisch Josh eben. Er hat Quatsch geredet, herumgealbert. Und dann wurde er ganz … still. Distanziert, verstehen Sie?«

Sarah beobachtete Maddie und sah ihr an, wie sehr es sie quälte.

»Haben Sie versucht, mit ihm zu reden?«

»Tim hat es probiert. Er sagte, dass Josh wohl nur zu viel getrunken hatte.«

»Und – stimmte das?«

»Ich habe ja nicht mitgezählt. Aber alle hatten ein bisschen mehr getrunken als üblich. Die Abschlussfeier, die Sommerferien vor der Tür.«

»Haben Sie gesehen, wie Josh den Pub verließ?«

»Ja. Er hatte noch einen kleinen Streit mit dem Wirt. Ich schätze, die in der Kneipe wollten ihm nichts mehr zu trinken geben. Und dann ist er einfach … verschwunden …«

Erneut kamen Maddie die Tränen.

»Ist jemand mit ihm gegangen?«

Maddie schniefte und dachte darüber nach.

»Nein, ich glaube nicht«, antwortete sie.

»Und Sie sind ungefähr zur selben Zeit gegangen?«

»Ja. Ich habe zuerst Tim nach Hause gefahren.«

»Aber danach müssen Sie sich Sorgen um Josh gemacht haben. Immerhin sind Sie herumgefahren und haben nach ihm gesucht.«

»Ja, ich war besorgt.«

»Tim wollte nicht mit Ihnen kommen?«

Maddie schüttelte den Kopf.

Dann erklärte sie: »So wie Josh sich verhielt, wusste ich, dass es nicht nur am Bier liegen konnte. Etwas stimmte mit ihm nicht. Als wäre er krank. Verstehen Sie?«

Sarah schrieb eine weitere Notiz. »Sie haben berichtet, dass es sehr neblig war, als Sie zu der Brücke kamen.«

»Ja, ich musste ein Stück weit von ihr entfernt parken, weil ich fast nichts sehen konnte.«

»Und da haben Sie Josh reden gehört.«

»Nicht reden – herumschreien.«

»Konnten Sie verstehen, was er schrie?«

»Nein, das waren mehr so Laute. Eher wie ein Heulen.«

Sarah wusste, dass die Autopsieergebnisse noch nicht öffentlich bekannt waren. Aber das würden sie sehr bald sein. Und sie brauchte mehr von Maddie – sonst kam sie keinen Schritt weiter.

Sie beschloss, das Risiko einzugehen. »Maddie, ich werde Ihnen jetzt etwas erzählen, das noch nicht öffentlich gemacht wurde«, sagte sie mit gesenkter Stimme. »Und Sie müssen es unbedingt für sich behalten. Wenigstens noch für einige Tage.«

»Geht es um Josh? Stimmte wirklich etwas nicht mit ihm?«

»Ja. Aber versprechen Sie mir erst, dass Sie es keinem weitersagen?«

»Ja, natürlich.«

Dann erzählte Sarah ihr von den Drogen, die in Joshs Blut nachgewiesen wurden, wobei sie auf Maddies Reaktion achtete.

Die junge Lehrerin saß mit offenem Mund da.

»Nein, das ist doch totaler Irrsinn!«, entfuhr es Maddie. »LSD? Ecstasy? Die müssen die Blutproben verwechselt haben.«

»Es besteht kein Zweifel.«

»Josh hat keine Drogen genommen. Die lügen! Das ist ausgeschlossen!«

Interessant, wie sicher sie sich ist, dachte Sarah.

»Ich stimme Ihnen zu, Maddie. Genauso wie Louise. Aber im Moment wissen wir nicht, wie diese Drogen in Joshs Blut gelangt sind, und Sie können uns möglicherweise helfen, das herauszufinden.«

Sarah beobachtete, wie Maddie das Gehörte verdaute und sie dann mit großen Augen ansah.

»Moment mal. Glauben Sie, dass jemand was in Joshs Glas getan hat?«

»Das wäre eine Möglichkeit«, antwortete Sarah.

»Im Pub?« Maddie überlegte angestrengt. »Oh Gott! Jeder hat Runden ausgegeben und sie auf eine Karte schreiben lassen. Dauernd kamen neue Biere auf den Tisch. Und es war sehr voll. Da hätte leicht jemand …«

Sie brach den Satz ab.

»Aber warum?«

Sarah hakte nach. »Wie sieht es aus, wenn man hier in der Gegend an illegale Drogen kommen will. Geht das – in Cherringham?«

»Machen Sie Witze? Heutzutage ist das ganz einfach.«

»Und wo?«

»In den Pubs. Freitagabends oben am Bahnhof. Und auf Technopartys – die scheinen immer mehr zu werden. Nicht zu vergessen die Clubs in Oxford.«

»Aber wie sieht es hier an der Schule aus?«

Nun wurde Maddie merklich unsicher. »Ich schätze, das glauben einige Leute.«

»Glauben Sie es denn?«

»Es würde mich nicht wundern.«

»Haben Sie bei der Durchsuchung der Spinde neulich mitgemacht?«

»Nein, ich nicht«, antwortete Maddie nach einigem Zögern. »Tim, Josh, einige der anderen Jahrgangsstufenleiter.«

»Aber keiner fand irgendwas.«

»Nichts. Was nicht heißt, dass es kein Drogenproblem an der Schule gibt. Ich bin sicher, dass Gras im Umlauf ist – in der Oberstufe. Und wahrscheinlich auch Ecstasy.«

»Was ist mit LSD?«

»Weiß ich nicht«, erwiderte Maddie. »LSD-Trips? Ich kann mir nicht vorstellen, dass die Jugendlichen hier damit zu tun haben. Koks vielleicht eher.«

Maddie öffnet sich mir langsam, dachte Sarah.

»Sie hören sich wie jemand an, der einige Erfahrung hat.«

Maddie holte tief Luft. »Ich war fünf Jahre an einer Londoner Schule, bevor ich herkam. Da hat man gelernt, worauf man achten muss. Und man hat gesehen, was die Drogen anrichten können.«

»Okay, demnach kennen Sie die Anzeichen bei so was. Überlegen Sie noch mal, wie Josh sich verhalten hat.«

Maddie nickte. »Sie haben recht, ja. Jetzt ergibt das alles einen Sinn. Aber darauf wäre ich nie gekommen – nicht bei Josh. Doch es stimmt, in der Kombination kann es so wirken. Nur weiß ich, dass Josh keine Drogen genommen hat.«

»Sind Sie sicher?«

»Hundertprozentig.«

Für einen Moment jedoch wurde Maddie nachdenklich. »Warum sollte jemand Josh etwas ins Glas tun? Das kann ich mir auch nicht vorstellen.«

»Fällt Ihnen niemand ein, der etwas gegen ihn gehabt hat?«

»Nein, keiner«, behauptete Maddie, und ihre Stimme kippte. »Alle mochten Josh.«

Sarah bemerkte, dass die Augen der jungen Lehrerin zu glänzen begannen, und plötzlich kam ihr ein Gedanke.

Alle mochten Josh.

Und du ganz besonders, was, Maddie?

»Was ist mit den Schülern?«, fragte Sarah.

»Was meinen Sie?«

»Könnte es einer der Schüler gewesen sein?«

»Nein, das glaube ich nicht. Ich meine, es gab sicher ein oder zwei, die nicht mit ihm klargekommen sind; solche gibt es ja immer. Aber ihm deshalb heimlich Drogen ins Glas zu kippen? Nein.«

»Jemand könnte es zum Spaß gemacht haben. Wir wissen ja, dass Jugendliche manchmal Dinge nicht bis zum Ende durchdenken.«

»Hmm, ja, das wäre möglich«, stimmte Maddie zu. »Aber wie furchtbar, wenn es so war!«

Sarah sah, wie sie nachdachte und die Stirn runzelte.

»Ist Ihnen noch etwas eingefallen?«

»Ja. Da waren so einige Jugendliche an dem Abend im Pub, die später auf der Straße herumhingen.«

»Und?«

»Die Sorte – Sie wissen schon –, die blöd genug sein könnte, um so einen Mist zu machen.«

»Waren sie auch bei der Abschlussfeier?«

»Nein, die sind ein Jahr darunter, hatten also nichts mit der Abschlussfeier zu tun. Ich denke, sie haben einfach nur ausgenutzt, dass so viel los war, um an Alkohol zu kommen.«

»Minderjährig?«

Maddie nickte.

Sarah fragte nicht, warum Maddie die Kids an dem Abend nicht rauswerfen ließ.

»Könnten Sie Louise bitte die Namen geben? Dann reden wir vielleicht mal mit ihnen.«

»Ja, sicher«, antwortete Maddie.

Sarah hörte die elektronische Pausenglocke durch die Flure hallen.

»Ich muss gleich in den Unterricht«, sagte Maddie und stand auf. »Tut mir leid.«

»Kein Problem.« Sarah stand ebenfalls auf. »Sie waren eine große Hilfe.«

»Das hoffe ich.« Maddie ging zur Tür.

61

Dort blieb sie plötzlich stehen und blickte sich ernstlich besorgt zu Sarah um.

»Falls einer der Jungs etwas in Joshs Glas getan hat – das wäre sehr ernst, oder?«

Sarah antwortete mit einem Kopfnicken.

»Wäre es Mord?«

»Ich weiß nicht, wie die Anklage lauten würde«, antwortete Sarah. »Aber es wäre ein sehr ernstes Verbrechen. Also kein Wort zu irgendjemandem, ja?«

»Natürlich«, versprach Maddie.

Dann ging sie. Sarah wartete noch kurz, bevor sie ihr nachdenklich folgte.

Hoffentlich erzählt sie es wirklich keinem weiter. Falls doch, habe ich soeben in ein fürchterliches Wespennest gestochen.

9. Ein Spaziergang am Fluss

Sarah fuhr die Schuleinfahrt hinunter zur Straße nach Gloucester.

Als sie an der Kreuzung wartete, bemerkte sie in einer Haltebucht weiter vorn einen Imbisswagen, neben dem einige PKWs und ein paar Trucks parkten.

Und zu ihrer großen Besorgnis konnte sie schon aus dieser Entfernung mehrere Schüler erkennen, die vor dem Imbisswagen herumhingen, Kaffee tranken und aßen.

Um halb elf morgens? Ist das erlaubt?

Der Sportplatz der Schule grenzte direkt an den Zaun dahinter; folglich war es ein Leichtes für die Schüler, sich da durchzuschleichen.

Was jedoch keine Entschuldigung war.

Anstatt nach links ins Dorf abzubiegen, fuhr Sarah nach rechts und an dem Imbisswagen vorbei, wobei sie unauffällig hinübersah.

Ja, zwischen den LKW-Fahrern und anderen Männern, die Tee tranken, waren mehrere Schüler der Cherringham High. Sie aßen, tranken und lachten.

Sarah fuhr eine halbe Meile, wendete und fuhr zurück.

Die Schüler waren verschwunden.

War die Pause vielleicht zu Ende?

Sarah nahm sich vor, Louise darauf anzusprechen.

Auf der Fahrt in den Ortskern von Cherringham versuchte sie, wieder in den Büro-Modus zurückzuschalten.

Detektivin, Mum, Webdesignerin …

Wer war sie? Alle drei? Manchmal wünschte sie sich, sie könnte nichts von allem sein.

Am liebsten würde sie in ihrem wunderschönen neuen Garten sitzen und ein Buch lesen.

Nein, noch besser als das: Sie wollte sich ein kleines Ruderboot kaufen, ein paar Kissen und eine karierte Decke darin auslegen und mit einem guten Freund oder einer Freundin den Fluss hinuntertreiben; dazu ein Picknickkorb und eine Flasche Wein.

Wäre das nicht einfach perfekt?

Die Arbeit verging in einem Rausch von E-Mails und Bildbearbeitungen, und es war fast sechs, bis Sarah sich endlich loseisen konnte.

Sie hatte eigentlich vorgehabt, früh zu gehen und ihr neues Büro zu Hause einzurichten.

Doch als sie die Tür zum Cottage öffnete, kam ihr Riley entgegengesprungen, und Sarah fiel ein, dass er seit dem Morgen nicht draußen gewesen war. Also würde sie erst einmal einen längeren Spaziergang mit ihm machen müssen.

Zunächst blickte sie sich um, ob es Anzeichen dafür gab, dass die Kinder schon zu Hause gewesen waren. Aber es war keine Spur von ihnen zu entdecken.

Was nicht ungewöhnlich war. In dieser Jahreszeit, wenn es lange hell blieb, waren sie oft nach der Schule mit Freunden unterwegs und kamen erst nach Hause, wenn ihnen der Magen knurrte.

Sarah schnappte sich Rileys Leine, klickte sie fest und ging hinaus in den warmen Sommerabend.

Zuerst überlegte sie, nach Westen in Richtung Mabb's Hill zu gehen, denn die Runde mochte sie abends am liebsten – und Riley auch.

64

Dann kam ihr jedoch die Idee, zwei Fliegen mit einer Klappe zu schlagen: hinauf zum Ploughman zu gehen und den Weg zurückzulaufen, den Josh in der tragischen Nacht gegangen sein musste – vom Dorf hinunter zur Brücke.

Sieh dir den Schauplatz der Tat genau an, sagte Jack doch immer, oder?

Also ging sie nicht nach Norden zur Cherringham Bridge Road, sondern nordwestlich über die Felder.

Hier war vornehmlich Weideland. Aber da kein Vieh in Sicht war, ließ Sarah den Hund von der Leine, damit er »seine irren fünf Minuten« genießen konnte, wie die Kinder es nannten.

Eine Viertelstunde später kam sie hinter der katholischen Kirche und der Straße nach Mogdon Manor vorbei. Anschließend schritt sie den schmalen Gehweg der Cherringham Bridge Road entlang.

Es blieb keine Zeit, im Ploughman vorbeizusehen, der nur ein Stück weiter den Hügel hinauf war.

Allerdings sollte sie mal mit Billy, dem Wirt, über den Abend reden.

Das kann ich später machen.

Nun nahm sie Riley wieder an die Leine und ging den Hügel hinunter zur Brücke.

Der Hund zerrte kräftig an der Leine. Das tat er immer, wenn sie sich dem Fluss näherten.

In dem Moment, in dem sie ihn freiließe, wäre er im Wasser – und dann würde er ihnen den ganzen Abend das Haus vollstinken.

Die Sonne stand noch hoch genug über den Hügeln, dass Sarah ihre Wärme im Rücken spürte.

Und obwohl ein bisschen Feierabendverkehr herrschte, war es ein ruhiger Weg hinunter zur Brücke.

Endlich konnte sie nachdenken.

Sarah stellte sich vor, wie Josh hier im Dunkeln entlanggetorkelt war. Wie er gegen Hecken gefallen und auf dem Pflaster ausgerutscht war.

In der Ferne konnte sie den Fluss glitzern sehen und das Wasser über das Wehr rauschen hören.

Doch in jener Nacht hatte dichter Nebel geherrscht. Und Sarah wusste, dass diese Nebel undurchdringlich sein konnten.

Hatte Josh überhaupt vorgehabt, zum Fluss zu gehen?

Oder ist er einfach aus dem Ort herausspaziert, weil ihm danach war? Und wenn er zum Fluss wollte – warum?

Maddie hatte Josh auf der Brücke reden gehört. Was, wenn er nicht allein gewesen war? Jeder schien das zwar anzunehmen … Aber könnte nicht jemand bei ihm gewesen sein?

Hatte er sich vielleicht verabredet? Selbst in seinem drogenvernebelten Zustand …

Oder hatte er von Anfang an vorgehabt zu … springen?

Kurz vor der Brücke sah sie automatisch flussaufwärts, wo sie weiter weg gerade noch Jacks Boot ausmachen konnte, die *Grey Goose*, die nach wie vor dort festgemacht war.

Ich könnte dich jetzt wirklich gut brauchen, Jack.

Riley zog fest und wollte die Straße überqueren. Doch Sarah ruckte einmal an der Leine, und widerwillig trottete er weiter neben ihr her.

Nun waren sie auf der Brücke.

Einzelne Teile der Cherringham Bridge waren fast siebenhundert Jahre alt, und dennoch stand sie felsenfest.

Zwischen dicken, wettergezeichneten Brückenpfeilern rauschte die Themse hindurch, und auf einer Seite war ein Wehr, an dem das Wasser sprudelte und rasch dahinströmte.

Sarah blickte auf das gemauerte Brückengeländer und beugte sich rüber.

Hier könnte Josh gestanden haben, genau an dieser Stelle.

Wahrscheinlich hatte er Moosspuren und Schrammen an den Händen gehabt, weil er auf den Stein gestiegen war.

Sarah holte tief Luft und versuchte, sich in jenen Moment zu versetzen.

Vor einigen Jahren, kurz nachdem Sarah wieder nach Cherringham gezogen war, hatte eine alte Freundin von ihr exakt hier im Fluss den Tod gefunden.

Damals hatten Jack Brennan und Sarah sich kennengelernt und den Mord an der jungen Frau aufgeklärt; und bei den gemeinsamen Ermittlungen waren sie Freunde geworden.

Jetzt blickte Sarah den Fluss hinab bis zu der Stelle, wo die Themse sich bog und dann dem Blick entschwand.

Ihr neues Haus lag nur wenige Hundert Meter hinter der Biegung, und ihr Garten erstreckte sich bis zum Wasser.

War Joshs Leiche in jener Nacht an ihrem Garten vorbeigetrieben, das Gesicht hinauf zu den Sternen gerichtet?

Sie schauderte. Rasch verdrängte sie das Bild, drehte sich zur Straße um und sah flussaufwärts zu Jacks Boot, das weit oben vertäut war.

Sie fragte sich, wann – oder ob überhaupt – ihr Partner bei der Detektivarbeit wiederkam.

Die letzten Wochen war es so ruhig. Keine E-Mails, keine Textnachrichten, nichts.

Plötzlich kläffte Riley laut und riss so heftig an der Leine, dass sie Sarah aus der Hand glitt.

Innerhalb von Sekunden war er über die Straße und raste am anderen Brückengeländer entlang. Dann schlüpfte er unter dem Geländer hindurch und sprang auf den Uferweg, wo er die Kurve nahm wie ein Windhund; die Leine zog er die ganze Zeit hinter sich her.

»Riley!«, rief Sarah. »Riley!«

Aber er war weg.

Verdammt!

Sie schaute kurz nach dem Verkehr, lief über die Straße und hinter dem Hund her.

Inzwischen war er schon hundert Meter weiter; er flitzte, nein, flog regelrecht auf Jacks Boot zu.

»Verrückter Hund!«, sagte Sarah. »Spring ja nicht ins Wasser, sonst grill ich dich.«

Fluchend setzte sie ihm nach.

Was ist bloß in den Hund gefahren?

10. Die Überraschung

Jack Brennan zog an einer durchweichten Sperrholzplatte, bis sie sich löste, und warf sie auf den Stapel mit vergammeltem Holz in der Ecke des Maschinenraums.

Nach einem Jahr hatte er nicht erwartet, die *Grey Goose* in einem Topzustand vorzufinden. Doch er hätte nie gedacht, dass sie so mit Wasser volllaufen würde.

Sein Nachbar Ray hatte den Winter über ein kleines Leck in dem holländischen Kahn übersehen, und hier war die Bescherung: ein überfluteter Motor, kein Strom und zweifellos eine saftige Rechnung für die Reparaturen.

Es würde mindestens einen Monat dauern, ehe er das Boot zum Verkauf anbieten könnte.

Er drehte sich zum Sicherungskasten an der Wand um. Das Holz warf Blasen und war von Schimmel bedeckt. Das ganze Ding musste runter.

Er griff nach einem Schraubenzieher, öffnete den Kasten und begann die Schrauben loszudrehen.

Dann hörte er einen Hund bellen und blickte auf.

Ach was, hier gehen viele Leute mit ihren Hunden spazieren. Am Fluss können sich die Tiere gut austoben.

Deshalb waren hier ständig Hunde zu hören.

Dieses Bellen kannte er jedoch.

Riley.

Und obwohl er sich freute, seinen Hund nach einem Jahr wiederzusehen, hatte er doch Bedenken.

Wird er mich überhaupt wiedererkennen?

Prompt fiel Jack etwas anderes ein.

Wenn das Riley ist, muss Sarah auch hier sein, gleich da draußen.

Jack legte den Schraubenzieher hin, wischte sich die Hände an einem alten Lappen ab und lauschte den Geräuschen, die nun direkt vor der *Grey Goose* waren.

Rileys Bellen wurde lauter.

Er war am Uferweg.

Und dann – auf dem Deck.

Und mit einem ganzen Haufen wirrer Gefühle, die Jack wirklich nicht im Griff hatte, stieg er die Leiter aus dem Maschinenraum hinauf.

Sobald er ins sommerliche Zwielicht trat, kam Riley – der sich immer wieder wild im Kreis drehte – auf ihn zugesprungen.

Als Riley sich auf sein Herrchen warf, war der Aufprall so stark, dass Jack nach hinten stolperte.

Riley flippte vollends aus, kläffte freudig und sprang immer wieder an Jack hoch. Wie ein Kind, das nach Jahren seinen Dad wiedersieht.

»Ganz ruhig, Junge. Ist ja gut.«

Jack kraulte den Hundekopf und sah zur Laufplanke, die vom Boot auf den Uferweg führte ... und erblickte Sarah.

Die einfach nur dastand.

Und ihr Gesichtsausdruck?

Nicht erfreut, dachte Jack. Eher sprachlos.

Jack kam allmählich der Gedanke, dass seine Entscheidungen – die plötzliche Rückkehr, ohne Sarah darüber zu informieren – wohl zu den dämlichsten gehören dürften, die er je getroffen hatte.

Riley tänzelte um Jack herum, als er zur Laufplanke ging. Die goldene Sonne schien Sarah direkt ins Gesicht.

Was sage ich jetzt nur?, überlegte Jack.

Und das Einzige, was er herausbrachte, war: »Sarah ... hi!«

Da sie nicht an Bord kam, schritt Jack zu ihr hinunter, dicht gefolgt von dem komplett überdrehten Riley.

Jack räusperte sich. »Ich nehme an, du gehst gerade mit Riley spazieren. Wollen wir ein Stück weit gemeinsam laufen? Und reden?«

Sie nickte.

Es traf ihn sehr, dass Sarah nicht mit ihm sprach.

Er betrat den Uferweg, der am Fluss entlang und dann über die Wiesen zu den schmalen Straßen führte, auf denen man zu den nahe gelegenen Farmen kam.

Jack, der sich immer unwohler in seiner Haut fühlte, ließ einige Sekunden verstreichen, bevor er zu sprechen begann.

»Sicher fragst du dich, warum ich hier bin.«

Sie blieb stehen und wandte sich zu ihm um.

Sah ihn direkt an.

Ein Jahr war vergangen, und die Frau hier neben ihm war nicht die Sarah, die er kannte. Hatte sie sich so sehr verändert?

Irgendwas ist auf jeden Fall anders.

»Nein, ich frage mich, Jack«, erwiderte sie in einem gänzlich neuen, frostigen Tonfall, der furchtbar war, »wie du wieder herkommen konntest – und wie es aussieht, bist du schon eine Weile hier ...«

»Erst seit gestern Abend. Und –«

»Und mir hast du keinen Pieps gesagt? Ich meine, ist mir irgendwas entgangen, oder waren wir nicht befreundet? Waren wir nicht mal so etwas wie Partner, die eng zusammengearbeitet haben? Aber du kannst mir keine E-Mail oder eine blöde SMS schicken, und –«

»Hey, warte mal! Darf ich vielleicht eine Erklärung dazu abgeben?«

Sie verdrehte die Augen.

Und Sarah war niemand, der gewohnheitsmäßig die Augen verdrehte, wie Jack wusste.

So schlimm ist es.

»Nur zu.«

Er ging weiter.

Vielleicht würden die sanfte Brise und das letzte bisschen Wärme es leichter machen.

Sicher war Jack sich da allerdings nicht.

Er erzählte ihr von dem Unfall seiner Tochter – ausführlicher als in den E-Mails. Von jenem Ereignis, das ihn vor über einem Jahr zwang, Cherringham zu verlassen.

Seine Tochter und ihr Mann wären fast gestorben. Zum Glück war die niedliche kleine Ada – sein Enkelkind – in ihrem fantastischen Kindersitz auf wundersame Weise unverletzt geblieben.

Während er sprach, taute Sarah ein wenig auf. Sie stellte Fragen über seine Tochter und deren Mann, erkundigte sich, wie es ihnen inzwischen ging.

Bis Jack zu jenem Teil der Geschichte kam, an dem er es nicht mehr aufschieben konnte.

»Tja, und schließlich habe ich eine Entscheidung getroffen.«

Sie nickte. Offenbar ahnte sie nicht, was sie gleich hören würde.

»Zurückzukommen?«, fragte sie nach.

Jack zögerte, sah zur Seite, zu der uralten Kirche auf der anderen Seite des Flusses, in deren Fenstern sich nun die letzten Sonnenstrahlen spiegelten.

»Nein.«

Er holte tief Luft.

Mit Freuden hätte er dies hier gegen das Verhör des übelsten Schwerverbrechers von Manhattan eingetauscht.

Das wäre ein Zuckerschlecken verglichen hiermit.

»Meine Tochter und meine Enkelin sind in L. A., und ich dachte, na ja . . .« – jetzt sah er Sarah wieder an –, »dass mein Leben vielleicht auch da ist. Dass dies hier, das schöne Cherringham, mein Boot und sogar das, was wir beide gemeinsam gemacht haben . . . nun ja . . . dass mein wahres Leben bei meiner Familie in den Staaten ist.«

Er rechnete mit einer Bemerkung, vielleicht einem kleinen Wutanfall.

Doch stattdessen sagte Sarah – die gute, weise Sarah: »Das verstehe ich. Sie sind deine Familie. Und sie sind so weit weg.«

Jack lächelte.

»Kann man wohl sagen. Weißt du, wie lange man von L. A. nach London fliegt? Zu lange.«

Sarah erwiderte sein Lächeln.

Dann fiel ihr Blick auf die alte Kirchenruine, mit der sie so viele Erinnerungen verband, und sie blieb stehen.

»Also kommst du nicht zurück. Nicht wirklich.«

Er nickte. »Stimmt. Ich bin nur hier, um die *Goose* klarzumachen, sie zu verkaufen –«

»Und wolltest dich von keinem deiner Freunde hier verabschieden?«

Da war wieder dieser strenge Unterton.

»Dazu komme ich noch. Wollen wir umkehren?«

Auf ihr Nicken hin wandte Jack sich um. Er sah, wie auf den Booten am Fluss die Lichter angingen, wie Glühwürmchen im Sommer.

Außer auf der *Goose*. Die blieb dunkel.

Als wäre er schon fort.

11. Tee auf der Goose

Sarah hatte nach wie vor Mühe, zu begreifen, dass Jack momentan hier war – *hier, verdammt!* – und er anschließend für immer fortgehen würde.

Schon bald.

Es fühlte sich schlimmer an als sein überstürztes Verschwinden vor einem Jahr.

Nun ging er stumm neben ihr her, Riley links von ihm. Die beiden waren eindeutig wieder ein Gespann: Der Hund hatte sein Herrchen wieder.

Und Sarah wartete ungeduldig auf die versprochene Erklärung.

»Du wolltest noch etwas sagen.«

»Stimmt. Ich habe dir mindestens fünf oder sechs E-Mails geschrieben – über das, was ich tun würde, was ich entschieden habe, und ...«

»Die sind nie angekommen.«

»Ja. Weil ich sie nicht abgeschickt habe. Mir kamen die Worte immer falsch vor. Und es dir so mitzuteilen, in einer E-Mail ...«

»Wenigstens hätte ich dann Bescheid gewusst.«

»Touché. Trotzdem fand ich, dass ich es dir, nach allem, was wir zusammen erlebt hatten, lieber persönlich sagen sollte. So wie jetzt.«

»Oh nein! Ich bezweifle, dass du es so wie jetzt hier geplant hast. Dass ich dich zufällig hier entdecke und du gezwungen bist, es mir zu erklären.«

»Okay, du hast recht. Trotzdem ist es irgendwie gut, oder? Ich wollte nur ein paar dringende Reparaturen an der *Goose* erledigen und danach ins Dorf. Und bevor ich mich irgendwo anders sehen lasse, wollte ich zu dir und dir erzählen, was ich vorhabe.«

»Wozu es nicht mehr kam.«

»Nein. Aber wenigstens weißt du nun, dass ich es *wollte*. Es ist nicht so, dass ich einfach verschwinde – und tschüss –, als wäre es mir egal. Denn mir ist es nicht egal. Und ich dachte, dass es dir vielleicht auch nicht egal ist.«

»Meine Kinder haben dich vermisst.«

»Und ich sie.«

Wieder Schweigen.

Obwohl Sarah sich immer noch wünschte, er hätte die blöde E-Mail geschickt, deutete sie das, was er sagte, beinahe als Zeichen, wie wichtig ihm ihre Freundschaft war.

Und das ist gut.

Vielleicht sollte sie ihn jetzt vom Haken lassen.

Schließlich war er nicht der erste Mann in ihrem Leben, der eine dumme Entscheidung getroffen hatte.

»Okay, schon verstanden.«

Sie drehte sich zu ihm und legte eine Hand auf seine Schulter. »Und nachdem das geklärt ist ... Es ist schön, dich wiederzusehen.«

Er grinste vor lauter Erleichterung, dass sie ihn begnadigte.

»Eine Umarmung wäre in Ordnung.«

Und Jack umarmte sie so fest, als wollte er ihr alle Luft aus dem Leib drücken.

Was für eine schöne Umarmung!

Sarah musste daraufhin lachen. In letzter Zeit hatte sie so viel um die Ohren, dass sie nur selten richtig gelacht hatte. Jetzt kam ihr eine Idee. Solange Jack hier war ...

Solange Jack noch hier ist ...

»Weißt du noch, wie man richtigen Tee kocht?«

Er lachte jetzt ebenfalls. »Oh ja! Das habe ich nicht verlernt.«

»Wie wäre es dann mit einer Tasse? Es gibt etwas, über das ich mit dir reden möchte.«

»Wie gut, dass ich wenigstens Gas für den Herd habe. Tee bei Kerzenschein?«

»Abgemacht.«

Dann gingen sie weiter auf das dunkle Boot zu.

»Ich muss sagen, Jack, das war nicht schlecht. Anscheinend hast du wirklich nicht verlernt, wie man Tee zubereitet, trotz der langen Zeit im – wie sagen die Leute noch – LaLa-Land?«

Jack grinste.

Sie war wütend auf ihn gewesen, doch jetzt fühlte es sich einfach nur gut an, ihn hierzuhaben; und sie wollte, dass die Wut verschwand.

Andererseits fiel es ihr schwer, zu akzeptieren, dass Jack tatsächlich für immer gehen wollte.

»Von der Seite habe ich nicht viel mitbekommen. Meistens war ich in Pasadena, wo meine Familie wohnt. Das ist fast ein Dorf und weit weg von Hollywood und allem.«

»Und die *Goose*? Ist der Schaden schlimm?«

»Er könnte übler sein. Nur ein kleines Leck, das Ray eigentlich hätte sehen müssen.«

»Ray hat etwas übersehen? Das ist aber wirklich erstaunlich!«

Jack lachte. »Okay, ich weiß, dass ich nicht gerade den besten Hüter für mein Boot ausgesucht habe. Aber er war hier, und er wollte es übernehmen... Und ich hatte ja nicht viel Zeit. Weißt du noch? Der Tag...«

Sarah erinnerte sich.

»Und jetzt wird es repariert?«

Mit anderen Worten: *Wie lange bleibst du?*

»Ja. Es müssen noch Ersatzteile bestellt werden, und Pete Bull übernimmt einige Arbeiten, die ich nicht selbst machen kann. Im Moment hat die *Goose* keinen Strom, aber das Gas funktioniert. Ich müsste jetzt nur noch das Martini-Eis-Problem lösen.«

»In einem der Läden in Cherringham gibt es sicher fertige Eiswürfel zu kaufen. Schließlich haben wir fast Hochsommer hier – für englische Verhältnisse.«

»Das ist eine gute Idee.« Jack sah sie an und nickte. »Also, worüber wolltest du mit mir reden?«

Sie zögerte. Es gab so vieles aufzuholen.

Dennoch fühlte es sich normal an, mit Jack über das zu sprechen, was sie derzeit machte.

»Ich arbeite an einer Sache, die, nun ja, *vielleicht* ein Fall ist.«

Sein Grinsen wurde breiter. »Von der Sorte hatten wir schon mehrere. Es fängt an, als wäre an der Sache nichts dran, und dann ...«

»Genau. Darf ich dir davon erzählen?«

»Klar.«

Also erzählte sie ihm alles, was sie bisher in Erfahrung gebracht hatte: von Joshs Tod, von der nach wie vor zurückgehaltenen Sache mit den Drogen sowie ihren Gesprächen mit der Direktorin und der jungen Lehrerin Maddie.

Als sie zwischendurch in ihre Tasche griff und ihren kleinen Notizblock hervorholte, lachte Jack. »Wie ich sehe, machst du dir immer noch Notizen. Sehr gut!«

Sarah blätterte.

Habe ich etwas ausgelassen, das wichtig sein könnte?

»Oh – und Louise, die neue Schulleiterin? Sie wurde eigens herberufen, weil die Schule auf dem absteigenden Ast ist. Zu viele geschwänzte Stunden, zu schlechte Noten und Ähnliches mehr ...«

»Das kann sicher passieren, wenn erst mal Drogen an einer Schule sind. Wie schätzt du die Frau ein?«

Sarah überlegte einen Moment.

»Aufmerksam. Klug. *Tough*. Aber auch besorgt. Sie weiß, dass sie hier einen heiklen Job hat.«

»Und könnte es sein, dass sie nicht so recht weiß . . . mit was für einem Problem sie es hier aufnimmt?«

»Genau«, stimmte Sarah ihm zu und fragte dann: »Irgendwelche Ideen?«

»Nun«, antwortete er schmunzelnd. »Mir steckt noch der Jetlag in den Knochen, aber . . .«

Jack sah zur Seite, woran Sarah erkannte, dass er nachdachte. Auf einmal zeigte er auf sie.

»Eine hätte ich. Ich meine, es ist noch verfrüht, und vielleicht ist es auch bloß das, wonach es aussieht . . .«

»Aber?«

»Aber ich glaube, dass du dich auf eine Sache konzentrieren solltest. Worum geht es dir hier? Um das Drogenproblem an der Schule? Oder um die Tatsache, dass dieser junge Lehrer unter Drogeneinfluss starb? Das könnten zwei verschiedene Sachen sein.«

Daran hatte Sarah noch nicht gedacht, und dabei war es einer von Jacks eisernen Grundsätzen: *Du musst immer genau wissen, mit welchem Problem du es zu tun hast.*

Das half, gezielte Fragen zu stellen. Sonst verzettelte man sich oder ließ sich vom Wesentlichen ablenken.

»Gute Frage. Ehrlich gesagt, weiß ich nicht genau, worum es geht.«

»Eben. Und das wiederum solltest du auf dem Schirm haben.«

Während Sarah seine Worte sacken ließ, fragte sie sich, ob er ahnte, was als Nächstes kommen würde.

Garantiert ahnt er es.

Trotzdem hatte er wohl nicht vor, es ihr leichter zu machen. Also trank sie noch einen Schluck Tee, und...

»Jack, wo du jetzt für eine Weile hier bist... Meinst du, dass wir vielleicht... zusammen an der Sache arbeiten könnten?«

Jack nickte und sah Sarah weiter an.

Er hat gewusst, dass ich ihn frage, dachte Sarah. *Das muss er gewusst haben...*

Dann stand er auf.

»Ich schenke mal lieber nach, was?«

Mit diesen Worten wandte er sich zu dem kleinen Gaskocher in der dunklen Kombüse der *Goose* um.

12. Drogen, Tod und Cherringham

Jack hatte mit Sarahs Frage gerechnet. Es war nicht weiter schwierig gewesen, diese Bitte kommen zu sehen.

Jetzt jedoch, da sie ausgesprochen war, wurde er unsicher.

Er brachte zwei frisch gefüllte Becher zu dem kleinen Holztisch.

»Wie ich sehe, lässt du dir nach wie vor Zeit zum Nachdenken«, sagte Sarah.

Ein Lächeln. Sie wusste, wie er tickte, und in ihrer gemeinsamen Zeit hatte ihm das immer gefallen. Doch jetzt auf der dunklen *Goose* fühlte er sich plötzlich ein bisschen gefangen.

Er setzte sich und betrachtete den Dampf, der von den Bechern aufstieg. Die Sonne war untergegangen, sodass er bald eine Kerze anzünden oder die Coleman-Laterne holen musste, die er an Deck aufbewahrte.

Doch ihm kam eine bessere Idee.

»Wollen wir nach oben aufs Deck gehen und uns dort hinsetzen? Draußen ist es noch ein wenig hell, während hier . . .«

»Gerne.«

Ihm entging nicht, dass Sarah gespannt auf seine Antwort wartete. Ein Grund mehr, sie gut zu überdenken.

Riley war schon bei dem Wort »Deck« aufgesprungen.

Der Hund klebte wieder förmlich an Jacks Lippen.

Sarah ging voraus nach oben, und Jack folgte ihr mit Riley. Auf der Seite zum Fluss standen zwei Holzstühle an Deck; sie waren so aufgestellt, dass man von ihnen aus nach Westen blickte.

Über ihnen wurde der Himmel dunkel, doch am Horizont über Cherringham lag noch ein violetter Schimmer.

»Ein schöner Abend«, sagte Jack.

»Ja.«

Sie will eine Antwort!

Sie setzten sich. Obwohl Jack jetzt zu gerne einen Martini getrunken hätte, war bei dieser Unterhaltung ein nüchterner Earl Grey wohl die klügere Wahl.

»Du machst das klasse, Sarah. Und wenn ich mich einmische, ohne absehen zu können, wann ich für immer verschwinde, würde ich sicher nur alles durcheinanderbringen.«

»Aber du *kennst* das Dorf, Jack!«, entgegnete sie rasch. »Du kennst die Leute hier. Und solange du hier bist, wäre es eine große Hilfe. Ich war nicht mal sicher, ob ich das überhaupt alleine übernehmen soll. Und ich habe immer noch Zweifel, ob das eine gute Idee ist.«

Ihrer schnellen Erwiderung nach zu urteilen, musste sie ihre Argumente zuvor schon vorbereitet haben.

Er schüttelte den Kopf. »Doch, es ist eine gute Idee. Glaub mir.«

»Okay. Dann ist es aber ebenso eine gute Idee, dass du mir hilfst. Vielleicht nicht in der Weise, wie es früher gewesen ist, nicht wie in den guten alten Zeiten und so . . .«

Jack sah hinaus zum Wasser. Seine Pläne, die so glasklar gewesen waren, verirrten sich plötzlich in mehrere Richtungen. Die *Goose* war noch nicht bereit, um sie zum Verkauf anzubieten, und nun versuchte Sarah, ihn wieder in das Leben hier einzubinden.

Von wegen – ein kurzer Ausflug in die Cotswolds und dann für immer zurück zu meiner Tochter und ihrer Familie!

»Ich weiß nicht, Sarah. Die Leute haben bestimmte Erwartungen. Wenn du das machst, ist das gut, weil sie dich kennen. Du lebst hier. Es ist dein Dorf . . . Aber was passiert, wenn ich eben noch einen Haufen Fragen gestellt habe und im nächsten Moment im Flieger nach L. A. sitze?«

»Damit kommen sie klar, Jack. *Ich* käme damit klar.«

Sein Entschluss geriet ins Wanken.

»Wir haben schon an einer Vielzahl von Fällen gearbeitet, Jack, und zwar an den unterschiedlichsten Sachen. Aber hier ... hier geht es um Drogen – in der Schule hier vor Ort, auf der auch Daniel und Chloe sind.«

Bei diesem Argument musste Jack sich geschlagen geben.

Er freute sich darauf, die beiden Kinder bald wiederzusehen. Und könnte er ihnen in die Augen blicken, wenn er wusste, dass in ihrer Schule etwas Übles vor sich ging, er aber nichts unternahm?

Er hob beide Hände.

»Okay, ich gebe mich geschlagen.«

Sarah klatschte tatsächlich in die Hände. »Das ist die beste Nachricht seit Langem!«

»Wart's ab«, erwiderte Jack, der sich keineswegs sicher war.

Dann sagte Sarah etwas, das ihm mal wieder bewies, wie gut sie ihn kannte.

»Also, wie wäre es, wenn wir diesen Tee wegkippen und einen ›Willkommen zurück, Jack‹-Martini trinken?«

Er war drauf und dran, sie zu korrigieren.

Schließlich konnte von »Willkommen zurück« keine Rede sein. Stattdessen ...

»Prima Idee. Es ist kein Eis da, aber, hey, wir werden es überleben!«

»Und vielleicht können wir jetzt schon mal einen Plan entwerfen?«

Er schüttelte den Kopf und grinste.

»Ich habe dich richtig gut ausgebildet, was?«

Er ging zurück in die Kombüse der *Grey Goose*, um den Shaker, die Martinigläser, den Wodka und den Wermut zu holen.

Und er musste zugeben, dass es sich irgendwie richtig anfühlte – trotz seiner Bemühungen, genau dies hier zu vermeiden.

»Tja, ich weiß, dass du gleich losziehen solltest, und ich muss unbedingt bald die Kinder sehen.«

»Was hältst du von einem Abendessen morgen in unserem neuen Haus? Ich kann es gar nicht erwarten, dir alles zu zeigen, Jack.«

»Das wäre perfekt. Also, wie willst du deine Liste aufteilen?«

Inzwischen brannte die Coleman-Lampe und verströmte ein warmes gelbes Licht.

Sarah blickte auf die Namen, die sie aufgeschrieben hatten. Wie bei jedem ihrer Fälle war die erste Liste von Personen, mit denen sie reden mussten, recht kurz.

Doch wer konnte schon wissen, wer alles noch auf der Liste erscheinen würde, wenn sie erst anfingen, diesen paar Leuten Fragen zu stellen?

»Tja, da haben wir Tim Wilkins, Maddies Verlobten. Er war im Ploughman.«

»Und Alan«, sagte Jack. »Wir sollten uns anhören, was die Polizei denkt.«

»Meinst du, Ray könnte Informationen für uns haben?«

Jack lächelte. »Als langjähriger Kiffer dürfte er Leute kennen, mit denen wir uns unterhalten könnten.«

Dann allerdings zögerte er.

»Und ich hätte noch einen Namen, den wir auf die Liste setzen können. Aber der wird dir ... wohl nicht gefallen.«

»Und?«

»Chloe.«

Offenbar hatte Sarah das nicht kommen sehen.

»Chloe? Warum?«

»Sie geht auf die Schule und könnte das eine oder andere gehört haben.«

»Ich glaube, sie erzählt mir von sich aus schon alles.«

»Da wäre sie der erste Teenager im Universum.«

Sarah sah zur Seite. Auf die Idee war sie nicht gekommen, dabei lag sie auf der Hand.

Louise hatte gesagt, dass die Schüler tabu wären, selbst wenn sie etwas wissen sollten – es sei denn, Louise erlaubte es ausdrücklich.

Aber ihre eigene Tochter?

»Okay, du hast recht.«

»Kann sein, dass sie nichts weiß, aber dennoch ...«

»Ja. Also ... morgen?«

»Wie wäre es, wenn ich Alan besuche? Vielleicht kann ich heute Abend noch bei Ray vorbeigehen.«

»Und ich versuche, einen Termin mit Tim Wilkins zu bekommen. Wir müssen auch mit Billy vom Ploughman reden. Er könnte etwas gesehen haben. Was Chloe betrifft, muss ich mir noch überlegen, wann – und wie. Das übernehme ich.«

»Dachte ich mir.«

Jack neigte sein Martiniglas. Leer.

»Noch einen?«

»Bei mir ist nach einem Schluss, Mr Brennan. Und ich muss allmählich mal ein Abendessen auf den Tisch bringen. Im Sommer sind die Kinder zwar länger unterwegs, aber irgendwann treibt sie der Hunger doch noch nach Hause.«

Sie stand auf und machte einen Schritt auf die Laufplanke zu, die von der *Grey Goose* hinunterführte.

Jack hatte sich ebenfalls erhoben, genauso wie Riley, der nun abwechselnd zu Jack und ihr aufsah.

»Ach ... Was machen wir mit Riley?«, fragte Sarah.

»Ich schätze, das entscheidest du, Riley«, sagte Jack mit Blick zu seinem Hund.

Riley schaute winselnd zur Seite, als wäre ihm die Situation unangenehm. Schließlich tapste er zu Jack und legte sich vor dessen Füße.

»Damit dürfte das geklärt sein«, meinte Jack achselzuckend. »Ich muss gestehen, dass er mir gefehlt hat.«

»Hey, er ist dein Hund«, sagte Sarah. »Das war uns immer bewusst.«

»Ich weiß.«

Sie ging über die Laufplanke hinunter zum Ufer, wo sie sich noch einmal zu Jack umdrehte.

»Danke!«

»Wofür?«

»Dafür, na ja, dass du hier bist. Und ja, ich weiß, dass du nicht richtig hier bist. Auf jeden Fall danke, dass du mir bei dieser Geschichte hilfst.«

»Mach ich doch gern«, antwortete er.

Sarah vermutete, dass dies nicht ganz stimmte. Trotzdem … sie hatte ihren Partner wieder. Und ihr war klar, dass sie mit diesem Wissen heute Nacht deutlich besser schlafen würde, als es zuletzt der Fall gewesen war.

Sie schritt auf den Pfad zu, der zum Dorf führte.

»Einen schönen Abend, Sarah!«

Im Dunkeln blickte sie sich zu Jack um, der nur noch ein Schattenriss war, angeleuchtet von der Laterne hinter ihm.

»Wir sprechen uns morgen.«

Und während sie ihm zuwinkte, dachte Sarah: *Was kann ich Schöneres hören?*

13. Alles ist vergeben

Jack hörte Musik von Rays Boot, als er mit einem Sechserpack Newcastle Brown Ale am Flussufer entlangging.

Ray saß an Deck, bemerkte Jack jedoch nicht mal, als der bereits neben dem heruntergekommenen Kahn stehen geblieben war. Möglicherweise war er eingenickt? Oder zu sehr in die Fernfahrerhymne von Grateful Dead vertieft?

»Hallo, Ray!«, rief Jack.

Der Mond war aufgegangen und tauchte Rays Gesicht in ein milchiges Weiß, sodass Jack sah, wie sein Freund die Augen weit aufriss. Dann rieb Ray sich übers Gesicht.

»Jack. Ähm. Hey . . .«

Jack war bekannt, dass Ray selten Besuch bekam. So gut wie *nie*, um genau zu sein. Er hielt den Sechserpack in die Höhe.

»Ich dachte, ich bringe ein paar Bier vorbei. Als Dankeschön.«

Rays Miene wirkte immer noch erschrocken; und ohne auf eine offizielle Einladung zu warten, ging Jack über die knarzende – und eventuell wenig verlässliche – Laufplanke an Bord.

»Klar, ich meine, gut«, antwortete Ray und kratzte sich die Brust unter dem T-Shirt, das voller Schweißflecken war. »Ich dachte nur, dass du irgendwie angefressen bist und so. Weil ich das Leck nicht gesehen habe, 'ne? Auf der alten *Goose*.«

Tatsächlich war Jack deshalb ziemlich verärgert.

Aber ihm war auch klar, dass man die Latte entschieden zu hoch hängen würde, wenn man von Leuten wie Ray mehr erwartete.

»Nee, das hab ich alles schon im Griff. Und jeder hätte das übersehen können.«

Was nicht ganz der Wahrheit entsprach … Solch ein Leck übersah nur, wer den ganzen Tag an der Bar im Ploughman hing oder seine Abende hier mit selbst gezogenem Gras verbrachte …

»Sie schwimmt ja noch. Also denke ich, dass ein Dankeschön angebracht ist. Ist zwar nicht der Ploughman, aber das können wir an einem anderen Abend ja nachholen.«

Jack stellte den Sechserpack auf dem Deck ab, nahm zwei Flaschen heraus und reichte Ray eine.

Endlich grinste Ray, und seine Augen zeigten wieder den für sie typischen, halb aufmerksamen Blick.

Jack dachte: *Ray mag nicht sonderlich ehrgeizig sein. Aber er scheint zufrieden mit seinem Leben zu sein, so wie es ist.*

»Danke, Jack! Echt nett, dich wieder hierzuhaben – also, solange wie du bleibst.«

Jack zog sich die Holzkiste heran, die als Rays Besucherstuhl fungierte, öffnete seine Bierflasche und trank einen Schluck. Ray hatte sein Bier schon angebrochen.

Auch wenn Ray es wohl kaum ahnen dürfte, diente dieser »Danke«-Besuch einem völlig anderen Zweck.

Aber das und die beabsichtigten Fragen konnten noch ein bisschen warten.

»Ganz schön warm heute Abend, was?«, sagte Jack und war froh, dass er noch alte Shorts an Bord gefunden hatte.

»Richtig klebrig, Jack. Total fies.«

Sarah stellte die letzten Bücher in ihr funkelnagelneues Regal, zog den leeren Karton auf den Flur und stellte sich in die Tür, um ihr Büro in Augenschein zu nehmen.

Es wird doch.

Mit den Glasflügeltüren in den Garten, dem Holzofen, der gepolsterten Fensterbank und einer kompletten Wand voller Bücher entwickelte sich der Raum zu einem wahr gewordenen Traum: ihr ganz eigenes Nest, ihr Platz zum Schreiben, ihre Zuflucht.

Sarah hörte, wie die Haustür aufging und Schritte durch den Flur eilten.

»Hey, Mum!«, rief Chloe. »Bist du da?«

Sekunden später war Chloe bei ihr.

»Wow, du hast ja richtig viel geschafft«, sagte ihre Tochter.

»Wie findest du es?«

»Genial. Kann ich auch solche Regale in meinem Zimmer haben?«

»Da musst du Grandpa fragen. Er ist hier der Tischler«, antwortete Sarah. »Hast du schon gegessen?«

»Ja. Hatties Mum hat uns Dim Sum gemacht.«

»Hmm, schön für Hatties Mum. Und wie beschämend für mich.«

Chloe grinste.

»Keine Sorge, die waren nicht so toll. Ich glaube, das waren welche aus der Tiefkühltruhe.«

»Ah, da bin froh«, sagte Sarah schmunzelnd. »Dann habe ich ja noch eine reelle Chance, mitzuhalten, was die Kochkünste anderer Mütter anbelangt.«

Chloe lachte. »Du kochst immer noch am besten von allen, Mum.«

»Red weiter – womöglich erhöhe ich dir dann dein Taschengeld.«

»Ähm, welches Taschengeld?«

»Vorsicht!«

»Soll ich dir vielleicht einen Tee machen?«, fragte Chloe.

»Gerne, Schatz.«

Chloe drehte sich um, hielt jedoch sogleich inne. »Oh, Hattie hat gesagt, dass sie dich heute in der Schule gesehen hat. Stimmt das?«

Sarah wollte diesen unbeschwerten Moment nicht kaputt machen. Was sollte sie darauf erwidern?

»Ja. Ich arbeite ein bisschen für eure neue Direktorin«, sagte sie in beiläufigem Ton. Was genau sie machte, sollte Chloe nicht wissen.

»Na, lieber du als ich.« Mit diesen Worten entschwand Chloe in Richtung Küche.

Sarah folgte ihr und blieb an der Küchentür stehen. Während Chloe den Wasserkocher füllte, fragte sie so unschuldig wie möglich: »Ist sie denn so unbeliebt?«

»Na ja, der alte Limb war ein Weichei«, antwortete Chloe. »Miss James kommt mir ein bisschen, äh, schärfer vor.«

»Ist das etwa schlecht? Ich bin nicht sicher, ob ein Weichei sich so gut eignet, eine große Schule zu leiten.«

»Ich bin *siebzehn*, Mum«, sagte Chloe, drehte sich zu ihr um und lehnte sich an die Küchenarbeitsplatte. »Ich muss es echt nicht haben, dass mir Leute wie sie erzählen, was ich machen soll.«

Autsch ...

Die Botschaft war nicht besonders subtil.

Sarah wollte mit Chloe über die Drogen in der Schule reden, hatte jetzt allerdings den Eindruck, dass dies kein günstiger Zeitpunkt war.

Sie ging hinüber zum Küchenschrank und hielt es für angebracht, das Thema zu wechseln.

»Ich müsste noch Kekse haben, falls Daniel die nicht schon vernichtet hat«, sagte sie. »Möchtest du welche?«

Die Kekspackung war noch da, und Sarah stellte sie auf den großen Küchentisch.

»Wo steckt das Monster eigentlich?«, fragte Chloe und nahm sich einen Keks.

»Oben in seinem Zimmer mit Abbie«, antwortete Sarah.

»So spät noch? Wenn ich mich recht entsinne, durfte ich in dem Alter nie so spät Freunde bei mir haben.«

»Wenn ich mich recht entsinne, hast du mit denen auch nie *Siedler von Catan* gespielt«, entgegnete Sarah. »Du hattest eher andere Sachen im Kopf.«

Kaum hatte sie diese Bemerkung ausgesprochen, erkannte Sarah, dass es die falsche war.

Völlig falsch.

Für eine Sekunde erstarrte Chloe. Jetzt konnte ihr Gespräch in zwei ganz unterschiedliche Richtungen weitergehen. Dann aber grinste ihre Tochter, und die Gewitterwolke zog davon.

»Ja, kommt hin«, sagte Chloe und stellte ihnen die Teebecher auf den Tisch. Sie lachte. »Daniel ist schräg. Und Abbie auch.«

»Sie verstehen sich gut, glaube ich. Sie sind eben befreundet«, meinte Sarah und nahm sich auch einen Keks.

Plötzlich sah Chloe sich erschrocken um. »Hey, wo ist Riley?«

»Ach, ja, da habe ich eine Überraschung. Jack ist wieder da.«

»Wow, Mum! Das wusste ich gar nicht. Hast du gewusst, dass er kommt?«

»Nein, ich hatte keine Ahnung.«

»Was ist passiert?«

Und als Sarah anfing, Chloe von ihrem Abend zu erzählen, wurde ihr klar, dass sie heute mit ihrem Arbeitszimmer nicht mehr weiterkommen würde.

Was überhaupt nichts macht.

Mit ihrer Tochter gemütlich in der neuen Küche zu sitzen, die Schiebetüren zum Garten weit offen, und sich zu unterhalten – das war etwas, das Sarah sich um keinen Preis entgehen lassen wollte.

Jack beobachtete, wie Ray sich zurück ans Brückenhaus lehnte und kräftig an seiner Selbstgedrehten zog, bis die Spitze im Dunkeln rot glühte.

»Okay. Das ist alles, du weißt schon, inoffiziell, was ich dir jetzt erzählen werde. Klar, Jack?«

»Wann haben wir uns je offiziell unterhalten, Ray?«

»Hmm, auch wieder wahr. Und wie wahr!«

Ray schien zu überlegen, ehe er nach einer weiteren Flasche Newcastle Brown griff.

Jack wartete geduldig ab, während sein Nachbar den Deckel wegschnipste und einen großen Schluck trank.

»Die Sache ist die ... Es kommt ganz drauf an, was für ›Drogen‹ du meinst. Also, wenn es um das gute alte Marihuana geht – normales Gras, Weed und so –, hat sich hier nicht viel geändert. Jedenfalls nicht, dass ich wüsste. Ich kenne da einen Typen. Wir trinken manchmal was im Ploughman zusammen. Der spricht mich an, klar? Aber das geht ja schon seit dunnemals so.«

Dunnemals? Was soll das denn heißen? Anscheinend bin ich immer noch nicht mit dem Lokaljargon vertraut.

Jack wusste von früheren Fällen, dass auf dem Parkplatz vorm Pub im kleinen Rahmen gedealt wurde. Ganz gleich, wie sehr sich Billy, der Wirt, anstrengte, dem ein Ende zu setzen, konnte er die Jungs höchstens für einige Tage verscheuchen. Über kurz oder lang waren sie wieder da.

»Und was ist mit dem echten Zeug? Koks, LSD?«, fragte Jack.

»Speed und Fröhlichmacher aller Arten? Den Kram fass ich nicht an. Das weißt du doch, Jack.«

»Sicher. Aber unter uns, Ray – du weißt bestimmt, wo die Leute dealen.«

»Kann sein.«

Mit der Zunge schob Ray einen Tabakkrümel im Mund nach vorn und spuckte ihn in den Fluss.

»Und es könnte sein, dass du was weißt, falls mehr von dem Stoff im Umlauf ist als früher.«

»Möglich wär's . . .«

»Also, falls mehr im Angebot ist – zum Beispiel durch neue Leute von außerhalb oder durch welche von hier, die gierig geworden sind –, dann würdest du das wissen, oder?«

Ray trank noch einen Schluck.

»Tja, wo du es erwähnst, Jack. Kann gut sein, dass neue Leute aufgekreuzt sind. Da ist nämlich noch was anderes. Erinnerst du dich an Terry Hamblyn?«

Jack nickte.

Vor ein paar Jahren, als er mit Sarah an einem Fall gearbeitet hatte, war er mit Terry Hamblyn aneinandergerasselt, der in einem alten Wohnwagen auf der Iron Wharf ein Stück weit flussabwärts lebte.

Terry war nicht direkt der Inbegriff des aufrechten Bürgers und lebte davon, alles zu verticken, was ihm in die Finger kam – vorzugsweise illegal und nur gegen Bares.

Und er war bekanntermaßen einer der Gelegenheitsdealer, die sich vor dem Ploughman herumtrieben.

»Jedenfalls heißt es, dass Terry sich ganz aus dem Markt zurückgezogen hat. Der ist angeblich sauber geworden.«

»Weißt du, warum?«

»Hatte was mit einer gebrochenen Nase zu tun, glaube ich.«

Jack trank von seinem Bier und verscheuchte mit der Hand eine Mücke, die sich auf seinem Arm niedergelassen hatte.

»Du weißt nicht zufällig, wer ihm die Nase gebrochen hat, oder?«

Ray schüttelte den Kopf.

»Ich weiß bloß, dass es keiner war, den ich persönlich kenne. Das hätte ich gehört, nicht? Solche Nummern behalten meine Kumpels nicht für sich.«

»Also denkst du, dass jemand Terry loswerden und dessen Geschäft übernehmen wollte?«

»Sieht so aus«, antwortete Ray.

Dann blickte er in die Ferne. »Und ich tippe, dass das keiner von hier war.« Er zog an seiner Selbstgedrehten. »Aber das ist auch schon alles, was ich weiß.«

Jack dachte darüber nach. Mehr war von Ray wohl nicht zu erfahren.

Er zeigte zu den restlichen Bierflaschen.

»Die überlasse ich dir, Ray. Ich muss morgen zeitig raus.«

»Tausend Dank. Hast du was Bestimmtes vor?«

»Ja, ich besuche die Iron Wharf.«

Ray stutzte mehrere Sekunden lang.

»Ah, jetzt kapier ich! Ähm, grüß Terry nicht von mir, klar? Mir wär's nicht so lieb, wenn er hört, dass ich an ihn gedacht habe.«

Lachend stand Jack auf. »Mach ich nicht, Ray. Danke für deine Hilfe!«

»Kein Problem. Und es ist gut, dich wieder hierzuhaben, Alter.«

Jack nickte und kehrte zur *Goose* zurück, um zu schlafen.

Als er an Bord kam, wartete Riley an Deck auf ihn.

Zeit für einen Schlummertrunk, dachte Jack. Er überlegte, wie er das mit Terry morgen am besten anging und wen er danach besuchen würde.

Dabei kam ihm ein ganz anderer Gedanke.

Vollkommen unerwartet.

Es tut gut, wieder zu arbeiten.

TEIL 2

Ein letzter Fall

14. Das Team bei der Arbeit

Sarah stieg die Marmorstufen zum Bell Hotel hinauf und wollte die Eingangstür aufdrücken – als sie abrupt stehen blieb, weil die Tür von allein aufschwang. Verwundert betrat sie das Hotel.

Das Bell war seit Langem in und um Cherringham herum berühmt für seine verblasste Eleganz und den noch viel verblassteren Service.

Vor sechs Monaten dann hatte man das Hotel wegen umfangreicher Renovierungsarbeiten geschlossen.

Sarah hatte die große Neueröffnung verpasst, obwohl ihr Name auf der Gästeliste gewesen war – als Dankeschön dafür, dass sie vor ein paar Jahren ein Problem mit einem vermeintlichen Geist in diesem Gebäude gelöst hatte.

Dies war folglich die erste Gelegenheit für sie, das renovierte Hotel von innen zu sehen. Und ihr gefiel, was sie hier erblickte. Von der alten Ausstattung war das Beste erhalten geblieben, aber Stoffe in warmen Farben und Sofas im schicken Landhausstil lockerten das ehedem allzu Förmliche auf.

Sarah durchquerte die Eingangshalle und ging geradewegs in die Lounge.

Ganz hinten in der Ecke entdeckte sie einen jungen Mann in Jeans und Strickjacke – eine Umhängetasche neben sich auf dem Sofa. Er hatte einen aufgeklappten Laptop auf den Knien und sah sie nicht kommen.

Viel lehrerhafter kann er kaum aussehen.

Sarah ging auf ihn zu.

»Tim Wilkins?«

Er blickte nervös auf und ließ fast den Laptop von seinen Knien fallen. Dann klappte er den Computer zu, klemmte ihn sich unter einen Arm, stand auf und streckte Sarah linkisch die Hand entgegen.

»Ähm, ja. Hi! Sarah, richtig?«

Sie schüttelte die Hand und zeigte zum Sofa.

»Setzen Sie sich doch bitte«, forderte sie ihn lächelnd auf. »Haben Sie Tee oder Kaffee bestellt?«

»Äh, oh ... Nein, noch nicht. Ich wusste nicht, ob Sie ... Das heißt ... ich war nicht sicher, wer ...«

»Kein Problem«, sagte Sarah. »Geht auf mich.«

»Ah, gut.«

Wie aufs Stichwort erschien ein Kellner, und Sarah bestellte für sie beide.

Als der Hotelkellner weg war, lächelte Sarah wieder und nickte zu dem Laptop.

»Danke, dass Sie zugestimmt haben, sich mit mir hier zu treffen. Sicher sind Sie sehr beschäftigt.«

»Ja, na ja, Sie wissen schon. Schuljahresende. Das bedeutet immer eine Menge Papierkram.«

»Sind Sie schon lange an der Schule?«

»Sechs Jahre.«

»Sie unterrichten Englisch, nicht?«

»Und ich bin Jahrgangsstufenleiter.«

»Daher der viele Papierkram, nehme ich an.«

Sie sah, dass er nickte. Dann beugte er sich vor. »Ähm ... Das wollte ich Sie schon gleich gefragt haben ... Warum?«

»Warum was?«

»Warum hier?«

»Ah, verstehe!«, antwortete Sarah. »Louise hält es für das Beste, wenn wir die Besprechungen an der Schule auf ein Minimum beschränken, und ich dachte, dass um diese Tageszeit die Wahrscheinlichkeit am geringsten ist, hier auf Einheimische zu treffen.«

»Ach so, verstehe.« Tim lehnte sich zurück. »Ziemlich teuer. Eher was für die Touristen.«

»Genau.«

»Nicht für Leute wie mich«, sagte Tim mit einem kurzen Lachen. Er schien ein wenig lockerer zu werden. Dann erklärte er rasch: »Äh, Sie wissen schon – das Lehrergehalt, nicht? Ich meine – nicht, dass ich nicht schon in solchen Läden gewesen wäre . . .«

»Oh, keine Sorge, ich weiß, was Sie meinen. Ich selbst kaufe meinen Kaffee bei Huffington's, und sogar da erschrecken mich die Preise immer wieder!«

Sarah beobachtete, wie er lachte und sie anblinzelte. Er war eindeutig sehr nervös gewesen. Zartbesaitet? Wenigstens schien er sich jetzt zu beruhigen.

Aber das hier würde sicher nicht einfach. Die Unterredung mit Tim dürfte ziemlich harte Arbeit werden.

»Rein mit dir, Riley! Ich bin bald wieder da.«

Jack scheuchte seinen Springer Spaniel nach unten in den Wohnraum des Boots, machte die Läden oben am Brückenhaus zu und klickte das Vorhängeschloss ein.

Dann stieg er in sein kleines Beiboot, das hinter dem Kahn vertäut war.

Tags zuvor hatte er ein paar Stunden damit zugebracht, das Boot wieder flottzumachen und zu Wasser zu lassen. Dann ging noch eine Stunde damit drauf, den Außenbordmotor in einen großen Bottich zu hieven, ans Ufer zu schleppen und dort alle Anschlüsse zu prüfen, bis er wieder hübsch schnurrte.

Immerhin war das Dingi in einem guten Zustand, was man von der *Goose* nicht behaupten konnte.

Und nun sprang der Außenbordmotor gleich beim ersten Ziehen an – wie erfreulich.

Jack machte das Beiboot los und stieß sich von der *Goose* ab.

Die Morgensonne schien hell, und die Themse war ruhig und glatt, während er flussabwärts schipperte. Jack öffnete den Reißverschluss seiner Fleecejacke und genoss es, wieder auf dem Wasser zu sein.

Er sah hinüber zum Ufer mit den Wiesen. Was für ein sattes Grün!

So einzigartig englisch ...

Anscheinend hatte es hier bisher fast nur geregnet, aber zum Glück hatte Jack offenbar die Sonne aus L. A. mitgebracht.

Er passierte das Wehr, und dann knatterte der Motor unter dem Gewölbe der Cherringham Bridge.

Als er unter der Brücke hindurchgefahren war, blickte Jack zurück und dachte an das, was Sarah ihm über Joshs letzte Minuten erzählt hatte.

Um diese Tageszeit – und vor allem bei solchem Wetter – konnte man prima im Fluss schwimmen. An lauen Sommerabenden kamen oft Kinder her zum Ufer und plantschten in der Themse.

Nachts jedoch, nach heftigem Regen, ohne das Licht des Mondes, in völliger Dunkelheit und mit einem Drogencocktail im Blut ...

Keine Chance.

Beim NYPD hatte Jack oft Taucherteams geholfen, Leichen aus dem East River zu bergen.

Sie boten immer einen traurigen – und schaurigen – Anblick.

Weiter vorn kam ein Ausflugsboot um die Flussbiegung. Als es vorbeiglitt, winkten die Familien an Bord. Jack winkte zurück, und dieser schöne Moment riss ihn aus seinen Gedanken an düstere

99

Tage, die er an einem schlammigen Fluss weit weg von hier verbracht hatte.

Nur ein paar Minuten später hatte er sein Ziel am anderen Ufer erreicht: Iron Wharf.

Im Laufe der Jahre war Jack hier zum Stammkunden geworden. Er sah sich die Verkaufsangebote an, erwarb dies und jenes an Schiffsausrüstung, unterhielt sich mit den Einheimischen; und manchmal kam er auch wegen Informationen oder Hinweisen zu einem Fall her.

Als er nun am Besuchersteg anlegte, wurde ihm wieder bewusst, wie heimisch er sich auf dem Fluss fühlte.

Als er damals nach England übergesiedelt war, hatte er zuvor jahrelang keine Bootsfahrt unternommen. Doch jetzt fühlte es sich abermals wie das Natürlichste auf der Welt an.

Er blickte sich um. Die Werft hatte sich während seiner Abwesenheit nicht verändert. Ein großer Hof voller alter Schuppen, Holzhaufen und Boote in allen erdenklichen Zuständen, die auf großen Holzbalken lagerten. Gras und Unkraut überwucherten Haufen von Abfall und Alteisen.

Und inmitten dieses Durcheinanders von nautischem Sperrmüll und Schätzen lebte Terry Hamblyn.

Jack überquerte den Werfthof und ging auf den vertrauten alten Wohnwagen zu.

Die Vorhänge waren fest zugezogen, die Fenster dreckverschmiert, und Jack konnte keinen Rauch aus dem Aluminium-Schornstein aufsteigen sehen, der aus dem Dach ragte.

War der Herr des verbeulten Wohnwagens nicht zu Hause?

Jack drückte das Ohr an die Wand des Anhängers: Kein Laut war zu hören.

Aber Jack erinnerte sich, zu welchen Zeiten Terry arbeitete – sofern man die täglichen Aktivitäten dieses Kerls als Arbeit bezeichnen konnte.

Ganz sicher lag er jetzt im Halbkoma auf seiner dünnen Schaumstoffmatratze und war vollkommen ausgeknipst.

Nun, das würde sich gleich ändern.

Jack beugte sich vor und hämmerte an die Metalltür.

15. Enthüllungen

Sarah beobachtete, wie der Kellner ihnen stumm Kaffee einschenkte, und wartete, bis er wieder gegangen war.

»Stört es Sie, wenn ich mir bei unserem Gespräch Notizen mache, Tim?«

»Ähm, nein, ist schon gut.«

Sarah holte ihren Notizblock und einen Stift aus ihrer Tasche und begann zu schreiben.

»Sie wissen, warum ich mit Ihnen sprechen möchte, nicht?«

»Ja, natürlich. Die Direktorin war sehr deutlich.«

»Und Sie wissen von dieser Sache mit Josh, nicht wahr? Von den Bluttests?«

Natürlich sollte Tim davon noch keine Ahnung haben. Aber Sarah wollte herausfinden, wie verlässlich die Leute in der Schule waren, wenn es um die Geheimhaltung von Informationen ging.

»Ähm, ich weiß nicht...«, erwiderte Tim. »Ich glaube, ich sollte nichts von den Drogen wissen – oder? Aber ich weiß es, tut mir leid.«

Sarah nickte. »Ist schon in Ordnung, Tim. Sie müssen mir nicht verraten, woher Sie es wissen, und keiner bekommt Schwierigkeiten, weil er es Ihnen erzählt hat. Ich nehme an, dass es Maddie war, stimmt's?«

Schuldbewusst nickte er. »Ähm, ja. Sie hat es mir neulich Abend erzählt.«

Zumindest bestätigt es, dass die beiden ein Paar sind, dachte Sarah.

»Und waren Sie überrascht, als Sie es hörten?«, fragte sie.

Sie erwartete, dass Tim ähnlich reagiert hatte wie Maddie – irgendwie entsetzt und ungläubig.

Doch anstatt so etwas zu erzählen, ließ er sich viel Zeit mit der Antwort – und Sarah empfand dieses leichte Kribbeln, das sich immer einstellte, wenn sich in einem Fall plötzlich ein kleiner Durchbruch auftat.

»Tim, Sie können offen mit mir reden. Ich bin *nicht* die Polizei«, sagte sie, neigte sich etwas vor und sah ihm direkt in die Augen. »Und ich bin nicht hier, um irgendjemanden zu beschuldigen oder in Schwierigkeiten zu bringen.«

»Ja, klar«, antwortete Tim leise und blickte sich in der Lounge um. »Das verstehe ich.«

Sarah sah sich ebenfalls um. Außer ihnen beiden war hier niemand; dennoch senkte auch sie nun die Stimme.

»Also zurück zu meiner Frage: Waren Sie überrascht, als Maddie Ihnen erzählte, dass Drogen in Joshs Blut gefunden wurden?«

Er holte tief Luft.

»Aber das bleibt unter uns, ja? Und Sie erzählen es keinem an der Schule.«

»Tim, falls Sie etwas wissen, das uns hilft, diese Geschichte aufzuklären – das der Schule und den Schülern dort hilft –, dann sollte Sie es mir wirklich sagen.«

Sie sah, wie er abermals blinzelte und sich seine Augen ein wenig verengten vor Stress.

»Okay«, sagte er. »Was ich Ihnen jetzt erzähle, habe ich noch keinem gesagt, weder Maddie noch sonst jemandem. Ich mochte Josh wirklich. Er war klasse, eben ein echter Kumpel. Wir sind sogar manchmal zusammen losgezogen – auf ein paar Drinks ... Na ja, zu viele Drinks! Er war gerne in Pubs und Clubs unterwegs. Ich mag allerdings keine Clubs. Die sind mir zu laut, verstehen Sie? Aber für Pubs bin ich zu haben.«

103

Sarah entging nicht, dass ihn die Erinnerung an Josh regelrecht aufleben ließ.

»Und weiter?«, fragte sie ruhig.

»Tja, vor ein paar Monaten waren Josh und ich in dieser Single-Bar in Oxford. Ich hatte Maddie nichts gesagt, denn sie würde mich killen, wenn sie das erfährt. Also erzählen Sie ihr bitte nichts davon, okay?«

Sarah bejahte stumm.

»Gut. Also diese Bar ist eigentlich so ein Laden, wo man Mädels aufreißen kann. Jedenfalls wollte Josh sich ein bisschen amüsieren, und irgendwie hat er mich so lange bequatscht, bis ich mitgegangen bin. Er konnte ziemlich überzeugend sein, müssen Sie wissen. Wir sind also dahin, und in dem Laden war es sehr dunkel. Da waren jede Menge Frauen, und wir sind mit ihnen ins Gespräch gekommen – besser gesagt, Josh ist mit ihnen ins Gespräch gekommen. Ich bin in solchen Sachen nicht so gut.«

Sarah fiel es tatsächlich schwer, sich Tim in solch einem Umfeld vorzustellen.

»Jedenfalls hat er sich mit zwei Frauen total gut verstanden. Aber es wurde spät, und dann sagte er, dass wir mit den beiden in diesen Club gehen sollten, der noch geöffnet war. Also sind wir losmarschiert – die Cowley Road rauf, glaube ich. Allerdings war ich schon ein bisschen angetrunken. Wir kamen zu dem Club, und da ... na ja ... da ist es passiert.«

»Was ist passiert, Tim?«

»Na – *es* –, verstehen Sie? Das, was ich Ihnen erzählen will. Wir standen vor dem Club in der Schlange, und kurz bevor wir reingelassen wurden, zog er die eine Frau beiseite. Sie unterhielten sich kurz, und dann sah ich, wie er eine Tablettenpackung aus seiner Tasche holte.«

Sarah hielt auf ihrem Notizblock die wichtige Information fest: *Josh nahm Drogen.*

»Und er schluckte eine Tablette und gab der Frau auch eine. Und dann – oh Gott, das ist total verrückt – drehte er sich zu mir und der anderen Frau und sagte: ›Hier, Leute, nehmt eine und amüsiert euch.‹«

Tim stockte, und Sarah wartete stumm ab, bis er weiterreden würde.

»Und diese andere Frau, die bei mir stand, nahm eine«, fuhr er schließlich fort. »Ehrlich gesagt, stehe ich nicht auf so ein Zeug, deshalb habe ich keine genommen.«

»Was war dann?«

»Tja, mir wurde ein bisschen schlecht – warum, weiß ich nicht. Vielleicht wegen dieser Drogennummer. Ich sagte, dass ich allein zum Zug gehen und nach Hause fahren würde, und Josh antwortete: ›Kein Problem‹, und ist mit den beiden Frauen in den Club. Ich bin danach zum Bahnhof marschiert. Vermutlich war mir gar nicht richtig schlecht. Kann sein, dass sich für mich diese Sache einfach nur völlig falsch anfühlte.«

Sarah nickte.

»Und Sie haben Maddie nie erzählt, dass Sie gesehen hatten, wie Josh sich Drogen einwarf?«

»Nein.«

Sarah dachte an ihre Unterhaltung mit Maddie.

»An jenem Abend – ein paar Stunden bevor Josh starb – dachten Sie laut Maddie, dass Josh bloß betrunken wäre. Stimmt das?«

»Das habe ich zu ihr gesagt, ja.«

»Aber Sie müssen den Verdacht gehegt haben, dass er Drogen genommen hatte, richtig?«

»So, wie er sich verhielt und wie er aussah . . . ja.«

»Trotzdem haben Sie nichts gesagt.«

»Na, selbstverständlich nicht. Ich meine, dann hätte sie mich gefragt, wie ich darauf komme, und dann – ich weiß nicht – hätte ich ihr vielleicht versehentlich was verraten.«

»Von Oxford und der Single-Bar.«

»Genau«, antwortete er und fuhr sich mit der Hand durchs Haar.

»Wussten Sie, dass Maddie sich auf die Suche nach Josh machte, nachdem sie Sie zu Hause abgesetzt hatte?«

»Nein, aber es wunderte mich nicht, als ich davon erfuhr. Maddie ist … nun mal so, verstehen Sie? Sie kümmert sich um andere.«

»Und wann erfuhren Sie, was passiert war?«

»Am nächsten Tag. Maddie rief mich an.«

»Das muss schwierig für Sie gewesen sein.«

»Und ob!«

Sarah erkannte, dass Tim den Tränen nahe war. Sie blickte sich erneut um. Es war immer noch niemand außer ihnen in der Lounge.

Sie beugte sich nach vorn und sagte leise: »Tim, keiner gibt Ihnen die Schuld, weil Sie an dem Abend nichts gesagt haben.«

»Ach nein? Ich mache mir nämlich sehr wohl Vorwürfe. Hätte ich etwas gesagt, würde Josh noch leben, oder? Aber ich wollte bloß mich selbst schützen. Gott, wie blöd! So blöd! Und jetzt werden Sie Maddie sowieso sagen, was ich Ihnen über die Bar in Oxford erzählt habe.«

»Ich werde es niemandem gegenüber erwähnen – versprochen.«

»Ehrlich?«, fragte er und sah sie flehend an.

Sarah nickte.

»Ihr Verhalten ist vollkommen verständlich«, beruhigte sie ihn. »Sie waren in einer heiklen Lage.«

Blinzelnd sah er zu ihr auf. »Das war ich wirklich.«

»Und sicher hätten Sie an jenem Abend nichts tun können, das viel geändert hätte.«

»Echt? Meinen Sie?«

Sarah hatte nicht vor, ihm zu sagen, was sie wirklich dachte.

»Ja.«

Er nickte und holte wieder tief Luft. »Ich muss zurück zur Schule.«

»Natürlich.«

Das war wirklich ein interessantes Gespräch, dachte Sarah.

Es war ein völlig neues Bild von Josh zutage gekommen.

Und Sarah fragte sich: *Wer war der wahre Josh?*

Sie blickte von ihrem Notizblock auf. »Sie sind zu Fuß hier, richtig?«

Tim nickte bestätigend. »Ja, ich brauchte ein bisschen Bewegung.«

»Wie wäre es, wenn ich Sie zurückfahre?«

Er überlegte kurz. »Prima.«

Es war mal wieder einer von Jacks Grundsätzen, der Sarah zu diesem Angebot veranlasst hatte.

Manchmal denkt man, dass man alles erfahren hat, aber es kann immer noch mehr geben.

Und die Fahrt gab ihr die Gelegenheit, noch einmal zu versuchen, etwas in Erfahrung zu bringen.

16. Wahrheit und Lüge

Jack betrachtete die Wohnwagentür.

Er könnte das Ding schlicht eintreten, da Terry anscheinend beabsichtigte, Jacks beharrliches Klopfen zu verschlafen.

Doch auch wenn Terry nicht der Inbegriff des aufrechten Bürgers von Cherringham war, verdiente er nicht zwangsläufig, dass ihm die dünne Blechtür seines Wohnwagens eingetreten wurde.

Zumindest nicht, ehe Jack mehr wusste.

Stattdessen holte Jack seinen Schlüsselbund mit dem Dietrich hervor. Den hatte er schon sehr lange nicht mehr benutzt. Ein kurzer Handgriff, und die Tür ging auf, als wäre das Schloss nur eine Attrappe gewesen.

Terry lag in Boxershorts und einem ärmellosen T-Shirt, das nur knapp seinen Bauch bedeckte, halb auf einem schwefelgelben Sofa voller Flecken von weiß der Himmel was, während seine untere Körperhälfte auf dem Teppichboden ausgestreckt war.

Und dieser Teppichboden sah aus, als könnte er das Sofa bei dem Wettbewerb »Was für ein Fleck ist das denn?« glatt ausstechen.

Jack ging hinüber und trat fest gegen das Sofa.

Terrys Reaktion war ein sattes Schnarchen.

Auf jeden Fall ausgeknipst. Oder war er ausgerechnet im Sommer vielleicht in einen tiefen Winterschlaf gefallen? So oder so war es erforderlich, dass Jack ein bisschen deutlicher wurde.

Er trat noch einige Male kräftig zu. Schließlich öffnete Terry erschrocken die Augen. Offenbar glaubte er, die Cotswolds würden von einem heftigen Erdbeben heimgesucht – was mehr als unwahrscheinlich war.

Jack nutzte den kurzen Moment, den Terry zu Bewusstsein gekommen war, um ihn richtig wach zu bekommen.

»Terry, steh auf!«

Terry machte den Mund auf, und Jack wollte sich nicht mal vorstellen, wie pelzig der sein dürfte.

»Hoch mit dir, Terry! Ich habe ein paar Fragen.«

Zunächst regte Terry sich nicht, deshalb trat Jack noch mal zu, um den Kerl in Schwung zu bringen.

»Es sei denn, du willst, dass ich Alan Rivers anrufe, damit er herkommt und sich mit dir unterhält.«

Diese Drohung, die wer weiß was für Ängste bei Terry auslöste, machte ihn endlich wach, und er setzte sich in Bewegung. Er winkelte die Beine an, um den gewaltigen Bauch zu stützen und natürlich auch die kegelförmigen Arme und den kahlen Kopf.

Mit dem Handrücken wischte Terry sich über die Lippen; wahrscheinlich gehörte das zu seiner Morgentoilette.

Jack überlegte, ihm einen Kaffee vorzuschlagen, um seine Zunge zu lockern. Obwohl ... in Terrys Fall sollte es wohl eher ein Schluck von welchem Fusel auch immer sein, der ihn in den gegenwärtigen Zustand versetzt hatte. Es dürfte daher klüger sein, sich jetzt sofort Informationen von Terry Hamblyn zu beschaffen – soweit der überhaupt welche beisteuern konnte.

Also brachte Jack es direkt auf den Punkt.

»Ich würde mich gerne über deine Nase unterhalten, Terry.«

Terry stutzte. Das Thema hatte er offensichtlich nicht erwartet.

»Ja, genau darüber«, bestätigte Jack sicherheitshalber.

Und weil er nicht widerstehen konnte und es gewiss nicht verwerflich war, ein wenig Spaß bei der ganzen Sache zu haben ... tippte Jack mit der Zeigefingerspitze auf Terrys – selbstverständlich tiefrote – Knollennase.

»Deine Nase ...«

Tim hatte seine Tasche so vorsichtig auf die Rückbank von Sarahs RAV4 gelegt, als wären atomare Sprengköpfe darin. Er gehörte also zu den Leuten, die ihren Laptop wie ein Neugeborenes behandelten.

Dann stieg er auf den Beifahrersitz.

»Danke ... fürs Mitnehmen.«

Er ahnte nichts von den Fragen, die noch kommen würden.

»Kein Problem, ich muss sowieso in die Richtung. Ich habe noch ein paar Sachen zu erledigen.«

Sarah setzte zurück, wendete und fuhr vom Parkplatz des Bell Hotel.

Doch anstatt nach links zur Hauptstraße zu biegen, fuhr Sarah nach rechts und die High Street hinunter. Es war ein Umweg, allerdings bezweifelte Sarah, dass Tim es bemerken würde.

Sie wartete eine Minute, bevor sie die erste gänzlich beiläufige Frage stellte. Tim konnte ja so oder so nicht weg.

»Eines noch, was den Abend im Ploughman angeht. Fanden Sie es nachvollziehbar, dass Josh sich eine Droge wie LSD eingeworfen hat?«

Sarah musste ihn nicht anschauen, um zu sehen, wie Tim den Kopf schüttelte.

»Nein. Ich meine, das, was er an jenem Abend in Oxford genommen hatte, war garantiert kein LSD. Eher irgendeine Partydroge, schätze ich. So heißen die doch, oder? Und am nächsten Tag kam er ganz normal in die Schule.«

»Und warum nahm er an dem Abend nach der Abschlussfeier LSD? Hat ihm jemand was in den Drink getan?«

Diesmal kam kein rasches Kopfschütteln.

Sarah fuhr so langsam, wie sie konnte, ohne dass es allzu auffällig wurde.

»Äh, nein. Ich meine, sicher hätte das jemand gesehen, oder? Im Ploughman war es brechend voll.«

»Ich dachte nur, es könnte eventuell einer der Schüler getan haben, die an jenem Abend dort waren. Josh war beliebt, aber kein Lehrer wird von jedem gemocht.«

Nun war das schnelle Kopfschütteln wieder da.

»Nein. Die Schüler, die an dem Abend da waren – das sind alles anständige Kids.«

Hmm, da behauptet Maddie aber etwas ganz anderes, dachte Sarah.

Er drehte den Kopf zu ihr, und sie blickte kurz zu ihm, während sie weiter die Straße im Auge behielt, die aus dem Dorf und zur Schule führte.

»Ich kann mir nicht vorstellen, dass so etwas passiert sein könnte.«

Sarah nickte.

Vermutlich hatte er recht. Es mochte sich einfach anhören – kurz mal eine Pille in einem Bierglas versenken ... *Aber so etwas wirklich tun, ohne dabei gesehen zu werden?*

Das dürfte schwierig sein.

»Würden Sie sagen, dass Sie und Josh gut befreundet blieben – nach dem, was in Oxford war?«

Ein Nicken.

»Und Sie haben nie diese Sache vor dem Club angesprochen? Die Drogen?«

»Das war seine Sache und hatte nichts mit mir zu tun.«

Sie bog auf die Hauptstraße, die zur Schule führte. Ihr blieben nur noch wenige Minuten. Und eine sehr wichtige Frage hatte sie noch.

»Das klingt jetzt vielleicht ein bisschen irre, Tim, aber Sie nehmen es mir hoffentlich nicht übel, wenn ich das anspreche.«

»Klar, reden Sie nur.«

»Sie sagten, dass Josh in Oxford an jenem Abend Drogen verteilte ...«

111

»Ja.«

»Könnte es sein, dass er – ich weiß nicht, wie ich es bezeichnen soll – ein ›Lieferant‹ war?«

Sie wartete geduldig, während Tim überlegte. Es dauerte länger, als Sarah gedacht hatte.

Schlussendlich antwortete er: »Nein, das glaube ich nicht. Ich meine, er war Lehrer! Er hatte noch Großes vor. Was Sie da andeuten ... Da müsste er ja eine Art Doppelleben geführt haben.«

»Was durchaus vorkommt.«

»Nein, nicht bei Josh.«

»Was ist mit seiner Familie? Wissen Sie irgendwas über die?«

»Ich glaube, die sind vor Jahren nach Australien ausgewandert.«

Dann drehte er den Kopf zu ihr, um auf das Offensichtliche hinzuweisen. »Deshalb waren sie nicht hier, um alles zu regeln. Ich meine, Australien ...«

Sarah lächelte. »Schon klar. Das ist weit weg.«

Tim war eindeutig nicht der hellste Lehrer aller Zeiten. Merkwürdig, dass er und die recht lebhafte Maddie ein Paar waren.

Während sie die Hauptstraße entlangfuhren, sah Sarah bereits aus der Ferne wieder den Imbisswagen, der abermals in der Haltebucht neben dem Sportplatz der Schule stand.

Selbst aus dieser recht großen Distanz erkannte Sarah, dass sich auch heute eine Gruppe von Schülern vor dem Wagen aufhielt.

Sie bog in die andere Richtung ab und nahm die Einfahrt zur Schule.

Als sie an einem der Gebäude vorbeifuhren, war von drinnen die Schulglocke zu hören. Der Unterricht fing an. Tim blickte nervös auf seine Uhr.

»Hoffentlich kommen Sie nicht meinetwegen zu spät«, sagte Sarah.

»Nein, alles gut. Ich habe jetzt eine Freistunde.«

»Ah – eines noch. Erinnern Sie sich an die Durchsuchung der Spinde?«

»Hmm?«

»Von der Direktorin weiß ich, dass sie eine Durchsuchung der Schränke am Tag der Abschlussfeier organisiert hat, zusammen mit den Jahrgangsstufenleitern. Sie und Josh waren beide dabei, richtig?«

»Ähm, ja.«

»Und Sie haben nichts gefunden?«

»Überhaupt nichts.«

Sarah hielt vor dem Hauptgebäude.

»Vielen Dank, Tim! Das waren einige wichtige Informationen. Ich weiß es wirklich zu schätzen, dass Sie sich die Zeit genommen haben.«

Er stieg aus und öffnete die Hintertür, um seine Tasche herauszunehmen. »Freut mich, dass ich helfen konnte. Ich mochte Josh. Was geschehen ist ...« Er zögerte. »Ich meine, das war furchtbar.«

Anscheinend hatte Joshs Tod den wahrscheinlich immerzu unsicheren Tim nachhaltig erschüttert.

Als er die Stufen zur Schule hinaufging, fuhr Sarah wieder weg.

Dann fiel ihr ein, dass sie noch etwas anderes tun könnte, wo sie schon mal hier war.

17. Gedankenfutter

Terrys Antwort fiel schleppend aus, als hätte sein Denk- und Sprachvermögen erhebliche Mühe, in Gang zu kommen.

»Meine Nase? Was soll mit meiner Nase sein?«

Jack trat einen Schritt näher. Die körperliche Nähe, das Eindringen in Terrys persönlichen Raum, machte die Enge in dem chaotischen Wohnwagen noch spürbarer.

»Ich habe gehört, dass jemandes Faust auf ihr gelandet ist. Soll blutig gewesen sein. Und derjenige, der es tat, war nicht gerade begeistert von dir.«

Terry sah weg, als könnte die Antwort auf Jacks Worte irgendwo über dem Haufen von alten Exemplaren der *Daily Mail* und Bierdosen schweben.

»Na und? Typen wie ich kriegen sich schon mal mit andern in die Wolle.«

Typen wie du?

Jack musste zugeben, dass Terry eine ganz eigene Art hatte, sich auszudrücken. Und er stand jetzt so nahe bei ihm, dass er Terrys Unbehagen fühlen konnte.

Der schwankende Kleinkriminelle konnte nirgends hin. Wenn er auch bloß versuchte zurückzuweichen, würde er auf sein schäbiges Sofa kippen.

»Das habe ich anders gehört, Terry.«

»Ja?«

Da schwang echte Enttäuschung in seinem Ton mit.

»Ja. Ich habe gehört, dass sich jemand an deinem Nebenerwerb störte. Du weißt schon – Drogen.«

114

Terry hob beide Hände, die Handflächen nach vorn.

»Hör mal, ich habe nix mit hartem Stoff zu tun. Ich bin kein ...«

Jack legte eine Hand auf Terrys Schulter, sodass er den Schweiß in dem Haarpelz dort fühlte.

Was man nicht alles tun muss, um ein paar Antworten zu bekommen.

»Hey, ich werfe dir gar nichts vor, Terry. Capiche?«

Offenbar gehörte dieses Wort nicht zum Sprachschatz von Terry.

»Nichts werfe ich dir vor, verstanden?« Jack ließ seine Hand auf Terrys Schulter, um es zu unterstreichen. »Aber, wie gesagt, jemandem gefiel irgendwas nicht, das du gemacht hast. Und diejenigen wollten dich da raushaben, was sie ziemlich deutlich gemacht haben.«

Wieder tippte Jack, mit der freien Hand, auf Terrys Rüssel.

»Und – rumms! – verpasst er dir eine genau hierher, damit du drüber nachdenkst.«

Terry leckte sich die Lippen.

Er will auf jeden Fall einen Muntermacher, vermutete Jack.

»Ist das ungefähr richtig?«, fragte er.

Schließlich nickte Terry, und Jack konnte seine Hand wegnehmen.

»Schön. Wie gesagt, mir ist egal, um was für Stoff es ging.«

Jack lehnte sich noch näher, auch wenn sein Geruchssinn darüber nicht glücklich war. »Obwohl ich mir vorstellen kann, was es war. Hmm?«

Terry nickte wieder.

»Jemand wollte dein Geschäft übernehmen, worum auch immer es sich handelte. Stimmt's?«

»Ähm, ja.«

»Schön«, sagte Jack. »Siehst du, wir machen Fortschritte.«

115

Jack blickte sich im Wohnwagen um.

Ich freue mich jetzt schon darauf, hier rauszukommen, weg von dem Gestankmix aus weiß der Geier was – zurück aufs Boot und an die frische Luft.

Er wandte sich wieder zu Terry.

»Und jetzt sag mir einfach, wer das war?«

Sarah bog in eine Lücke etwa zwanzig Meter vom Imbisswagen entfernt. Auf dessen Seite stand »Rikky's« in verblichenen Lettern.

Andere Autos standen neben dem Wagen, alle in andere Richtungen weisend. Ein Parksystem gab es hier nicht.

Immer noch waren Schüler vor der mobilen Imbissbude ... *Abhängen würden sie es wohl nennen*, dachte Sarah. Einige hielten Cola-Dosen in der Hand, andere aßen. Sie unterhielten sich und lachten.

Sarah vermutete, dass den ganzen Tag über ältere Schüler herkamen.

Gut für den Imbissbetreiber, nicht so gut für die Schule.

Seitlich vom Wagen hockten ein paar Arbeiter mit Helmen und neongelben Westen auf einer niedrigen Mauer. Auch sie aßen und tranken.

Allerdings entging Sarah nicht, dass manche der Männer immer wieder zu den lachenden Mädchen in ihren Schuluniformen sahen.

Dazu fiel Sarah nur ein Wort ein: gruselig.

Und sie fragte sich, warum Louise dem nicht längst ein Ende gesetzt hatte.

Sie muss doch Bescheid wissen!

Aber vielleicht nahm sie sich eine Sache nach der anderen vor.

Als Sarah näher kam, sah sie einen jungen Typen in Kapuzenjacke und Jeans, einen Motorradhelm unterm Arm. Er unterhielt sich lebhaft mit jemandem im Imbisswagen.

War das ein Streit?

Dann bemerkte der Typ sie, schnippte seine Zigarette weg, setzte den Helm auf und ging zu einem Motorrad, das am Zaun parkte.

Sarah blieb vor dem ersten der beiden offenen Fenster des Imbisswagens stehen. Auch sie spürte, wie die Arbeiter sie musterten.

Nicht unbedingt ein Ort, den sie sich fürs Mittagessen aussuchen würde.

Oder für irgendwas überhaupt.

Wie es aussah, war das eine Fenster für Bestellungen, das andere die Ausgabe.

Sarah trat ans »Bestellfenster«.

Der Mann, der gut einen halben Meter höher stand als sie, hatte den Rücken zum Fenster gekehrt und sprach mit jemandem am Grill, der das Essen zubereitete.

Sarah wartete, bis er sich zu ihr umdrehte.

Terry begann den Kopf zu schütteln.

Und Jack wurde klar, dass Terry Hamblyn Angst hatte.

Und zwar nicht vor mir.

»Terry, wer hat übernommen? Wer hat dich verprügelt?«

Jack hatte das schon früher gesehen: dieses Kopfschütteln bei einer Befragung, unmittelbar bevor der Damm brach – wenn der Verdächtige noch sein Bestes gab, um dichtzuhalten und sich gegen das Unvermeidliche zu wehren.

Da war nur ein wenig mehr Druck gefragt.

»Ich möchte wirklich ungern Alan einschalten.«

Nun hörte der Kopf auf, sich zu bewegen. Terrys Blick wurde

panisch. Wahrscheinlich war es der schlimmste Morgen seit einer Weile für ihn.

Noch ein echsenartiges Lippenlecken.

»Hör zu – oh Gott –, hör mir einfach zu!«

»Bin ganz Ohr, Terry.«

Terry hob eine Hand, als wollte er unter Eid aussagen.

»Da waren zwei von denen. Große, knallharte Typen. Die Sorte, die keinen Spaß versteht. Verstehst du, was ich meine, Jack?«

»Ja, mir könnten schon mal welche von denen über den Weg gelaufen sein.«

»Echt – ich dachte, die bringen mich um. Haben mich richtig zusammengetreten, und dann auch noch gegen den Kopf ... Total heftig.«

»Alles klar.«

Dann krümmte er die Finger, bis nur noch einer in die Höhe ragte. Was die Typen auch zu Terry gesagt hatten, es hatte sich ihm ins Gedächtnis gebrannt.

»Die haben gesagt: ›Du bist raus aus dem Geschäft, Terry Hamblyn. Sonst passieren üble Dinge.‹ Und dabei haben sie wieder zugetreten.«

In diesem Moment kam Jack ein Gedanke: Diejenigen, die Terry eingeschüchtert hatten, waren Profis. Sie wussten, welche Knöpfe sie drücken mussten und wie sie die Botschaft so rüberbrachten, dass sie wirkte.

»Und ich habe gesagt ... Ich habe gesagt: ›Okay, schon gut. Alles klar, ich bin draußen.‹ Und das habe ich ernst gemeint.«

»Jede Wette, Terry.«

Terry atmete schwer. Jenen Moment noch mal zu durchleben war nicht witzig für ihn.

Und Jack fragte sich, ob er dieselbe Technik anwenden müsste, um seine Antwort zu bekommen.

Immerhin weiß ich jetzt, dass Terry darauf reagiert!

»Das muss übel gewesen sein, Terry, keine Frage. Aber du hast mir immer noch nicht erzählt, wer es war. Wer hat dir das angetan?«

Nun beobachtete Jack, wie sich eine dunkle Wolke über Terrys Züge legte. Sein Blick huschte nach links und rechts.

»Aber das ist es ja gerade, Jack! Ich schwöre, ich habe keinen Schimmer. Ich weiß nicht, wer zur Hölle das war. Die Typen arbeiten für jemanden, und die verstehen ihren Job, glaub mir. Aber ich habe keine Ahnung, für wen die arbeiten!«

Für einen Moment dachte Jack: *Das war es.*

Ein kleiner Informationsbrocken, der jedoch letztlich nichts besagte. Was brachte der ihm?

Nicht direkt viel.

Er drehte sich weg, als wollte er Terrys stinkender Höhle entfliehen.

Er machte einen Schritt auf die Tür zu, die noch einen Spaltbreit offen stand, und legte eine Hand auf den Metallbügel, der als Klinke diente. Dann hielt er inne.

Terry lebte hier. Terry hatte mit Drogen gedealt.

Eines sollte er noch in Erfahrung bringen können...

Also wandte er sich wieder zu dem unglückseligen Terry um, der bereits zwischen Papierstapeln und dreckigen Klamotten nach etwas wühlte, von dem er wahrscheinlich hoffte, dass es keine ganz leere Flasche war – oder ein brauchbarer Joint-Stummel.

»Eines noch, Terry...«

Wie ein Kaninchen im Scheinwerferlicht blickte Terry auf.

»Ja?«

»Wenn jemand in die Gegend zieht, der, du weißt schon, Drogen verticken will – woher würde derjenige am ehesten kommen? Hmm?«

Terry entdeckte den halb gerauchten Joint, nach dem er an-

119

scheinend gesucht hatte, und zündete ihn mit einem alten Butangas-Feuerzeug an.

Vorn am Joint stieg kurz eine Flamme auf, und Funken und Asche stoben in alle Richtungen. Terry hustete.

Jack schob die Tür hinter sich auf, sodass der Luftzug den Qualm vom Joint weiter in den Wohnwagen drückte.

»Woher?«, fragte Terry. »Weiß nicht. Birmingham? Oder über die Autobahn aus London? Oxford. Die können von überall sein, verdammt!«

»Ach, komm schon, Terry; das weißt du doch sicher besser.«

Terry runzelte die Stirn und blinzelte.

»Keinen Schimmer. Gloucester vielleicht? Von dort aus arbeiten garantiert einige Leute. Was in Gloucester abgeht, juckt doch längst keinen mehr.«

Jack erinnerte sich an seine Ausflüge nach Gloucester.

Harte Zeiten in einer harten Stadt. Gut vorstellbar, dass es dort nicht an Kunden mangelte. Und demzufolge natürlich auch nicht an Dealern ...

»Danke für deine Hilfe, Terry«, sagte er. »Falls dir noch was einfällt – du weißt ja, wo du mich findest, nicht?«

»Klar, sicher. Träum weiter«, antwortete Terry.

Jack warf ihm einen Blick zu.

»Ja, geht klar«, korrigierte sich Terry hastig. »Ähm, mach ich.«

Jack ging durch die Tür.

»Hey!«, rief Terry. »Geht's hier um den Typen, der letzte Woche gestorben ist?«

Jack drehte sich um.

»Davon hast du gehört?«

»Hat doch jeder, Alter«, antwortete Terry. »Am nächsten Tag hat's hier von Cops nur so gewimmelt.«

»Weißt du irgendwas darüber?«

»Er war irgendein Typ, oder?«, entgegnete Terry achselzuckend. »Bloß ein Typ. Ein Lehrer, oder?«

Jack nickte, drehte sich wieder weg, stieg aus dem Wohnwagen und schloss die Tür hinter sich.

Als er über die Werft zurück zum Steg ging, fragte Jack sich, ob Terry mehr wusste, als er erzählte.

Seit Jack ihn das letzte Mal gesehen hatte, schien Terry eine Pechsträhne erwischt zu haben. Und er hatte offenbar richtig üble Prügel kassiert.

Es wirkte fast, als hätten ihn die gebrochen.

Wer diese Typen auch sein mochten – oder woher sie auch kamen –, sie wussten verflucht gut, was sie taten.

Jack stieg in sein kleines Dingi und startete den Außenbordmotor.

Dann machte er die Leine los, stieß sich von dem alten, brüchigen Anleger ab und schipperte zurück zur *Goose*.

Auf halbem Weg zurück zu seinem Boot kam Jack eine Idee.

Was ist, wenn Josh Owen über irgendwas gestolpert war, das mit den Drogen an der Schule zu tun hatte?

Was wäre, wenn er etwas über die neuen Dealer herausgefunden hatte, die den Markt hier übernahmen? Und was wäre, wenn dieses Wissen ausgereicht hatte, um den jungen Lehrer zu töten.

Worauf die wesentlichen Fragen folgten:

Was ist, wenn Josh Owen nicht von der Brücke gestürzt war?

Was, wenn er gestoßen wurde?

Was, wenn Josh Owen ... ermordet wurde?

18. Pommes mit was?

»Was soll's denn sein?«

Sarah lächelte dem Mann zu. Auf dem blutroten T-Shirt war ein verblasstes Logo, das Sarah nicht genau zu erkennen vermochte.

Auf der ausgeleierten Brusttasche des Shirts war der Name in Schnörkelschrift aufgestickt.

»Rikky.«

Muskulöse Arme. Dunkle Augenbrauen, die sich bei der Frage nach Sarahs Bestellung nach unten zogen und ein perfektes V bildeten. Auch die übrigen Gesichtszüge passten dazu und formten eine Miene, die nicht ganz mürrisch, aber auch Lichtjahre entfernt von einem Lächeln war.

Der Zahnstocher im Mundwinkel rundete das Bild noch ab.

Sarah war auf so etwas nicht richtig vorbereitet. Sie hatte ja ganz spontan gehalten, als sie eine Ahnung überkam.

Und jetzt war sie hier.

»Nur einen Kaffee, bitte«, sagte sie.

Dies ist wohl kaum der Ort, an dem man nach einem Espresso mit geschäumter Milch oder einem Mochaccino fragt, nahm sie an.

Rikkys Gesicht blieb im Fragemodus.

»Sonst noch was? Was zu essen?«

Sarah gab vor, die handgeschriebenen Tafeln auf den offenen Läden des Imbisswagens zu studieren. Da wurde alles Mögliche von Bacon-Sandwiches und Hamburgern über Falafel und Würstchen bis hin zu Fleischpasteten angeboten. »Frisch zubereitet« stand unten drunter.

Hier etwas zum Essen zu bestellen würde bedeuten, ein unwägbares Risiko einzugehen.

»Ähm, Pommes frites vielleicht.«

Der Mann nickte mit undurchsichtiger Miene und wandte sich nach rechts.

»Ted, Pommes und Kaffee.«

Sarah musste in ihrer Handtasche wühlen und war nicht mal sicher, ob sie Bargeld bei sich hatte. Der Imbiss war kein Ort, an dem sie ihre EC-Karte zücken wollte.

Sie öffnete ihr Portemonnaie und gab dem Mann zehn Pfund.

Während das Geld verschwand, wurde ihr bewusst, dass dies der Moment war, wo sie die Frage stellen musste, die sie hergetrieben hatte.

»Wie es aussieht«, begann sie, als er das Wechselgeld abzählte, »haben Sie viele Schüler hier. Ist das eigentlich erlaubt?«

Der Mann drehte sich wieder zu ihr, in seiner Faust hielt er einen zerknüllten Fünf-Pfund-Schein und einige Münzen.

»Was fragen Sie mich das? Fragen Sie doch in der Schule, wenn es Ihnen nicht passt.«

Okay ... Was für ein Charmebolzen, und noch dazu so gesprächsfreudig.

»Ich hatte mich nur gefragt, ob Sie hier manchmal Jugendliche sehen, die ... nun ja ... Dinge tun, von denen sie besser die Finger lassen sollten.«

Sie nickte zu dem Jungen auf dem Motorrad, der jetzt seine Maschine anwarf und wendete, um mit röhrendem Motor gen Hauptstraße zu preschen.

»Wie der Typ zum Beispiel?«, fragte sie.

Und nun merkte der Mann auf.

Er verschränkte die Arme und lehnte sich auf dem Tresen zu ihr hinab. Sein Zahnstocher spazierte vom einen Mundwinkel zum anderen.

Gleichzeitig wanderte auch sein Blick von links nach rechts.

»Sind Sie von der Polizei? Was soll die Frage, ob ich was gesehen habe? *Was* soll ich denn gesehen haben?«

Sarah bekam das Gefühl, dass ihre spontane Befragung eine blöde Idee gewesen war. Und falls es doch kein dummer Einfall war, hätte sie das hier lieber Jack überlassen sollen.

»Vielleicht Jugendliche, die trinken oder ...« – wollte sie das ernsthaft fragen? – »... Drogen kaufen. Wie gesagt, hier sind viele Schüler. Also haben Sie mal jemand gesehen, der hier herumhing und vielleicht versuchte, ihnen was zu verkaufen? Das meine ich.«

Der Mann nickte langsam.

Und konnte dies unangenehm lange machen.

Auf einmal war sein Zahnstocher in der Mundmitte und wies mit der Spitze direkt auf Sarah.

»Nein, nie was gesehen. Das wäre ja auch verboten.«

Er starrte sie eindringlich an.

»Sind Sie etwa 'ne Mum? Geht's darum? Sind Ihre Kids auf der Schule?«, fragte er und nickte über die Schulter in die ungefähre Richtung der Schule.

Sarah begriff, dass Rikky ihr soeben die perfekte Tarnung geliefert hatte. Übertrieben verzog sie das Gesicht, als wäre sie ertappt worden.

»Dachte ich mir doch«, sagte er mit einem hämischen Grinsen.

»Ist das so offensichtlich?«

»Na, als Cop wären Sie schon mal ein Reinfall«, antwortete er grinsend und wischte sich die Hände an einem schmierigen Lappen ab. »Ich hab Sie durchschaut, oder?«

»Ja, da haben Sie recht«, sagte Sarah, rang sich ein Lachen ab und spielte die überbesorgte Mutter. »Und wie Sie mich durchschaut haben!«

Rikkys faltiges, grobes Gesicht verzog sich zu etwas, das entfernt einem Lächeln ähnelte.

»Ist ja nur verständlich«, meinte er. »Dass Sie herkommen und selbst nachgucken wollen, was hier so abgeht.«

Wow, Rikky drehte seinen Charme voll auf!

Und um es zu betonen, löste er die Arme aus ihrer Verschränkung und richtete sich wieder auf.

»Aber Sie müssen sich keine Sorgen machen«, versicherte er. »Das Schlimmste, was denen hier passieren kann, ist eine nicht ganz durchgebratene Wurst.«

Dann lachte er laut über seinen Witz, wobei sich ein kaum verhohlenes anzügliches Grinsen auf seinem Gesicht zeigte.

Sarah lächelte ihn an, obwohl ihr selten weniger nach einem Lächeln zumute gewesen war.

Der Mann rechts von Rikky – der Kerl, der vorhin Ted genannt worden war – rief genau in diesem Moment: »Bestellung ist fertig!«

Und Sarahs Gespräch mit Rikky über die Jugendlichen und Drogen endete zum Glück, da sie zum zweiten Fenster gehen musste.

Ted war vollkommen anders, als Sarah erwartet hatte.

Während sie sich mit Rikky unterhielt, hatte der stumme »Koch« mit dem Rücken zu ihr gestanden.

Nun aber drehte er sich um und schob ihr eine übervolle Pappschale mit Pommes frites über den Tresen, sodass Sarah ihn jetzt erst richtig zu sehen bekam.

Der kann höchstens achtzehn sein, dachte sie erstaunt.

Nicht einmal in seinem fleckigen weißen T-Shirt, der Jeans und der Schürze erweckte er den Eindruck, als gehörte er in diesen schäbigen Transporter, wo er Hamburger-Frikadellen wendete und Pommes frittierte.

Er war groß und schlank. Mit seinen dunkelbraunen Augen,

einem langen Pony, der ihm immer wieder in die Stirn fiel, und einem ziemlich fusseligen, dünnen Bart sah er aus, als sollte er in einer Band sein und Balladen auf YouTube singen.

»Haben Sie Ketchup?«, fragte Sarah, um mit ihm ins Gespräch zu kommen.

Er zeigte zur Seite, wo – für alle offensichtlich – Ketchup, Mayonnaise und Soße in großen Plastikflaschen standen.

»Entschuldigung«, sagte Sarah. »Danke!«

Er nickte ihr zu, nahm ein ramponiertes Taschenbuch auf und begann zu lesen.

»Sie haben nicht zufällig jemanden hier herumhängen gesehen, der verdächtig wirkte?«, erkundigte sie sich.

Sie beobachtete, wie er träge aufblickte und sie zum ersten Mal richtig ansah.

»Hmm?«

»Ted – stimmt's?«, fuhr sie fort und nickte zu dem Namen auf seinem T-Shirt. »Wie ich eben schon Rikky erzählt habe, frage ich mich, ob Sie hier jemanden gesehen haben, der ein bisschen verdächtig aussah.« Dann ergänzte sie rasch: »Wir Mütter machen uns Sorgen wegen Orten wie diesem. Die Jugendlichen, Leute auf der Durchfahrt von wer weiß wo ... Verstehen Sie, was ich meine?«

Schon beim Formulieren dieser Worte war sie sich lächerlich vorgekommen, aber mit ihrer Tarnung als »besorgte Mum« würde man es ihr wohl ohne Weiteres durchgehen lassen.

»Äh ... nein«, erwiderte er, als wäre es wirklich die bescheuertste Frage, die er je gehört hatte.

Sarah nickte und beschloss, sich zurückzuziehen.

»Trotzdem danke«, sagte sie. »Für die Pommes.«

Dann ging sie zurück zu ihrem Wagen und lehnte sich im warmen Sonnenschein an die Tür. Dort aß sie die fettigen Pommes frites mit einer Plastikgabel und sah dem vorbeirauschenden Verkehr zu.

Sie blickte hinüber zum Parkbereich am Schulzaun, der von Schlaglöchern zerfressen war.

Die Wagen und Transporter waren weniger geworden. Vormittagsflaute, vermutete Sarah.

Die Arbeiter hatten ihre improvisierten Sitzplätze verlassen, und die Mädchen aus der Schule hatten sie eingenommen.

Sarah glaubte, eine von ihnen als Freundin von Chloe wiederzuerkennen – oder vielleicht war sie weniger eine Freundin, sondern nur eine Mitschülerin. Das Mädchen schien Sarah nicht zu erkennen. Dennoch achtete Sarah darauf, möglichst unauffällig hinüberzusehen.

Langsam aß sie ihre Pommes frites.

Nach ein paar Minuten ging die Hintertür des Imbisswagens auf. Ted kam heraus, zog eine Selbstgedrehte aus seiner T-Shirt-Tasche und steckte sie an.

Dann schlenderte er zu der Mädchengruppe. Aus deren Reaktion – besser gesagt: aus dem sorgfältigen Vermeiden einer deutlich sichtbaren Reaktion – folgerte Sarah, dass Ted der Grund war, weshalb sie dort seit fünf Minuten hockten und warteten.

Offensichtlich kannten sie ihn gut.

Er war ja auch eine Augenweide für die Mädchen.

Nun stand er vor ihnen, rollte lässig die Zigarette zwischen seinen Fingern und sagte hin und wieder ein paar Worte.

Die Mädchen kicherten, lachten und plapperten, wobei sie immer wieder zu dem jungen Imbissbudenkoch blickten.

Allem Anschein nach hatte sogar ein solcher Job ohne Aufstiegsmöglichkeiten – wie das Verkaufen von Hamburgern und Pommes an Fernfahrer und Vertreter – seine Vorteile.

Sarah hörte die Schulglocke aus der Ferne und sah, wie sich die Mädchen widerwillig von Ted verabschiedeten.

Eine von ihnen beugte sich dicht zu ihm und berührte sanft seine Taille.

Seine Hand war kurz an ihrem Rücken ...

Dann duckten sich alle durch ein Loch im Zaun, betraten den Sportplatz und gingen weiter in Richtung Schule.

Sarah sah, dass Ted ihnen nachblickte.

Eine Minute später schnipste er die Spitze von seiner Selbstgedrehten weg, steckte die halb gerauchte Zigarette wieder ein und kehrte zum Imbisswagen zurück.

Sarah hatte ihre Pommes frites aufgegessen – auch eine Art Mittagessen – und wischte sich die Hände an der kleinen Papierserviette ab. Die Mädchen konnte sie noch durch den Zaun sehen; sie hatten inzwischen den Sportplatz halb überquert.

Das muss ziemlich regelmäßig so ablaufen, dachte Sarah. *Und wer bin ich, es ihnen vorzuwerfen?*

In dem Alter hätte ich es nicht anders gemacht.

Sie sah erneut zur mobilen Imbissbude. Rikky lehnte abermals auf dem Tresen und beobachtete sie.

Ernst.

Sarah ging zu einem überquellenden Mülleimer am Zaun und ließ die Pappschale und den Kaffeebecher hineinfallen. Dann kehrte sie zu ihrem Wagen zurück, stieg ein und ließ den Motor an.

Als sie auf die Straße biegen wollte und nach beiden Seiten Ausschau hielt, bemerkte sie aus dem Augenwinkel, dass Rikky sie nach wie vor beobachtete.

Sie drehte sich nicht um, sondern machte sich auf den Weg in den Ortskern von Cherringham.

Irgendwie war ihr das hier ... unheimlich.

Nur warum?

19. Dinner für zwei

Lymore Cottage, las Jack auf dem verwitterten Schild am Zaun.

Hier ist es.

Er klemmte sich den Blumenstrauß unter den Arm, schob die Pforte zu Sarahs neuem Haus auf und schloss sie hinter sich zu. Dann blieb er kurz stehen, eine Weinflasche in der einen Hand, die Blumen in der anderen, und betrachtete das Haus.

Es war ein klassisches englisches Cottage, und Jack erkannte auf den ersten Blick, warum Sarah nicht hatte widerstehen können, es zu kaufen. Es war so typisch ... *Sarah.*

Ein kleiner Vorgarten, ein mit Kies ausgestreuter Parkbereich für zwei Autos, daneben ein zu hoch gewachsener Rasen und ein Apfelbaum voller kleiner grüner Früchte.

Und zu beiden Seiten ausladende Hecken aus unterschiedlichen Sträuchern, durchzogen von Klematis und Efeu.

Es hatte etwas von einem Puppenhaus.

Das Haus war aus dem honiggelben Stein gebaut, der in der Abendsonne zu leuchten schien, und hatte einen Eingang mit einer niedlichen kleinen Veranda. Zu beiden Seiten der Tür gab es Flügelfenster.

Oben – was Jack die zweite Etage nennen würde, die Engländer aber beharrlich als den ersten Stock bezeichneten – reihten sich drei Fenster unter einem mit Kalksteinziegeln gedeckten Dach, das von Flechten und Moos gesprenkelt war.

Eine beachtliche Veränderung nach der kleinen Doppelhaushälfte im Dorf, in der Sarah vorher gewohnt hatte, dachte er. *Fast schon vollkommen.*

Jack ging zur Haustür und betätigte den Messingklopfer.

Die Tür ging auf, und da stand Sarah in einem geblümten Kleid vor ihm: das Haar hochgebunden, eine Schürze um und die Wangen gerötet – vom Kochen, nahm Jack an.

»Jack! Perfektes Timing. Oh, was für schöne Rosen – fantastisch! Aber das wäre doch nicht nötig gewesen. Komm rein!«

Mit diesen Worten nahm sie ihm den Blumenstrauß ab und ging voraus in den hinteren Teil des Hauses.

Jack schloss die Haustür und folgte ihr, vorbei an einer offenen Treppe und ein paar Zimmern, bis er in eine angenehm große Küche mit Glasdach, Steinboden und kahlen Backsteinwänden gelangte.

Eine große Verbesserung nach der winzigen Küche, die sie früher hatte.

Sarah bückte sich zum Ofen und löffelte etwas in eine große Auflaufform.

»Perfektes Timing?«, fragte Jack.

»Oh ja«, sagte Sarah, ohne sich umzudrehen. »Ich mache einen lachhaft komplizierten Auflauf, weiß der Himmel warum. Jedenfalls braucht er noch eine halbe Stunde. Ich musste so einen Spezialsud kochen, deshalb hatte ich noch keine Zeit, einen Drink vorzubereiten. Sei du doch bitte so lieb und zaubere was für uns!«

Jack blickte zu den großen Glasschiebetüren, durch die man zu einer überdachten Terrasse und von dort in den Garten gelangte.

Vor den Türen standen ein paar gemütliche Gartensessel, die nach vorn ausgerichtet waren. Der Garten schien sich bis zum Fluss hinunter zu erstrecken.

Neben den Sesseln war ein langer Tisch, dessen entfernteres Ende zum Essen gedeckt war. An dem anderen Ende stand ein Silbertablett mit einem Cocktail-Shaker, einer Flasche Rodnik-Wodka – alle Achtung! – und einer Flasche Wermut sowie zwei Schalen, die Zitronenscheiben und Eis enthielten.

Und natürlich fehlten die zwei idealen Martinigläser nicht.

Jack wusste, was er zu tun hatte.

Als Sarah schließlich aus der Küche zu ihm kam, hatte er die eiskalten Drinks bereit.

»Cheers!« Sarah prostete ihm zu.

»Cheers!«

Beide tranken, und einige Sekunden lang genoss Jack den wunderbaren Geschmack und diesen besonderen Moment hier draußen im abendlichen Sonnenschein – den Essensduft aus der Küche, den großen, von Bäumen gesäumten Garten und das ruhige Fließen der Themse.

»Mit einem Dreh nach oben – und ein bisschen Eis«, sagte Sarah. »Ich erinnere mich, wie ich dich das zum ersten Mal im Ploughman sagen hörte und Billy dich ansah, als kämst du direkt vom Mars.«

Jack lachte.

»Das hat sich inzwischen geändert«, betonte er. »Ich schätze, dass man heutzutage überall in Cherringham einen Martini bestellen kann, und er wäre genauso gut wie in meiner Lieblingsbar in Manhattan.«

»Dein Geschenk an England.« Sarah schmunzelte.

»An Cherringham zumindest. Trotzdem erinnert man sich hoffentlich nicht bloß wegen meiner Martinis an mich.«

»Ganz bestimmt nicht, Jack.«

Er beobachtete, wie sie ihm herzlich zulächelte, und hatte das Gefühl, dass sie ihm vielleicht verziehen hatte.

Dann ertönte eine Stimme hinter ihm.

»Hey, Jack! Du bist hier!«

Er drehte sich um und entdeckte Daniel oben an einem der Fenster.

»Hallo, Daniel! Ja, ich bin wirklich hier.«

»Ich komme runter!«

131

Das Gesicht verschwand und erschien Sekunden später in der Küche wieder, in die Daniel mit hohem Tempo hereingelaufen kam.

Dort wurde Sarahs Sohn langsamer, kam dann heraus auf die Terrasse und blieb ein bisschen nervös ungefähr einen Meter vor Jack stehen.

Im letzten Jahr war Daniel mächtig gewachsen, und sein Gesicht nahm allmählich die Konturen des jungen Mannes an, zu dem er wurde.

Vorerst jedoch war er immer noch ein Kind, und Jack entging nicht, dass Daniel unsicher war, wie er den alten Freund seiner Mutter begrüßen sollte.

Also streckte Jack ihm die Faust entgegen – so wie sie es vor einem Jahr auch gehalten hatten –, und Daniel boxte sie dankbar ab, ehe er Jack zu dessen Überraschung umarmte.

»Genial, dass du wieder da bist!«, rief Daniel.

»Hey, ich finde es auch klasse, dich zu sehen«, entgegnete Jack und stellte verwundert fest, dass ihn diese Freundschaftsgeste richtig rührte.

»Wie geht es Riley?«, erkundigte sich Daniel.

»Ah, dem geht's gut. Ich kann euch gar nicht genug danken, dass ihr die ganze Zeit für ihn gesorgt habt.«

»Das war super. Manchmal schläft er in meinem Zimmer.« Dann korrigierte Daniel sich: »Er hat bei mir geschlafen, meine ich.«

Und Jack begriff, dass Riley in dem Jahr zu Daniels Hund geworden war.

Es musste hart für Daniel gewesen sein, dass der Hund von einem Tag auf den anderen verschwunden war und nicht zurückkam.

Was Jack zu dem Gedanken führte: *Hey, was mache ich denn jetzt mit Riley? Nehme ich ihn mit zurück in die Staaten? Wie käme Daniel damit klar?*

»Und er kann ganz schön streng riechen, besonders nach einem späten Spaziergang, was?«, merkte Jack an.

»Wem sagst du das!« Daniel grinste.

Wieder entstand eine unangenehme Pause.

»Und was treibst du jetzt so?«, fragte Jack.

Er sah, dass Daniel sich schüchtern etwas zurückzog und an den Tisch lehnte, als wäre er darüber erschrocken, wie gesprächig er eben gewesen war.

»Ach, dies und das, du weißt schon. Nichts Besonderes.«

»Spielst du noch Cricket?«

»Nicht mehr so viel. Wurde mir ein bisschen zu langweilig.«

»Das kann ich dir nicht verdenken«, sagte Jack. »Was ist das überhaupt für eine Art von Sport? Da bekommt man ja beim Golf mehr Bewegung!«

Daniel lachte.

»Gefällt dir das neue Haus?«, wollte Jack wissen.

»Ist okay. Etwas weit außerhalb.«

»Deine Freunde beklagen sich über den langen Weg, was? Na, daran werden sie sich schon gewöhnen.«

»Ah, aber eines ist toll, Jack. Jetzt, wo wir am Fluss wohnen, schenkt Mum mir ein Kajak zum Geburtstag!«

»Mum schenkt dir *vielleicht* ein Kajak zum Geburtstag«, verbesserte ihn Sarah.

»Ich kann dir gerne helfen, eines auszusuchen«, bot Jack an. »Früher bin ich häufiger mit dem Kajak aufs Meer rausgefahren.«

»Jack Brennan, gibt es eigentlich irgendwas, das du noch nicht gemacht hast?«, fragte Sarah.

»Nicht vieles, aber ich war in vielem schlecht«, antwortete Jack lachend.

Nun kam noch eine Stimme aus dem Haus.

»Hi, Jack!«

Jack drehte sich um und sah Chloe in der Küche stehen – in

Jeans und einem, wie Jack fand, ein wenig knappen Top. Sie hatte grelles pinkes Haar mit eingeflochtenen Bändern und eine Tasche über der Schulter.

»Chloe, wie geht es dir?«, fragte Jack. Im Gegensatz zu ihrem Bruder hatte Chloe eindeutig nicht vor, in den Garten zu laufen, um ihn zu begrüßen.

»Gut, danke«, antwortete Chloe, ohne sich zu rühren.

Dann wandte sie sich zu Sarah.

»Ich gehe jetzt los, Mum«, teilte sie ihr mit. »Hatties Dad holt mich ab.«

»Okay. Wo wollt ihr denn hin?«, erkundigte sich Sarah.

Jack sah, wie Chloe die Augen verdrehte.

»Einfach weg, du weißt schon.«

»Kommst du heute Abend nach Hause?«, hakte Sarah nach.

»Weiß ich nicht. Vielleicht, vielleicht nicht.«

»Tja, sag mir Bescheid, ob du nach Hause kommst, okay?«, bat Sarah und wirkte besorgt. Dann drehte sie sich zu Jack um. »Ich bin in einer Minute wieder da. Ich muss nur kurz etwas regeln.«

Jack blickte ihr nach, als Sarah zu Chloe nach drinnen ging.

Erst jetzt wurde ihm klar, dass der Tisch lediglich für zwei gedeckt war. Er würde also allein mit Sarah zu Abend essen.

Außerdem hatte er eine gewisse Kälte zwischen Mutter und Tochter gespürt. Er wandte sich wieder zu Daniel.

»Willst du heute auch noch weg, Daniel? Freitagabend. Da hast du doch sicher etwas vor, nicht?«

»Ähm, ja, stimmt. Aber vielleicht sehen wir uns morgen. Ach, und genieß das Essen. Es riecht super.«

»Keine Bange, Daniel«, sagte Jack. »Freut mich, dich wiederzusehen. Wir finden schon noch Zeit zum Reden, solange ich hier bin, was?«

Daniel nickte und ging in die Küche, wo Sarah und ihre

Tochter lebhaft diskutierten, wie Jack von seinem Platz aus sehen konnte.

Unweigerlich musste Jack an die Teenagerzeit seiner eigenen Tochter denken.

Die vielen aufreibenden Unterhaltungen: *Wo willst du hin? Mit wem? Wann bist du wieder zu Hause? Ruf mich an!*

Manche Dinge bleiben immer gleich, dachte er.

Trotzdem war es schade, dass die Kinder ausgingen. Jack hatte sich darauf gefreut, mit ihnen und Sarah zusammen am Tisch zu sitzen, zu reden, in Erinnerungen zu schwelgen – so unbeschwert und entspannt, wie es über Jahre gewesen war.

Allerdings wusste Jack auch, dass sich die Dinge veränderten. Man durfte nicht darauf zählen, dass die schönen Seiten des Familienlebens auf immer so blieben, wie sie waren.

Nun sah Jack, dass Sarah auch mit Daniel zu diskutieren begann, und es wirkte ganz so, als würde das länger als einige Minuten dauern.

Er nahm sein Martiniglas vom Tisch und schlenderte durch den Garten hinunter ans Flussufer, um sich alles anzusehen.

135

20. Ein langer Abend

»Mehr Kaffee?«, fragte Sarah. »Ich kann noch welchen aufsetzen.«

»Lieber nicht, sonst finde ich heute Nacht keinen Schlaf«, antwortete Jack. »Das Essen war köstlich, Sarah. Wie immer.«

»Es war das erste Mal, dass ich jemanden im neuen Haus bewirtet habe«, sagte sie. »Und es war wunderbar – nach all den Jahren endlich mal ein richtiger Backofen. Dabei fällt mir ein ... Du hattest ja noch gar keine Hausführung!«

»Nächstes Mal vielleicht. Es ist schon spät, und ich habe einen ziemlich weiten Marsch zurück zur *Goose.*«

»Wie wäre es, wenn du das nächste Mal mit dem Boot kommst? Das dürfte höchstens zehn Minuten dauern.«

»Betrunken an der Pinne?«

Sarah lachte, während Jack an seinem Single Malt nippte.

Es war so nett gewesen, sich ausgiebig zu unterhalten. Bei ihnen beiden war im letzten Jahr eine Menge passiert, und demzufolge hatten sie sich gegenseitig zahlreiche Geschichten erzählt.

Es waren bei Weitem nicht nur heitere gewesen.

Jack berichtete vom Unfall seiner Tochter und der mühsamen Reha.

Und Sarah erzählte ihm von Chloe, die so reizbar und schwierig geworden war. Aber auch, wie rasant es mit ihrer kleinen Firma für Webdesign bergauf gegangen war. Und wie es zu der Verlobung ihrer Assistentin Grace gekommen war.

Sie berichtete vom Dorf und alten Freunden.

Und dann hatten sie über den Fall gesprochen. Jack brachte Sarah auf den neuesten Stand, was Ray und Terry betraf, und

Sarah ging mit ihm ihre Notizen zu dem Gespräch mit Tim im Bell durch.

Als sie nun Jack ansah, wurde Sarah bewusst, wie sehr ihr diese gemeinsame Zeit gefehlt hatte, in der sie sich beide ganz auf die Lösung eines kriminalistischen Rätsels stürzten.

»Bist du froh, dass du es dir anders überlegt hast?«, fragte sie.

»Was?«

»Dies hier zu machen – mir zu helfen.«

»Ist das so offensichtlich?«

Sarah nickte.

»Du hast recht. Es fühlt sich gut an«, gestand Jack. »Aber wir müssen zügig vorankommen. Ich bin nur für wenige Wochen hier, und bisher haben wir kaum an der Oberfläche gekratzt.«

»Stimmt. Ich kann dir allerdings etwas zeigen, das helfen könnte. Vor lauter Reden habe ich es fast vergessen. Komm mit!«

Sie stand auf und wartete, bis er seinen Whisky in die Hand genommen hatte, ehe sie ihn zurück ins Haus führte.

Er folgte Sarah durch den Flur. Sie öffnete die Tür zu ihrem Arbeitszimmer und schaltete das Licht ein.

»Ta-daa!«, rief sie und beobachtete Jacks Reaktion, als er bei ihr war.

»Wow!«, rief er und ging in das Zimmer. »Sehr professionell.«

»Ja, die vielen Stunden mit Krimiserien im Fernsehen waren nicht vergeudet.«

Jack trat näher an das Whiteboard, das eine ganze Seite des Arbeitszimmers einnahm. Sarah hatte es tatsächlich noch geschafft, sich vor Jacks Besuch ein solches Board zu besorgen, und bereits begonnen, daran zu arbeiten.

In der Mitte war ein Foto von Josh Owen mitsamt einer kleinen Karte, auf der seine persönlichen Daten standen.

Von dem Foto aus erstreckte sich ein Netz von schwarzen Linien zu Orten, Zeugen, Theorien und Ideen.

Maddie, Tim, Louise, das Ploughman, die Cherringham Bridge, Wetterberichte, Notizen, Fotos, Web-Links ...

Und zu Wörtern, die mit Fragezeichen versehen waren: Unfall? Versehen? Überdosis? Suizid?

»Schon seit wir damals angefangen haben, Ermittlungen durchzuführen, habe ich mir einen Raum gewünscht, in dem wir *richtig* an einem Fall arbeiten können. Hier ist er. Was meinst du?«

»Ich meine, das ist fantastisch«, antwortete Jack, der sich nun den Rest des Zimmers ansah: den Schreibtisch mit dem Laptop, den Scanner und die großen Glasflügeltüren zum Garten.

»Ein herrlicher Raum zum Arbeiten.«

»Dad hat die Regale für mich angebracht«, sagte Sarah, als Jack auf die Wand zuging und mit der Hand über die Buchrücken strich.

»Lehrbücher für Kriminologie«, stellte er fest.

»Tja, hmm ... na ja. Ich hatte ein Studium an der Open University angefangen, musste es aber aufgeben.«

»Zu viel zu tun?«

»Das auch. Aber vor allem ziehe ich die Praxis der Theorie vor, wie ich feststellen musste. Aber wer weiß, vielleicht mache ich irgendwann doch wieder weiter.«

Jack trat zurück ans Whiteboard und nahm einen Marker auf.

»Darf ich?«

»Ich bitte darum.«

»Nur die Sachen von heute ...«

Er begann, alles, was er an diesem Tag in Erfahrung gebracht hatte, auf dem Whiteboard zu notieren: Ray, Terry, Gloucester ... Dann bemerkte er eine Blase, die er nicht verstand.

»Was ist das?«, fragte er. »Imbisswagen?«

»Ach ja, das hatte ich dir noch gar nicht erzählt.«

Er hörte zu, wie Sarah von Rikky und Ted berichtete – und den Mädchen.

»Das ist eindeutig ein günstiger Umschlagplatz für Drogen«, sagte er, als sie fertig war. »Man könnte es sogar blind machen – auf einen Kaffee dort halten, den Stoff an einer vereinbarten Stelle hinter dem Transporter deponieren, das Geld von dort mitnehmen und weiterfahren.«

»Dann sollten wir die beiden Imbiss-Typen überprüfen?«

»Unbedingt. Ich höre mich mal um. Und wir sollten auch nachfragen, was Alan über die zwei weiß.«

»Aber was sonst, Jack? Mir kommt es so vor, als würden uns die Spuren ausgehen.«

Jack legte den Marker hin.

Auf einmal störte Jack gewaltig, wie eingeschränkt sie bisher ermittelt hatten. Und ihm wurde klar, dass er schon seit seinem Besuch bei Terry eine Theorie über Josh im Hinterkopf hatte, die sich zunehmend beharrlicher in den Vordergrund drängte.

»Na gut. Ich bin mir alles andere als sicher, aber sei's drum: Ich weiß, mit wem wir reden sollten, doch das dürfen wir nicht, oder?«

»Die Kids«, antwortete Sarah.

»Genau. Auf dem Boot hast du mir erzählt, dass Maddie einige Jungs erwähnte, die im Pub waren und vor denen sie Angst hat. Heute nun hast du gesagt, dass Tim glaubt, keiner der Jungs hätte an jenem Abend etwas in Joshs Glas schmuggeln können. Was ist es denn jetzt? Jemand ist nicht ehrlich zu uns.«

»Vielleicht wollte Tim nur seine Schüler schützen.«

»Kann sein. Trotzdem müssen wir irgendwo ansetzen, wenn wir erfahren wollen, was an dem Abend passiert ist. Also, suchen wir diese Jungs, und reden wir mit ihnen. Ob mit oder ohne Erlaubnis der Schulleiterin.«

»Hört sich riskant an. Und ich weiß nicht, wie wir das anstellen wollen.«

Sarah klang zögerlich, aber Jack wusste, dass er bei dieser Sache hartnäckig sein musste.

»Wir denken uns etwas aus, okay? Als Nächstes die Frage, ob Josh ein Dealer war. Glauben wir das?«

»Nicht so richtig. Ein Konsument vielleicht.«

»Dem stimme ich zu. Also versuchen wir, diese Theorie auszuschließen. Weißt du, wo er gewohnt hat?«

Sie grinste. »Das finde ich schon heraus. Du kennst mich doch.«

Jack lachte. »Oh ja! Sag mir Bescheid, sobald du es hast, dann gehe ich mich dort mal ›inoffiziell‹ umsehen. Morgen?«

»Ich werde mich bemühen. Glaubst du, dass du da reinkommst, ohne gesehen zu werden?«

Jack nickte. Er war sich sicher, dass er es konnte.

»Was ist heute passiert, Jack? Gibt es etwas, das du mir nicht erzählst?«

Jack überlegte einen Moment.

»Diese Kerle, von denen Terry zusammengeschlagen wurde, hätten das überhaupt nicht nötig gehabt. Terry ist kein Schläger. Er ist ein Hasenfuß. Trotzdem haben sie ihn brutal verprügelt. Was mir, nun ja, eines klarmacht. Kommt man diesen Leuten in die Quere, reagieren sie extrem. Und sie haben ein Faible für Gewalt.«

»Und weiter?«

»Louise James hat ihre Mitarbeiter nach Drogen suchen lassen. Was ist, wenn Josh an dem Tag der Abschlussfeier auf etwas gestoßen ist und es aus irgendwelchen Gründen *nicht* Louise gesagt hat? Und was ist, wenn die bösen Jungs das erfahren haben?«

»Und deshalb seinen Drink mit irgendwas versetzt haben? Um ihn zu diskreditieren?«

»Oder Schlimmeres«, mutmaßte Jack. »Um ihn umzubringen.«

Er sah, wie Sarah über diese Möglichkeit nachdachte.

»Demnach glaubst du, dass Josh Owen ermordet wurde?«, fragte sie.

Jack zuckte mit den Schultern. »Wir wissen nicht, was wirklich auf der Brücke geschah, oder?«

Sarah nickte zustimmend. »Nur, was Maddie gehört hat ... und dann gesehen.«

»Es ist nur eine Theorie«, sagte Jack.

»Und sie passt besser als die anderen.«

Sarah nahm den Stift, den er abgelegt hatte, und ergänzte die Liste oben auf dem Whiteboard um ein einzelnes Wort: »Mord.«

Dann drehte sie sich wieder zu Jack um.

»Ich denke, wir sollten morgen frühzeitig loslegen, Jack. Räumen wir den Geschirrspüler ein, und dann gehst du lieber nach Hause.«

Jack bog von der Lymore Lane auf die Cherringham Bridge Road in Richtung Fluss. Während er marschierte, plante er bereits für den morgigen Tag.

Mit Alan Rivers reden, Joshs Haus überprüfen, einen neuen Generator für die Goose *besorgen, Riley zur jährlichen Untersuchung beim Tierarzt bringen ...*

Und vielleicht noch ein Ausflug nach Gloucester.

Um diese nächtliche Zeit war kein Verkehr auf der Straße und alles still.

Ein Schlummertrunk an Deck ist noch drin. Vielleicht sehe ich ein paar Sternschnuppen, dachte er.

Und dann ...

Von der anderen Seite des Ortes hörte Jack dumpfes Basswummern. Er blieb einen Moment stehen und blickte zu den fernen

Hügeln und Feldern, um festzustellen, woher genau das Geräusch kam.

Das Gleiche hatte er neulich Abend schon erlebt, erinnerte er sich.

Allerdings konnte er nur Lichtflackern am Himmel ausmachen und einen dünnen Laserstrahl, der über eine Wolke weit jenseits des Dorfes hinwegzuckte.

Jack drehte sich wieder um und ging weiter, wobei er sich vornahm, Sarah zu fragen, was es mit diesen Partys auf sich hatte.

Und wieso sind wir eigentlich nicht eingeladen?

Er lachte leise vor sich hin und überquerte die Brücke. Unter ihm rauschte der Fluss dahin – ganz schwarz in der mondlosen Nacht.

21. Ein Geräusch in der Nacht

Sarah wachte plötzlich auf, weil sie ein Geräusch von unten gehört hatte.

Es war eines dieser komischen Geräusche: wie das Brummen eines Kühlschranks oder, im Winter, das laute Klicken eines Thermostats oder das leichte Schlagen von etwas, das draußen gegen die Mauer geweht wurde.

Normalerweise würde Sarah sich einfach umdrehen, die Decke fester um sich ziehen und weiterschlafen.

Aber ... da war es wieder!

Dieses Geräusch.

Mit Geräuschen war es schon seltsam. Ein merkwürdiges Knacken, Knarzen, Knistern oder Brummen konnte man ignorieren. Vielleicht sogar zwei oder drei.

Aber eine Abfolge?

Eine Serie von Geräuschen?

Und während sie ganz still dalag, ging Sarah in Gedanken die möglichen Erklärungen durch.

Sie lebte noch nicht lange in diesem Haus, und jedes Gebäude, jede Wohnung hatte ihre eigenen Geräusche.

Ja, natürlich ist das so.

Es könnte auch ein kleines Tier sein, eine Maus vielleicht. Sie wohnte ja weit genug außerhalb des Dorfes.

Und sie hatte schon Mäuse im Garten gesehen.

In all diese Gedanken mischte sich noch ein anderer, der ihr überhaupt nicht in den Sinn gekommen war, als sie das Licht ausschaltete und einschlief.

143

Dieses Haus lag recht isoliert nahe am Fluss, und hier war Sarah ... ganz allein.

Es war ein schönes, geräumiges Haus ... Aber war es nicht ein bisschen *zu* geräumig für eine Person?

Und dann, als sie noch ein Geräusch hörte, hob sie den Kopf leicht vom Kissen, auch wenn sie dadurch nicht besser hörte. Und ihr wurde klar, dass sie aufstehen musste.

Raus aus dem Bett.

Das Licht einschalten.

Und nach unten gehen.

Als Erstes kam das Schlafzimmerlicht, dann ertastete sie das Flurlicht, das die halbe Treppe nach unten beleuchtete.

Es war nicht kalt, doch zur Nacht wurde es sommerlich frisch, sodass sich die Holzdielen unter Sarahs nackten Füßen kühl anfühlten.

Sie war sich bewusst, dass sie jetzt selbst Geräusche machte, während sie auf die Treppe zuschritt.

Könnte es eines der Kinder sein?, fragte Sarah sich.

Daniel hatte gesagt, dass er bei seinem Kumpel Jacob schlafen würde. Und Chloe schien in letzter Zeit jeden Freitag bei Freundinnen im Dorf zu übernachten.

Also ... nein.

Es waren wahrscheinlich nicht die Kinder.

Sarah war schon die halbe Treppe hinunter, als sie überlegte, wo sich der nächste Lichtschalter befand – das Haus war ihr bisher immer noch nicht so vertraut. Dann begann sie laut zu rufen.

»Daniel?«

Noch ein paar Stufen.

»Chloe? Bist du da, Schatz?«

Nun war sie fast unten, und da keine Antwort kam, schien ihr das Wort »Schatz« völlig absurd.

Allerdings fiel ihr auch auf, dass sie keines dieser merkwürdigen Geräusche mehr gehört hatte, seit sie die Treppe hinuntergegangen war.

Und dann machte sie das, was wohl jeder in solch einer Situation tun würde.

Sie sagte sich: *Es war sicher nichts. Ich bin bloß ängstlich.*

Ganz unten angekommen, suchte sie nach dem Lichtschalter, denn hier war es stockduster.

Als sie den Lichtschalter im Wohnzimmer betätigte, war ihr erster Gedanke, dass sie hier mehr Lampen brauchte.

Abends war der Raum gemütlich, aber jetzt wirkte das Licht der einzelnen Stehlampe gelblich und schwach.

Die Flurbeleuchtung erhellte auch die kleine Veranda vor der fest verschlossenen Haustür. Aber zum hinteren Teil des Hauses hin – zu ihrer großen neuen Küche, ihrem Arbeitszimmer mit dem Whiteboard und den Flügeltüren in den Garten – war es dunkel.

Und Sarah wurde jetzt auch erstmals klar, dass der Garten durch die Bäume und Sträucher, die ihn umgaben, von außen nicht einsehbar war.

Dahinten war dennoch ein milchiges Licht zu erkennen. Ein unheimliches Licht.

Der Mond.

Es musste noch einen Lichtschalter an diesem Ende des Flurs geben. Aber wo?

Wieder rief Sarah mit lauter Stimme, schon um diesen Moment des Erschreckens – und nachfolgenden Kicherns – zu vermeiden, sollte eines ihrer Kinder doch zurückgekommen sein und sich etwas aus dem Kühlschrank holen.

145

»Daniel? Chloe?«

Absolute Stille.

Sarah fand sich mit der Tatsache ab, dass es sich bei diesem Geräusch, das wahrscheinlich von irgendwas draußen verursacht worden war, nur um das Rascheln eines Zweiges oder irgendein kleines Tier gehandelt hatte ...

Und das nun weg war.

Sie kam in die Küche. Ein Druck auf den Schalter, und der ganze Raum war hell erleuchtet.

Wie beruhigend.

Sarah überlegte, sich etwas zum Knabbern zu nehmen, wo sie schon mal hier unten war.

Aber zuerst wandte sie sich zu dem kleinen Flur, der zu ihrem Arbeitszimmer mit ihrem Schreibtisch, ihrem Computer mit dem großen Bildschirm und dem riesigen Whiteboard führte, auf dem all diese Kartons mit Namen und all die Verbindungslinien waren.

Sarah ging hinein.

Sobald sie über die Schwelle trat und ihre rechte Hand tastend nach dem Lichtschalter suchte, sah sie, dass die Glastür offen war.

Nicht weit – nur einen Spalt.

Aber es fiel genügend Mondlicht herein, um den drei oder vielleicht auch sechs Zentimeter breiten Spalt zu beleuchten. Und zudem konnte Sarah die kühle, feuchte Luft fühlen, die durch die Tür nach innen drang.

Sarahs Hand verharrte an der Wand neben der Tür.

Sie starrte zu der Öffnung und dachte, dass die Türen irgendwie von alleine aufgegangen sein mussten.

Ich könnte schwören, dass ich sie abgeschlossen habe, fuhr es ihr durch den Kopf.

Nun ging sie zur Tür hin und verschloss sie, bevor sie sich weiter umsah.

Und dann – mit einem Schrecken, bei dem sich ihr Bauch verkrampfte und ihr schlagartig eiskalt wurde – hörte sie etwas.

In diesem Zimmer.

Geräusche. Schritte.

Atem.

Sarah fuhr herum und wollte etwas sagen.

»Wer ...?«

Im selben Moment – obwohl sie Bewegungen gehört hatte, die eindeutig in ihrem Haus gewesen waren – wurde ihr bewusst, dass sie nichts sah.

Und dann kam ein dunkler Umriss aus der Zimmerecke auf sie zugeeilt: aus einem Bereich, den das schwache Mondlicht nicht erreichte, sodass die Gestalt nur ein schwarzes, verschwommenes Gebilde war.

Sarah stolperte rückwärts. Sie fühlte, wie ihre Beine hinten gegen den Drehstuhl an ihrem Schreibtisch stießen, leider in einem solch ungünstigen Winkel, dass sie nach hinten zu kippen drohte.

Ich will nicht hinfallen. Nicht, wenn jemand hier ist!

Doch dieses Stolpern führte dazu, dass der schwarze Umriss – die Person, die auf Sarah zugerannt kam, als wollte sie sie zu Boden werfen – nicht frontal gegen Sarah prallte, sondern sie nur an der linken Seite erwischte.

Aber das genügte: Sarah wurde herumgewirbelt und verlor das Gleichgewicht. Beide Hände streckte sie aus, um ihren bevorstehenden Sturz abzufangen.

Sie hatte Angst, und zu diesem Gefühl passte der nächste

Gedanke, der ihr noch im selben Bruchteil der Sekunde in den Sinn kam.

Ich muss mich schützen. Schnell wieder hoch. Mich irgendwie verteidigen.

Aber der durch die plötzliche Drehbewegung eingeleitete Sturz verlief so unglücklich, dass sie nicht verhindern konnte, wie ein Korkenzieher in Aktion zu fallen, und das auch noch mit dem Kopf voran. Ihre Stirn knallte auf die Schreibtischecke.

Der Schmerz durchfuhr sie wie ein Stromschlag. Sie wurde ein letztes Mal herumgewirbelt und krachte mit dem Rücken auf den Boden.

Sogleich spürte sie, dass kleine Glasscherben unter ihr lagen.

Es musste eine gläserne Terrassentür eingeschlagen worden sein.

Auf diese Weise war der Unbekannte – dieser Umriss – in ihr Haus eingedrungen.

Aber das Pochen in ihrem Schädel machte jedes weitere Denken fast unmöglich.

Dann war eine Stimme zu hören.

Das war furchtbar – doch in dieser Dunkelheit auch irgendwie besser, als überhaupt kein Geräusch zu vernehmen.

Der Tonfall und Klang waren genauso verschwommen wie eben noch der Umriss.

»Halt dich raus, verstanden? Halt dich da raus, ansonsten ...«

Die Stimme war gedämpft und kaum zu verstehen.

Sarah hatte sich trotz der Kopfwunde aufgerichtet und öffnete automatisch den Mund.

Aber was soll ich denn erwidern?, überlegte sie. *Ihn fragen, wer er ist?*

Aus was sie sich raushalten soll?

Doch im nächsten Moment stieg der Mann über sie hinweg und eilte zur offenen Glasflügeltür. Er stieß sie weiter auf und

148

rannte hinaus in die Nacht. Hinter ihm blieb die Tür weit geöffnet.

Und Sarah war wieder allein. Auf ihre Ellbogen gestützt, mit rasendem Herzschlag und pochendem Schädel, verharrte sie einige Momente lang vollkommen regungslos auf dem Boden.

22. Raushalten – aus was?

Zunächst glaubte Sarah, sie käme allein klar.

Aber nachdem sie das Licht im Zimmer eingeschaltet hatte, sah sie die Glasscherben auf dem Fußboden, fühlte ein dünnes Rinnsal Blut an ihrer Stirn und spürte, dass sie immer noch Angst hatte.

Da wurde ihr klar, dass sie Jack anrufen musste.

Er war innerhalb weniger Minuten bei ihr.

Und er bestand darauf, dass sie Alan aus dem Bett klingelten.

Sarah widersprach ihm nicht.

Alan kam mit Blaulicht herbeigerast, aber ohne Sirenengeheul.

Zunächst blickte er sich in und vor dem Haus um, dann hinten im Garten, wo er alles ableuchtete bis hinunter zum Fluss, der vollkommen glatt und still dalag.

Jack wollte einen Krankenwagen rufen.

Doch Sarah lehnte das ab.

»Ich glaube, es geht schon. Ein bisschen Peroxid vielleicht und ein Pflaster.«

Sie hörte, wie Alan wieder ins Haus zurückkehrte.

Als er in die Küche kam, drehte sich Jack zu ihm um. »Hast du irgendwas gesehen?«

»Nein. Ich versuche es morgen früh noch mal. Und wir müssen alles auf Fingerabdrücke überprüfen. Obwohl ich mir nicht viel davon verspreche. Sarah, hast du einen Wagen gehört?«

Sie schüttelte den Kopf. »Autsch!«

»Siehst du«, sagte Jack. »Das ist eine fiese Beule.«

»Wir könnten jemanden herrufen, der sich dich mal ansieht«, schlug Alan vor.

Sarah sah von Jack zu Alan. »Mir geht es gut! Ehrlich. Ich will keine große Sache daraus machen.«

»Jemand bricht in dein Haus ein und greift dich an«, erwiderte Alan. »Ich würde sagen, das ist schon eine ziemlich große Sache.«

»Ich auch«, stimmte Jack ihm zu.

Alan nickte und setzte sich auf einen der Stühle.

»Die Stimme. Hast du die wiedererkannt?«

»Nein. Sie war auch irgendwie gedämpft. Als hätte er etwas vor dem Mund gehabt.«

»Tja, wie wäre es dann, wenn ihr zwei mir erzählt, was ihr gerade so treibt?«, sagte Alan. »Denn anscheinend habt ihr jemanden sehr wütend gemacht.«

Jack kochte Tee, während Sarah dem Polizisten erzählte, was sie getan hatten. Allem Anschein nach hatten die beiden mit ihren Nachforschungen zu Joshs Tod in ein Wespennest gestochen.

Immerhin war das eigentlich nur Sarahs Fall, und Jack half ihr lediglich. Allerdings wurde Jack auch noch etwas anderes klar: Dieser Angriff auf Sarah machte ihm Angst.

Bei all ihrer gemeinsamen Arbeit hatte er nie das Gefühl gehabt, Sarah wäre in Gefahr.

Aber jetzt?

Dieses Gefühl gefällt mir ganz und gar nicht, fuhr es ihm durch den Kopf.

Als Sarah zu Ende erzählt hatte, wandte Alan sich an Jack.

»Der Gerichtsmediziner hat keinen Termin für die Anhörung zu Joshs Tod festgesetzt. Bis jetzt dachte ich, das wäre alles glasklar. Habt ihr Hinweise, von denen ich nichts weiß?«

Jack blickte in seine Teetasse, als fände sich die Antwort in dem Gewirbel aus Teeblättern und Zitronensaft.

»Offen gesagt«, antwortete er lächelnd, »habe ich keine Ahnung, was da eigentlich passiert. Es sind eindeutig Drogen im Spiel. Aber da geht noch etwas anderes vor – mit den Jugendlichen. Und vielleicht unterhältst du dich mal mit Terry Hamblyn, auch wenn ich bezweifle, dass du mehr von ihm erfährst als ich. Jedenfalls wussten diejenigen, die ihn als Punchingball benutzten, was sie taten.«

Alan nickte.

»Hört sich ganz schön gefährlich an. Für euch beide, meine ich. Jemand weiß, dass ihr herumschnüffelt, und hat was dagegen.«

Jack sah, dass Sarah aufmerksam zuhörte. Vorhin war sie verängstigt gewesen, doch nun spürte er eine eiserne Entschlossenheit bei ihr. Oder war es Wut? Solch eine Reaktion hatte Jack schon erlebt, wenn Leute überfallen wurden. Oder wenn jemand in ihre Häuser eingebrochen war. Manche Opfer schraken vor Angst zurück, andere nicht. Und Sarah zählte zu Letzteren.

Was Jack nicht überraschte.

»Gefährlich für uns beide?«, fragte sie. »Was ist mit den Kindern in der Schule, Alan? Mit *meinen* Kindern? Ist es für die etwa nicht gefährlich?«

Alan nickte.

»Okay, schon verstanden. Aber ich werde künftig ein paarmal pro Nacht hier vorbeifahren, einverstanden?«

Jack sah, dass Sarah lächelte. »Gut. Und danke!«

In dem Moment fiel Jack etwas ein.

»Alan, heute Abend auf dem Weg zu meinem Boot habe ich Lärm gehört. Schien weit weg zu sein. Wie wummernde Musik. Weißt du, was das war?«

Alan zögerte.

»Ich glaube schon, Jack. Jugendliche. Den ganzen Sommer schon veranstalten sie diese Spontan-Partys ... Raves. Anscheinend sind die wieder in Mode. Sie suchen sich jedes Mal andere abgelegene Orte, und meistens ist nicht mal zu erkennen, woher genau die Musik kommt. Glaub mir, ich bemühe mich wirklich, die zu finden.«

»Raves.«

Sarah und Alan sahen Jack an.

»Woran denkst du, Jack?«, fragte Sarah.

»Na ja, damals in New York fanden diese großen Partys in Lagerhäusern in Queens oder stillgelegten Fabriken im Meatpacking-District statt – diese Raves. Jede Menge Lichter, diese verrückte Musik und, wie wir schnell feststellten, *haufenweise* Drogen. Ecstasy. Bei einem Festival auf Randall's Island kamen mehrere Jugendliche um.«

»Und so etwas gibt es in Großbritannien auch«, hob Alan hervor.

»Die Sache ist nur ...«, fuhr Jack fort, »dass ich nie damit gerechnet hätte, hier in Cherringham könnte sich so was abspielen.«

»Da mischen auch viele Auswärtige mit«, sagte Alan. »Wie gesagt, es ist noch neu hier.«

»Jack, denkst du, das könnte ebenfalls etwas mit Joshs Tod zu tun haben?«, fragte Sarah. »Diese Partys und die vielen Drogen, die dabei im Umlauf sind?«

Jack sah zur Seite. Inzwischen war er überzeugt, dass Joshs Tod kein Unfall gewesen war. Erst recht nach dem, was Sarah passiert war.

Bisher jedoch hatten sie so gut wie nichts in der Hand!

Aber wie so oft bei den Fällen, an denen sie gemeinsam gearbeitet hatten, fühlte er förmlich, dass eine Menge Puzzleteile direkt vor ihrer Nase lagen.

Es ging nur darum, sie richtig zusammenzufügen.

»Könnte sein«, antwortete er und drehte sich zu Alan um.

Nun war die Polizei eingeschaltet, und als Ex-Cop musste er die folgende Frage stellen.

»Also, Alan, ich schätze, du willst, dass wir nicht weiter nachforschen, oder?«

Dabei dachte Jack: *Vielleicht ist es eine gute Möglichkeit, Sarah aus der Geschichte herauszuholen.*

Alan trank einen Schluck von seinem Tee. Er ließ sich Zeit.

»Ähm, tja. Ja ... und nein. Auf jeden Fall muss für Sarahs Sicherheit gesorgt sein. Wie gesagt, ich kann häufiger vorbeikommen und alles hier im Blick behalten.«

»Ich schlafe heute Nacht auf der Couch«, sagte Jack. »Falls der Mistkerl wiederkommt.«

»Aber, ja, es ist vielleicht sinnvoll, wenn ihr beide euch zurückzieht ... Zumindest für eine Zeit lang?«

»Und genau das tun, was der Kerl verlangt hat?«, fragte Sarah.

Sie stand auf.

»Dies ist mein Dorf. Meine Eltern leben hier, meine Kinder wachsen hier auf. Also ...« – sie sah zuerst Alan, dann Jack an – »bleibt mir keine andere Wahl. Wir machen weiter.«

Alan nickte. »Okay, aber seid vorsichtig. Und haltet mich auf dem Laufenden.«

Sarah beobachtete Jacks Gesicht. Diesen Ausdruck hatte er immer, wenn er über etwas nachdachte, auf das es keine simple Antwort gab.

Doch er nickte ebenfalls. »Stimmt, es ist dein Dorf. Und ich konnte Drohungen noch nie leiden.«

Sarah lächelte. »Übrigens, die Kinder kommen morgen früh zurück. Ich denke, es ist das Beste, wenn sie nichts von diesem Vorfall erfahren.«

»Was ist mit der Beule an deinem Kopf?«, fragte Jack.

»Wir sagen einfach, dass ich in meinem Arbeitszimmer herumgewühlt und dabei aus Versehen ein Regalbrett aus seiner Verankerung gelöst habe, das mir gegen den Kopf geknallt ist.«

Jack lachte. »Klingt beinahe glaubwürdig!«

Sie lächelte und dachte: *Es wird beruhigend sein, zu wissen, dass Jack hier unten schläft.*

Denn sosehr sie es auch überspielte, hatte sie tatsächlich Angst.

Aber nicht genug, dass sie aufgab.

Alan stand auf.

»Ich fahre mal lieber. Ich lasse es euch wissen, wenn ich irgendwas herausfinde.«

»Danke«, sagte Sarah. »Ach, und Alan, könntest du mir einen Gefallen tun?«

»Kommt ganz drauf an«, antwortete er grinsend.

»Kennst du den Imbisswagen oben bei der Schule?«

Alan bejahte mit einem kurzen Nicken.

»Meinst du, du könntest mal die beiden Typen überprüfen, die den betreiben?«

»Warum?«

»Weiß ich nicht«, erwiderte Sarah, die auf einmal fürchtete, ihr Verdacht würde absurd klingen. »Ich hatte nur das Gefühl, dass einer von ihnen ein bisschen ...«

Ihr entging nicht, dass Alan sie ansah, als würde sie den Verstand verlieren.

»Nein, schon gut, vergiss es«, lenkte sie rasch ein. »Eine bescheuerte Idee.«

»Hmm, denke ich auch«, sagte Alan. »Es ist völlig okay, euch beiden hin und wieder auszuhelfen – und wenn ihr mir helft. Aber es gibt gewisse Grenzen, Sarah, und Leute in der Polizeidatenbank zu überprüfen, nur weil du –«

»Ja, ja, ich weiß schon«, fiel Sarah ihm ins Wort. »Ich habe mir den Schädel angeschlagen, okay?«

155

Sie brachte ihn zur Tür und sah ihm hinterher, als er in seinen Streifenwagen stieg und wegfuhr.

Es war seltsam, dass sich dieses Haus von dem Einbruch und Überfall beschmutzt angefühlt hatte, jetzt aber, dank Alans und Jacks Unterstützung, überhaupt nicht mehr.

Und ab morgen wird einiges anders, dachte sie.

Denn jetzt war dies hier persönlich.

23. Ein Spalt in der Mauer

Als Chloe und Daniel nach Hause kamen, ließ Sarah die Tür zu ihrem Arbeitszimmer geschlossen.

Jack und sie hatten die Glasscherben zusammengefegt, bevor er frühmorgens zu seinem Boot zurückgekehrt war, um seinen Morgenspaziergang mit Riley zu machen.

Aber die Glastüren mussten repariert werden. Am Montag würde jemand kommen. Und sollten Daniel oder Chloe den Schaden bemerken, würde Sarah einfach sagen, dass irgendein Tier dagegengestoßen wäre.

Ein verirrter Vogel oder eine Fledermaus.

Hier draußen auf dem Land passieren solche Sachen schon mal.

Doch Chloe rauschte so schnell ins Haus und dann in ihr Zimmer, dass kaum Zeit für ein »Hallo« blieb.

Und sogar Daniel wirkte stiller als sonst, auch wenn er aufsah und die Beule an Sarahs Kopf bemerkte. Ihre vorbereitete Erklärung nahm er mit einem Kopfnicken hin. Und bei Sarah bimmelten leise Alarmglocken.

Die Dinge ändern sich ... etwas ist anders. Die Kinder werden groß – und entgleiten mir.

Oder war da mehr?

Aber fürs Erste ließ sie die beiden in Ruhe.

Als sie in ihr Arbeitszimmer ging und zu den Namen auf dem Whiteboard sah, die dort warteten wie Spieler, die ins Team gewählt werden wollten, konnte Sarah nicht erkennen, wohin all das möglicherweise führen würde. Da aber jemand versucht hatte, ihr Angst einzujagen, musste hier etwas sein.

Nur was? Und wo?

Mit ihrem Tee, der schon kalt wurde, setzte sie sich an ihren Computer.

Sie hatte versprochen, herauszufinden, wo Josh gewohnt hatte. Könnte die fehlende Verbindung im Haus des toten Lehrers sein?

Sarah tippte auf die Tastatur, und der Monitor leuchtete auf. Doch ehe sie zu suchen begann, erinnerte sie sich, dass sie mit Maddie reden und sie fragen musste, wer an jenem Abend im Ploughman gewesen war, der nicht hätte dort sein dürfen.

Sie nahm ihr Mobiltelefon auf.

Jack beobachtete, wie Riley zur *Grey Goose* flitzte und dann zurückkam. Obwohl Jack nun schon seit einigen Tagen wieder hier lebte, war der Hund immer noch ein bisschen aus dem Häuschen ob der Wiedervereinigung. Und wenn er ehrlich sein sollte, genoss Jack sie auch.

Er war etwas verspannt von dem Sofa, auf dem er geschlafen hatte, vor allem aber froh, dass er für Sarah da sein konnte.

Für die kommende Nacht musste er sich noch etwas überlegen, wie er zusammen mit Alan ihr Haus im Blick behielt.

Doch fürs Erste kostete er die Morgenluft aus, die einen sonnigen Tag ankündigte und die letzten Tautropfen im hohen Gras verdunsten ließ.

Diese Gegend fühlte sich für Jack so gut an.

Und er fragte sich, wie er damit klarkommen sollte, sie für immer zu verlassen. Der Moment – wenn die *Goose* repariert und verkauft wäre – würde bald da sein.

Er blickte zu dem Container am Ufer neben seinem Boot, der nun fast überquoll von verrottetem Holz und kaputten Kabeln, welche die Handwerker in der letzten Woche von seiner *Goose* geholt hatten.

Neben dem Container lag ein Stapel neues Holz, das der Bootsbauer und seine Leute ab Montag verbauen würden.

Zwar mutete es unmöglich an, doch die Handwerker hatten behauptet, sofern das Wetter mitspielte, wäre die *Goose* in zwei Wochen so gut wie neu.

Das war das Zeitfenster, mit dem Jack arbeitete.

Er hatte gerade die Laufplanke erreicht, die auf das Deck seines Boots führte, als er sein Mobiltelefon klingeln hörte.

Wie so oft hatte er es unten auf dem Tisch im Wohnraum der *Goose* vergessen.

Jack lief nach unten. Durch die schmalen Fenster fiel Sonnenschein in den Raum.

»Hallo?«

Es war Sarah.

Und sie klang aufgeregt.

»Okay, Jack. Josh Owen wohnte nahe der Straße nach Burton. Am Bahnhof vorbei – kennst du das? Da ist sonst eigentlich nur Farmland, also liegt es ziemlich verlassen. Anscheinend hatte er da ein Cottage gemietet.«

»Super«, sagte Jack. »Und wie sieht es mit Nachbarn aus?«

»Den Online-Karten nach sind keine in der Nähe. Und von der Straße aus sieht man das Cottage fast nicht.«

»Gut. Alan sage ich lieber nichts davon.«

»Nein, denn der dürfte einen Einbruch eher nicht so toll finden.«

»Nicht, dass ich irgendwas kaputt machen würde.«

»Schon klar. Hast du eine Ahnung, was wir finden könnten?«

Das ist eine spannende Frage, dachte Jack.

Normalerweise hatte er bei solchen Unternehmungen zumindest eine ungefähre Vorstellung, was er zu finden hoffte.

159

Aber bei Joshs Zuhause?

Drogen? Irgendeinen Hinweis, dass Josh etwas entdeckt hatte, was ihn in Gefahr brachte? Eine Verbindung zu dem, der das Geschäft hier übernommen hatte?

Ja, das war es, oder?

Was wussten sie über Joshs letzte Tage nicht, das erklären würde, warum es sich bei seinem Unfalltod in Wahrheit um Mord handelte?

Jack hatte sich die Adresse notiert und wollte Sarah fragen, ob sie mitkommen würde. Vier Augen sahen immer mehr als zwei.

Und Ablenkung ist gut für sie.

»Sarah, willst du –«

»Moment, ich kriege gerade einen anderen Anruf. Das ist Alan. Kannst du dranbleiben?«

»Klar.«

Er setzte sich an den Tisch und wartete. Auch Riley setzte sich hin, als hätten sie diese Entscheidung gemeinsam getroffen und wollten beide abwarten, bis Sarah das Gespräch mit ihnen weiterführte.

Und schließlich ...

»Jack, Alan hatte heute Morgen einen Anruf. Nichts Aufregendes. Aber ein Farmer meldete, dass Teile von seiner Trockenmauer abgebrochen wurden.«

»Und warum hat er bei dir angerufen?«

»Weil der Farmer erzählt hat, dass letzte Nacht Scharen von Jugendlichen über sein Land gelaufen sind. Es war sehr spät, und sie haben jede Menge Lärm gemacht, laut gelacht und so – als kämen sie von einer Party.«

Der Rave.

»Alan hat mit ihm gesprochen, die Informationen aufgenommen. Viel kann er nicht machen, aber er denkt, dass wir vielleicht auch mal mit dem Farmer reden könnten. Falls diese Partys etwas mit Drogen zu tun haben, lohnt sich das, meinst du nicht?«

»Ja, unbedingt.«

»Ach, und ich habe mit Maddie Brookes gesprochen und die Namen von einigen Jugendlichen bekommen, die wir ausfindig machen sollten.«

»Sehr gut. Es braucht wohl mehr als einen Schlag gegen den Kopf, um dich zu bremsen, was?«

Sie lachte.

»Tja, Mütter auf dem Kriegspfad lassen sich nicht so leicht aufhalten. Ist es okay, wenn du allein zu Joshs Haus gehst? Ich werde inzwischen mit dem Farmer reden. Treffen wir uns später bei . . .«

»Huffington's?«, vervollständigte Jack ihren Satz.

Wieder lachte sie. Das Café war beinahe so etwas wie ein Außenposten von ihnen, wo sie Informationen und Ideen bei Kaffee und Gebäck austauschten.

»Klasse. Gegen eins. Allerdings wird es da an einem sonnigen Samstag sehr voll sein.«

»Dann reden wir leise. Oder schieben uns Zettel zu.«

Noch ein Lachen.

Jack war drauf und dran, ihr zu sagen, dass sie vorsichtig sein sollte.

Aber das wäre sie sowieso. Und es war überflüssig, sie nervös zu machen.

Schließlich war eine Unterhaltung mit einem Farmer über eine kaputte Trockenmauer . . . nicht allzu gefährlich . . .

Und während er aufstand und sein Spezialwerkzeug aus der Kommode holte, das er für den Einbruch brauchte, ging ihm durch den Kopf, dass er wohl eher derjenige war, der vorsichtig sein sollte.

Sarah traf sich mit dem Farmer an der Trockenmauer.

Sein Name war Dick Tyler, und er hatte längst das Alter erreicht, in dem andere Farmer an einen Verkauf ihres Hofes und an ihren Ruhestand dachten.

Sein Gesicht spiegelte wider, dass er viele Jahre im Freien hart gearbeitet hatte, und die Falten sahen eher wie tiefe Furchen aus.

Seine tief liegenden Augen, die Sarah beobachteten, hatte er nun zusammengekniffen.

Er ist alles andere als glücklich.

Sarah ging von ihrem RAV4 aus auf ihn zu. Der Schaden an der niedrigen Mauer war deutlich zu erkennen.

Jemand hatte sich richtig angestrengt, die großen Steine oben wegzubrechen und die kleineren darunter zu lösen, bis ein richtiger Durchgang entstanden war.

»Danke, dass Sie sich mit mir treffen, Mr Tyler.«

Er nickte.

Kein gesprächiger Mann.

»Sehen Sie, was die getan haben? Diese Halunken!«

Sarah blickte nach links und rechts und stellte fest, dass die Mauer den gesamten Besitz Tylers eingrenzte. Doch jetzt lagen an dieser Stelle die eigenartig geformten Steine, die so perfekt zusammengepasst hatten, auf der Erde verteilt wie Geröll.

»Diese Mauer muss Hunderte Jahre alt sein«, sagte sie. »Warum macht jemand so was?«

»Ganz richtig! Die steht schon Jahrhunderte hier! Länger als viele Häuser in der Gegend.«

Kopfschüttelnd sah er sich noch einmal die Bescherung an.

»Wird mich ein Vermögen kosten, das wieder dichtzumachen. Ist ja nicht irgendeine billige Trockenmauer, nicht?«

Noch ein Kopfschütteln, gefolgt von einem weiteren »Halunken!«.

»Und wissen Sie, wer das war?«

Er blickte auf und trat einen Schritt auf Sarah zu.

»Ob ich *weiß*, wer das war? Darauf können Sie wetten! Das waren diese Jugendlichen, die hier mitten in der Nacht über mein Land getrampelt sind und einen Heidenlärm veranstaltet haben.«

Sarah sah zu dem Hügel hoch, der sanft von der Straße zu dieser Mauer abfiel. Auf der Kuppe stand eine Baumgruppe.

»Die sind von da oben gekommen. Ich habe sie gehört, weil die so viel Lärm gemacht und wie irre gelacht haben. Und die waren das!«

»Aber Sie haben nicht gleich die Polizei gerufen?«

Der Mann schüttelte den Kopf.

»Ist ein öffentlicher Weg – das ist das verfluchte Problem! Die Leute haben das *Recht*, überall auf meinem Land herumzulatschen. So steht es im ›Gesetz‹, nicht? Oh Mann...«

Er bückte sich und hob ein Stück bemoosten Kalkstein auf. »Die kommen her, trampeln über mein Land und machen alles kaputt.«

Sarah erkannte, dass der Stein, den er hielt, zerbrochen worden war. Das Mauerstück wieder aufzubauen würde gewiss nicht einfach sein. Doch in den Cotswolds gab es Leute, die auf solche Arbeiten spezialisiert waren.

Abermals sah Sarah zu dem Hügel hinauf.

»Die sind von da oben gekommen?«

Tyler sah kaum hin, auch nicht, als Sarah mit dem Finger auf eine Stelle zeigte.

»Stimmt. Ein ganzer Haufen war das – wie ein verfluchter Zirkus. Ich hatte tief und fest geschlafen und wurde davon wach. So viel Krach haben die gemacht!«

Sarah blickte weiter zum Hügel.

»Und was ist hinter den Bäumen? Ich meine, woher können die gekommen sein?«

Tyler sah zuerst Sarah an, dann zum Hügel.

»Vom alten Steinbruch. Gleich hinter dem Hügel. Weiß der Himmel, was die da gemacht haben.«

Der Steinbruch.

Und Sarah dachte: *Ja, was haben die bloß dort gemacht?*

Sie wandte sich zu Tyler um. »Ich würde mir das gerne mal ansehen, wenn es Ihnen nichts ausmacht.«

Tyler schüttelte den Kopf, als fragte er sich, was das bringen sollte. Aber dann nickte er.

»Klar, gehen Sie ruhig. Ist ja schließlich ein *öffentlicher Weg*, nicht?«

Kein Fan dieses Systems, stellte Sarah fest.

Und lächelte.

»Danke!«

Sie nutzte die Lücke in der jahrhundertealten Mauer und begann den Hügel hinaufzugehen. Dabei fragte sie sich nicht bloß, was sie oben finden könnte, sondern erinnerte sich auch daran, dass sie selbst einmal dort gewesen war.

Vor ewig langer Zeit . . .

24. Ein erstaunlicher Fund

Das GPS-Navigationssystem von Jacks Handy hatte Mühe, die Straße zu Joshs Cottage zu finden.

Und zwischendurch fiel das Signal häufiger aus.

Dann wiederum wurde Jack vage nach links geschickt, um nur erneut auf der Hauptstraße zu landen.

Daher beschloss er zu guter Letzt, auf die altmodische Art und Weise den Weg zu finden. Er fuhr links ran, hielt an und holte den Straßenatlas aus dem kleinen Kofferraum des Sprite.

Es dauerte ein bisschen, bis er wusste, wo genau er war; dann suchte er weiter, bis er eine dünne, geschlängelte Linie entdeckte, bei der es sich um die Straße handelte, an der angeblich Joshs Cottage lag.

Gar nicht mal weit weg von Cherringham, aber definitiv abgelegen...

Jack nahm sich ein paar Augenblicke Zeit, um sich die vielen Kurven und Abzweigungen einzuprägen, die vor ihm lagen. Dann stellte er die nette Dame stumm, die ihm bisher sporadisch den Weg gewiesen hatte, stieg wieder in den Wagen und fuhr langsam weiter. Die Straßenkarte hatte er neben sich auf dem Sitz, falls er sich noch mal verfuhr.

Er hatte zuvor so gut wie keine nennenswerte Beschilderung mehr gesehen, als er eine löchrige Einfahrt erreichte, die von der schmalsten englischen Straße abführte, die Jack jemals bewältigen musste. Noch dazu wuchsen zu beiden Seiten so dichte

165

Hecken, dass sie den Weg komplett zu verschlingen drohten.

In der Hoffnung, endlich zum Cottage zu kommen, bog Jack auf den holprigen Weg ein.

Sein Sprite war allerdings schnell überfordert von den Straßenverhältnissen.

Da es nicht mehr weit sein konnte und Jack vermutete, dass sein Wagen hier in der engen Einfahrt sicher war, hielt er an.

Kein Fall ist es wert, den Unterboden des Sportwagens zu ruinieren.

Jack stieg aus und ging zu Fuß weiter.

Dabei dachte er: *Da hatte sich Josh auf jeden Fall einen außergewöhnlichen Wohnort ausgesucht.*

Die Stille hier hatte schon fast etwas Kontemplatives.

Bald erreichte Jack das Ende der sogenannten Zufahrt ... und sah das Cottage. Es war winzig: ein kleines Bilderbuchhäuschen. *Niedlich.*

Und Jack kam der Gedanke: *Hier könnte ich mir auch vorstellen zu wohnen.*

Er müsste dann jedoch den Sprite gegen einen Range Rover eintauschen, so viel stand fest.

Jack ging zur Haustür.

Im Gegensatz zur löchrigen Zufahrt war der Kiesweg vor dem Haus perfekt instand gehalten. Und das Gleiche galt für den Garten links vom Haus. Er war klein, aber voller Gemüse. Es gab Salat, Erdbeeren, einige Kräuter und eine schlanke Tomatenpflanze, an der sich die Früchte gerade von Grün zu Orange verfärbten.

Wie seltsam!

Falls Josh ein Drogenproblem hatte, stellte dieser gepflegte, ordentliche Garten einen gewissen Widerspruch zu dem dar, was man von einem Süchtigen erwarten würde.

Und abermals kam Jack der Gedanke, dass Josh das LSD nicht selbst oder aus freien Stücken genommen hatte.

Diese Hypothese schien mehr und mehr einzuleuchten.

Er sah zu der weißen Haustür des kleinen Cottages, die im Sonnenschein leuchtete.

Würden sich drinnen Antworten finden?

Jack streifte seine Handschuhe über, nahm sein kleines Einbrecherset hervor, bückte sich und inspizierte das Schloss.

Sarah stand einige Schritte vom Rand entfernt und blickte durch karges Gestrüpp hinab zum Kalksteinbruch.

Der Steinbruch war höchstens dreißig Meter tief und vielleicht sechzig Meter breit, und Sarah wusste, dass hier schon seit über hundert Jahren nicht mehr gearbeitet wurde.

Irgendwann einmal vor langer Zeit waren hier wahrscheinlich die Steine für Dick Tylers Trockenmauer gebrochen worden.

Und vermutlich auch die für die meisten älteren Häuser in Cherringham.

Doch obwohl der Steinbruch zu Sarahs Lebzeiten längst stillgelegt gewesen war, barg er Erinnerungen ...

In den späten Achtzigerjahren, als sie noch zur Schule ging, waren sie und ihre Clique oft an warmen Sommerabenden hier raufgekommen.

Sarah dachte an jene Zeit zurück – vor London, vor den Kindern. Was für eine unschuldige Zeit!

Der Rest des Landes hatte sich mitten im sogenannten »zweiten Sommer der Liebe«, befunden, mitsamt elektronischer Tanzmusik, Acid-House und freien Partys.

Letztere hatten es allerdings nie ganz bis nach Cherringham geschafft. Daher mussten sich Sarah und ihre Freunde mit ihrer eigenen Provinzversion begnügen ...

Billiger Cider, ein wuchtiger Ghettoblaster, große Flickenteppiche und jede Menge Schokolade. Beth, Sammi ... (Sarah erinnerte sich an die Mädchen. Aber wer waren die Jungs damals gewesen? Die hatte sie komplett vergessen!) Und sie hatten auf den Teppichen gelegen und gen Himmel geblickt.

Reichlich Geknutsche, Tratsch, Teenager-Dramen – und so viel Gelächter.

Gott, waren wir zahm!, dachte Sarah und musste schmunzeln, während Erinnerungsbilder vor ihrem inneren Auge vorbeizogen.

Ich sollte mal die alten Fotos ausgraben und sie den Mädchen zeigen ...

Aber lieber nicht Chloe und Daniel. Die fänden es viel zu peinlich.

Sarah fand einen Weg durch das Gebüsch, der aussah, als führte er hinunter in den Steinbruch.

Und während sie nach unten ging, wurde es beständig wärmer – und stiller.

Sie blieb stehen, atmete den Duft von Stechginster ein und beobachtete die Schmetterlinge, die über den Wildblumen im Gras flatterten.

Über ihr ertönte der helle, gedehnte Schrei eines Bussards. Sarah blickte nach oben. Da waren zwei von ihnen. Sie kreisten hoch am blauen Himmel.

Dann hörte sie ein Auto – unten im Steinbruch! Der Motor heulte auf, als sich der Wagen über den holprigen Untergrund kämpfte.

Das Geräusch kam näher.

Sarah duckte sich zwischen die Büsche.

Sie war sechs bis sieben Meter über dem Boden des Steinbruchs und konnte durch die Sträucher den flachen, trockenen und zerfurchten Grund zwischen alten Haufen verworfener Steinblöcke sehen.

168

Und dort, nur fünfzig Meter entfernt, kam ein kleiner weißer Transporter mit relativ hoher Geschwindigkeit in den Steinbruch gefahren. Von den hinteren Reifen stoben Staubwolken auf.

Sarah sank auf die Knie, sodass sie vom Dickicht verborgen war, und beobachtete.

Der Transporter fuhr zur anderen Seite des Steinbruchs, wo riesige Sandsteinbrocken aufgetürmt waren. Dort stellte der Fahrer den Motor ab.

Wieder war alles still.

Sarah sah, wie die Staubwolken verflogen.

Dann ging die Fahrertür auf, und ein Mann in T-Shirt und Jeans stieg aus. Er ging um den Transporter herum und öffnete weit die hinteren Türen.

Sarah beugte sich vor, um den Mann besser sehen zu können, aber der Winkel war unglücklich.

Nun verschwand der Mann hinter den Steinblöcken.

Verdammt, dachte sie. *Ich kann nichts sehen...*

Sie blickte sich um. Der Rand des Steinbruchs verlief in einem Bogen zu einer Stelle, von der aus sie vielleicht hinter die Blöcke sehen könnte.

Sie schlich durch das Gestrüpp ein ganzes Stück nach oben und bewegte sich, immer noch geduckt, weiter zur Seite, bis sie einen besseren Aussichtspunkt erreichte.

Vorsichtig kroch sie durch einen Ginsterbusch nach vorn ...

Ja!

Von hier aus konnte sie den Transporter sehen – und die Sandsteinblöcke, die nur etwa zwanzig Meter entfernt waren.

Der Mann hatte sich über einen Haufen schwarzer Müllsäcke gebeugt. Sarah beobachtete, wie er mit jeder Hand mehrere Säcke aufnahm, sich aufrichtete und umdrehte, um sie zum Transporter zu tragen.

Jetzt konnte Sarah sein Gesicht sehen.

Und sie erkannte es auf Anhieb.

Der junge Typ aus dem Imbisswagen.

Ted.

Dreimal lief er hin und her, bis alle Müllsäcke hinten im Transporter verstaut waren.

Während er beschäftigt war, holte Sarah ihr Mobiltelefon hervor und machte Fotos vom Transporter – vor allem vom Nummernschild.

Dann sah sie, wie er die Türen hinten zuschlug, einstieg, den Motor anließ und in einer frischen Staubwolke verschwand.

Als er außer Sichtweite war, richtete Sarah sich auf und ging hinunter in den Steinbruch.

Am Boden zeichneten sich Hunderte Fußabdrücke und Reifenspuren ab.

Und hinter den Steinblöcken sowie in den Ecken waren Reste von Müll, leere Flaschen und Dosen, die man noch nicht aufgesammelt hatte.

Offensichtlich hatte hier letzte Nacht der Rave stattgefunden.

Hatten Ted und Rikky hier unten Essen verkauft?

Oder handelten sie mit mehr als bloß Imbisskost? Wenn sie hier aufräumten, hatten sie vielleicht vor, diesen Platz wieder zu nutzen.

Sarah steckte ihr Telefon in ihre Jeanstasche und machte sich auf den Weg zurück nach oben. Sie hatte das Gefühl, dass sie endlich vorankamen.

Klick!

Jack fühlte mehr, als dass er hörte, wie der Schließmechanismus nachgab und die Zuhaltungen kippten. Behutsam drehte er sein Werkzeug im Schloss, bis sich der Riegel bewegte.

Jack drückte gegen die Tür, und sie öffnete sich.

Nachdem er sich umgeblickt hatte, ob er nicht beobachtet wurde, schob er die Tür weiter auf – jedoch nur ein wenig, denn sie klemmte.

Es war allerdings genug Platz, sodass Jack durch die Öffnung ins Haus schlüpfen und die Tür hinter sich schließen konnte.

Dunkelheit. Das Haus roch, als ob es leer wäre – unbewohnt. Und zu Jacks Füßen lag ein Berg von Briefen und Zeitschriften.

Er hob sie auf und ging sie sorgfältig durch. Das meiste waren Rechnungen. Nichts Handgeschriebenes, nichts Ungewöhnliches.

Jack sortierte einen Umschlag aus, der nach Kontoauszügen aussah, und steckte ihn in seine Tasche, um sich später den Inhalt anzusehen.

Es war zweifellos hilfreich, Joshs finanzielle Lage zu kennen.

Die anderen Briefe legte Jack zurück auf den Fußboden, und zwar so, wie er sie vorgefunden hatte.

Dann wanderte er durchs Haus.

Es war winzig, aber dennoch dürfte es ein Vermögen an Miete gekostet haben. Und das bei einem Lehrergehalt . . .

War das verdächtig? Die Antwort könnten ihm vielleicht später die Kontoauszüge geben.

Die beiden Schlafzimmer oben waren schlicht möbliert – nur ein kleiner Kleiderschrank, soweit Jack sehen konnte. Und keine Anzeichen von regelmäßigem Besuch. Im Bad stand eine einzelne Zahnbürste in einem Glas.

Während er von Zimmer zu Zimmer ging, gewann Jack den Eindruck, dass Josh Owen nicht viel von Luxus gehalten hatte – oder von Technik.

Bloß ein iPad-Dock mit mittelmäßigen Boxen in dem kleinen Wohnzimmer und ein kleiner Fernseher.

Josh war eindeutig jemand gewesen, der im Rahmen seiner Mittel lebte und bewusst einen möglichst kleinen Fußabdruck in der Welt hinterließ.

Das Haus war einfach eingerichtet, fast spartanisch.

Ja, »spartanisch« – das trifft es.

Viel nacktes Holz, einige Sachen und Bilder, die auf Reisen in die Dritte Welt deuteten, und Bücher über alternative Energie und Gartenbau.

Alles sauber und ordentlich auf Regalen sortiert.

So wie es hier roch, hatte er nicht geraucht, und viel Alkohol war auch nicht im Haus, abgesehen von einigen wenigen Flaschen Ale auf einem Regal.

In der Küche hing eine große Korkpinnwand mit Fotos von fröhlichen, grinsenden Freunden – Urlaube, Skireisen, Segeln, Tauchen.

Alles Aktivitäten, die man von einem beliebten, lebensfrohen jungen Mann erwartete.

Durchs Küchenfenster sah Jack in den Garten: ein gepflegter Rasen, auch wenn das Gras in der guten Woche seit Joshs Tod ein bisschen zu hoch gewachsen war.

Jack zog sich einen Stuhl an den kleinen Küchentisch, setzte sich und atmete tief ein.

Josh war kein Dealer gewesen. Nicht mal ein Konsument – auf keinen Fall!

Also – was war mit der Geschichte vom Club in Oxford? Nun ja, entweder hatte Tim Wilkins die Szene falsch interpretiert, oder Josh hatte nur vor den beiden Frauen angeben wollen.

Und wer hat so was noch nicht gemacht?, dachte Jack grinsend.

Nein, dieser Typ war unschuldig.

Dann fielen Jack einige Kratzer auf den Dielen in einer Küchenecke auf, direkt neben einem alten Kiefernschrank.

Er stand auf, ging dorthin und hockte sich nieder. Den Kratzern nach zu urteilen, war der Schrank kürzlich zur Seite geschoben worden.

Und da, wo er vorher gestanden hatte, fand sich ein schmaler

Staubstreifen, während der Rest des Küchenbodens unlängst gefegt worden war.

Jack zog den Schrank zurück an seinen ursprünglichen Platz ... und es kamen ein paar Dielenbretter zum Vorschein, die kürzer waren als die anderen.

Sie waren keine vierzig Zentimeter lang – dienten lediglich als Lückenfüller für die Ecke.

Das Holz war zerkratzt, ein Nagel lose, was hieß, dass das eine Brett vor Kurzem hochgehoben und nicht wieder richtig festgenagelt worden war.

Jack nahm sein Taschenmesser hervor, schob die Klinge unter den Nagel und hob ihn an.

Das Brett ließ sich leicht lösen.

Und dort, in dem Raum unter dem Brett, war eine große Klarsichttüte. Die Art von Tüte, in die man Sandwiches packte, wenn man ein Picknick machen wollte.

Als Jack jedoch die Tüte aus dem Versteck hob, erkannte er, dass sie nicht für ein Picknick benutzt worden war. Drinnen waren Pillen in allen möglichen Formen und Größen.

Hunderte und Aberhunderte von Pillen in kleineren Plastiktüten.

Na, wer hätte das gedacht ...

Jack stand auf und legte die Tüte auf den Tisch.

Dann durchsuchte er die Küchenschubladen, bis er eine alte Einkaufstüte gefunden hatte.

Er packte die Drogen in die Tüte, ging zur Haustür, öffnete sie, vergewisserte sich abermals, dass niemand draußen war, und schlüpfte hinaus.

Leise zog er die Tür hinter sich zu und verschwand.

173

25. Neue Zusammenhänge

Jack parkte auf dem Marktplatz neben den Touristenbussen, nahm die Plastiktüte vom Beifahrersitz und überquerte die High Street zum Huffington's.

Drinnen blickte er sich um. Es war tatsächlich sehr voll. An den Tischen saßen Touristen und Einheimische, und die Bedienungen in ihren altmodischen Schürzen eilten mit Teekannen und Platten voller Sandwiches und Kuchen hin und her.

Jack entdeckte Sarah in der hintersten Ecke, winkte ihr zu und bahnte sich seinen Weg zwischen den Tischen hindurch zu ihr.

Da sie in ihre Notizen vertieft war, setzte Jack sich stumm ihr gegenüber hin, stellte die Tüte zwischen seine Füße und wartete geduldig.

»Wie ich schon sagte, ist heute hier viel los. Deshalb war ich schon mal so frei, für dich zu bestellen«, sagte sie, als sie endlich aufblickte und ihren Stift hinlegte. »Welsh Rarebit, ist das okay?«

»Klar. Das ist dieser komische Käsetoast, oder?«

»Ich dachte, du magst das?«

»Ich mag *alles* hier«, antwortete Jack. »Sind wir in Eile?«

»Tatsächlich haben wir einen *Lauf*, glaube ich«, antwortete sie grinsend, holte ihr Telefon hervor und wischte übers Display, ehe sie es ihm reichte.

»Sieh dir das an«, forderte sie ihn auf.

Jack blickte auf das Display.

»Ein Lieferwagen an einem Strand.«

»Das ist eine Spur, Watson. Ein echtes Stück feinster Detektivarbeit.«

»Ach ja?«

»Heute Morgen war ich bei diesem Farmer – du weißt schon, der Probleme wegen der Jugendlichen hat, die über sein Land gelaufen sind? Seine Farm grenzt an den alten Kalksteinbruch, deshalb habe ich mir den noch angesehen. Und rate mal, was ich entdeckt habe.«

»Ich bin ganz Ohr, Frau Ermittlerin . . .«

»Ich bin ziemlich sicher, dass der Steinbruch für einen dieser Raves genutzt wurde. Der Transporter – der Wagen hier auf dem Foto – tauchte dort auf. Ein Typ stieg aus und lud dort herumstehende Müllsäcke ein, als wäre das sein Job. Siehst du das Nummernschild? Ach, und der Typ, also der Fahrer . . . Tja, sieh dir mal die Aufnahme hier an.«

Jack hielt ihr das Telefon hin, damit sie das nächste Bild aufrufen konnte . . .

»Wow! Gutes Bild«, lobte Jack. »Damit sollten wir ihn identifizieren können.«

»Schon erledigt.«

»Echt? Dich hält heute nichts auf, was?«

»Na ja . . . es half natürlich, dass ich ihn wiedererkannt habe. Das ist Ted. Den vollen Namen wusste ich allerdings nicht.«

»Und . . . ?«

»Und . . . ich bin vom Steinbruch direkt zurück ins Büro, habe mich an den Computer gesetzt, dann ans Telefon . . .«

»Und hast den Namen von Ted, dem geheimnisvollen Raver, ausfindig gemacht?«

»Jap. Jackson. Ted Jackson. Der kleine Bruder von Rikky, dem tätowierten Betreiber des Imbisswagens bei der Schule.«

»Aha, dort hast du ihn also kennengelernt. Das sind die beiden, von denen du mir erzählt hast, nicht?«

»Genau die. Oder, um ihren pfiffigen Firmennamen zu nennen, ›Rikky's Burgers‹.«

»Wie hübsch. Und Alan konnte dir die fehlenden Daten liefern?«

»Nicht ganz«, sagte Sarah mit diesem Lächeln, das Jack sofort verriet, was los war.

»Ah, verstehe! Du hast deinen Kumpel in London eingespannt, was? Wie hieß er noch gleich? Phil?«

»Er ist sehr diskret, Jack.«

»Ja, das hoffe ich.«

Jack wusste, dass Sarah eine Privatdetektei beauftragt hatte, als sie sich von ihrem Mann trennte – dem »verlogenen, betrügerischen Mistkerl«, wie sie ihn bezeichnete.

Soweit Jack es bisher mitbekommen hatte, war die Scheidung unschön gewesen.

Und Sarah hatte seither einige Kontakte in der Schattenwelt des Observierens und Hackens, die sich bei ihrer gemeinsamen Arbeit ein ums andere Mal als praktisch erwiesen hatten.

Nicht, dass Jack immer einverstanden gewesen wäre.

»Wer braucht schon einen offiziellen Zugang zur Polizeidatenbank, nicht?«, sagte Jack. »Wenn man den netten Phil hat, der sich jederzeit in sie einhacken kann.«

»Um fair zu sein, Jack, hat Phil sich nicht eingehackt«, korrigierte ihn Sarah. »Obwohl er darin richtig gut ist.«

»Soll das heißen, er hat einen nicht ganz sauberen Cop benutzt?«

»Komm schon, Jack, wie sonst sollen wir uns gute Informationen beschaffen?«, entgegnete Sarah. »Jedenfalls ist das noch nicht alles. Es hat sich herausgestellt, dass Rikky's Burgers eine Firmenadresse in ... Gloucester hat.«

»Hmm, also das *ist* interessant.«

»Ich habe da angerufen – leider eine Sackgasse. Es scheint nur eine von diesen Registeradressen zu sein. Du weißt schon – so etwas wie eine Briefkastenfirma.«

»Schade.«

»Hey, das hat mich natürlich nicht ausgebremst!«, sagte Sarah. »Nicht heute. Ich bin nach unten zu Julie in dem Maklerbüro, und sie rief die Zweigstelle in Gloucester an, wo sie ziemlich sicher waren, dass sie die Adresse für uns finden. Es kann aber ein oder zwei Tage dauern.«

»Holla, du warst wirklich fleißig heute Vormittag!«

»Ah, aber das ist noch nicht alles! Erinnerst du dich an die Jungs, die an dem Abend im Ploughman waren? Die, von denen Maddie sagte, sie wären ein bisschen zwielichtig? Ich habe Grace angerufen – die dich übrigens herzlich grüßen lässt –, und sie hat mir die Adressen besorgt.«

»Richte Grace ein Lob von mir für ihre gute Arbeit aus«, bat Jack. »War es das?«

Sarah lehnte sich zurück und verschränkte die Arme.

»Ja, so ungefähr«, antwortete sie grinsend. »Jetzt zu dir? Denkst du, dass du mich toppen kannst?«

»Hmm, ich weiß nicht«, erwiderte Jack. »Die Latte hängt ganz schön hoch.«

Er griff nach der Einkaufstüte und hob sie auf seinen Schoß.

»Aber vielleicht, nur vielleicht . . .«, sagte er.

Dann hob er die Tüte auf den Tisch. In diesem Moment kam die Bedienung mit ihrem Mittagessen.

»Ah, hallo, Fremder«, grüßte die Kellnerin, stellte das Essen auf den Tisch und wandte sich zu Jack.

»Hey, Jennie«, sagte Jack. »Wie geht's?«

»Wie geht's Ihnen?«, erwiderte Jennie in einer sehr englischen Version von Joey aus *Friends*.

Sarah beobachtete, wie Jack und Jennie gemeinsam lachten.

Kennt Jack jeden in diesem Dorf?, dachte sie.

»Wir haben Sie vermisst. Das muss ja fast ein Jahr her sein!«

»Ihr Leute habt mir auch gefehlt«, gestand Jack. »Und mein Sonntagsfrühstück . . .«

»Dann sehen wir Sie morgen früh?«, fragte Jennie.

»Tja, wieso nicht?«

»Ist viel zu lange her«, sagte Jennie. »Jetzt verschwinden Sie aber nie mehr wieder, verstanden?«

Jack blickte kurz zu Sarah, dann wieder zu Jennie. »Ich versuch's.«

Jennie machte Anstalten, nach der Tüte auf dem Tisch zu greifen. »Soll ich die für Sie beiseitestellen?«

Lässig legte Jack eine Hand auf die Tüte. »Nein, ist schon gut, Jennie. Wir machen uns hier gleich selbst Platz.«

»Okay. Ich bringe dann den Kaffee.«

»Danke«, sagte Jack.

Jennie klopfte ihm auf die Schulter und ging.

Jeder mag Jack, dachte Sarah. *Wie sollte es auch anders sein?*

Sie schnitt ein Stück von ihrem Käsetoast ab, und Jack tat es ihr gleich.

»Ein nettes Mädchen«, bemerkte Jack, der von seinem Teller aufsah.

»Kennst du hier jede Bedienung mit Namen?«

»So ziemlich«, antwortete Jack. »Obwohl ich ein paar neue Gesichter sehe.«

Sarah legte ihr Besteck hin.

»Also«, sagte sie. »Was ist in der geheimnisvollen Tüte?«

Jack schob sie ihr hin.

»Ich würde sie lieber nicht auf dem Tisch ausleeren«, empfahl er ihr und nahm noch einen Bissen Toast.

Sarah öffnete die Tüte und linste hinein.

»Ach du Schande!«, sagte sie und starrte Jack an. »Ist es das, was ich denke?«

Er nickte.

»Wo hast du das her?«

»Aus Joshs Haus. Unter einem Dielenbrett.«

»Wow! Ich meine . . . im Ernst?«

Sie blickte wieder in die Tüte, wobei sie es so tat, dass niemand sonst etwas sehen konnte, und hob die Klarsichttüte drinnen ein wenig an, um den Inhalt besser begutachten zu können.

»Das sind ja Hunderte von Pillen«, flüsterte sie. »*Hunderte.*«

»Und nicht nur Pillen«, betonte Jack.

»Aber was ist das alles?«

»Soll ich raten? MDMA, Speed, Gras, Haschisch, Tüten mit Koks – so eine Art Rundum-Sortiment. Verrückt, oder?«

»Was ist das wert?«

»Ich bin nicht mehr auf dem Laufenden, aber ich würde sagen: zehntausend? Zwanzig? Eventuell mehr im Straßenverkauf.«

»Zwei Kaffees«, sagte Jennie, die plötzlich wieder an ihrem Tisch aufgetaucht war.

Sarah erstarrte. Sie saß mitten im beliebtesten Café von Cherringham mit einer Tüte voller Drogen! So hatte sie sich ihren Tag heute nicht vorgestellt.

Jack und ich machen wirklich die schrägsten Sachen, dachte sie.

Langsam nahm er ihr die Tüte ab und stellte sie wieder zurück auf den Boden.

»Dann mache ich mal Platz, was?«, sagte er mit einem Lächeln zu Jennie.

»Danke, Jack!«

Sarah wartete, während die Bedienung den Kaffee hinstellte und wieder ging.

»Jack . . . jetzt weiß ich gar nicht mehr, was ich denken soll. Heißt das, dass Josh gedealt hat?«

Jack rührte in seinem Kaffee.

»Das glaube ich nicht«, entgegnete er.

»Und warum nicht?«

»Na ja, weil ich nicht besonders gründlich nach dem Stoff suchen musste«, erklärte Jack. »Er war so versteckt, dass ihn jeder gefunden hätte, der sich ein bisschen genauer dort umsah.«

»Du meinst, die Tüte wurde absichtlich da versteckt? Ihm untergeschoben?«

Jack nickte.

»Ich vermute, dass ihm das jemand anhängen wollte, nachdem Josh tot war«, antwortete er.

»Was bedeutet, dass das, was mit Josh in jener Nacht passiert ist, geplant war?«

»Ja, genau das denke ich«, bekräftigte Jack. »Und wer auch immer das war – ihn interessierte nicht, ob Josh am Ende lebte oder starb.«

Sarah trank einen Schluck Kaffee und überlegte.

Etwas hier ergab keinen Sinn.

»Aber warte mal«, sagte sie. »Wenn man jemandem etwas anhängen will, setzt man doch nicht Drogen im Wert von zehn Riesen aufs Spiel. Das ist doch so, als würde man Geld wegschmeißen.«

»Weiß ich. Das begreife ich auch nicht.«

»Gott, ich dachte, dass wir Fortschritte machen. Doch wir sind noch kein Stück weiter.«

»Nein«, sagte er. »Allerdings haben wir jetzt einen sehr großen Vorrat an Drogen.«

»Willst du die nicht Alan geben?«

Jack zögerte. Jetzt begab er sich auf dünnes Eis.

»Ähm . . . noch nicht.«

»Aus einem bestimmten Grund?«

»Ich habe das Gefühl, dass wir uns in haiverseuchtes Wasser stürzen. Und da könnten wir diese Tüte vielleicht noch brauchen.«

»Um die Haie zu füttern?«

»Sagen wir lieber – um sie anzulocken.«

26. Was für nette Jungs!

Jack hielt Sarah die Tür zum Ploughman auf und folgte ihr nach drinnen. Hinter ihm fiel die Tür zu.

Er blickte sich im Pub um.

Recht leer, obgleich die Tische draußen vor dem Pub gut besetzt waren.

Was nicht weiter verwunderlich war. Wer wollte an einem heißen Samstagnachmittag wie diesem schon drinnen hocken?

Sarah ging voraus in eine ruhige Ecke der Bar, wo Billy mit ein paar Kellnerinnen stand und eifrig Pints zapfte.

»Ah, Jack, Sarah«, grüßte Billy, als er aufsah. »Wie schön, euch zu sehen! Was nehmt ihr?«

»Eine Cola Light für mich«, antwortete Sarah.

»Für mich das Gleiche, Billy«, sagte Jack. »Und falls du einen Moment Zeit hast, würden wir dich gerne um einen kleinen Gefallen bitten. Wir warten hier.«

Billy nickte und zapfte noch ein Pint. Vielleicht ahnte er schon, worauf es hinauslief.

»Spielt ihr mal wieder Detektive?«, fragte er.

Jack grinste. »Könnte man so sagen.«

Nur würde er es nicht als Spiel bezeichnen.

»Das reinste Irrenhaus war das an jenem Abend, kann ich euch sagen«, erzählte Billy, der vor ihnen auf dem Tresen lehnte.

»Es heißt, dass viele Leute an dem Abend eine Karte hatten, auf der sie die Runden aufschreiben ließen, die sie ausgaben«, sagte Sarah.

»Das ist nur allzu wahr! Ziemlich viele Lehrer waren hier. Ich schätze, die haben hier schon mal den Ferienanfang vorgefeiert. Fast hundert Pfund stand auf einer der Karten, als sie gingen.«

»Demnach war die Stimmung recht aufgeräumt, oder?«, fragte Jack.

»Na ja, alles in allem schon«, antwortete Billy. »Bis auf den armen Kerl, der von der Brücke gesprungen ist. Der war total neben der Spur. Wäre er nicht von selbst gegangen, hätte ich ihn rausgeworfen. Aber ansonsten herrschte die übliche Wochenendstimmung.«

Jack beugte sich näher zu Billy und senkte die Stimme, auch wenn fast niemand im Pub war. »War es hier so voll, dass einem was ins Glas getan werden konnte, ohne dass es jemand merkte?«

Wieder nickte Billy und dachte nach.

»Tja, möglich wär's. Ich meine, das kann ja überall passieren, jederzeit – ob es voll ist oder nicht. Das weißt du doch genauso gut wie ich, Jack.«

»Ja, stimmt. Ich frage mich bloß, ob du sonst noch etwas über den Abend gehört hast.«

»Ich verstehe nicht ganz, worauf du hinauswillst, Jack ...«

»Es heißt, dass einige Minderjährige hier waren, Billy«, erklärte Sarah.

Billy drehte sich zu ihr um und wurde sehr ernst.

Alkoholausschank an Minderjährige? Das könnte unangenehm für ihn werden, dachte Jack.

»Nicht, dass ich wüsste«, erwiderte Billy. »Und falls welche hier waren, haben die alkoholfreie Getränke bekommen, sonst nichts. Ich lasse mir *immer* die Ausweise zeigen.«

»Natürlich«, sagte Sarah.

Jack sah, wie Billy skeptisch wurde.

»Keiner will dir irgendwas unterstellen, Billy«, lenkte Jack rasch ein. »Wir fragen uns nur, ob dir ein paar Jungs aufgefallen sind, mit denen wir uns gerne unterhalten würden.«

»Jake Pawson, Callum Brady und Liam Norris«, ergänzte Sarah.

»Die drei, was?«, sagte Billy. »Ja, die könnten hier gewesen sein.«

»Könnten?«, hakte Jack nach.

»Na gut. Ja, okay, sie waren hier.«

»Haben sie sich benommen?«

»Nicht besser als sonst. Aber auch nicht schlechter.«

»Danke, Billy«, sagte Sarah.

»Hast du eine Ahnung, wo wir die finden können?«, erkundigte sich Jack. »An einem sonnigen Samstagnachmittag wie heute?«

Nun folgte eine längere Pause.

Jack mochte Billy, und ihm war nicht wohl dabei, den Wirt so zu bedrängen.

Schließlich antwortete Billy: »Ja, ich glaube, das weiß ich.«

Jack wartete.

Dann sah Billy hinauf zur Decke.

»Oben in meinem Billardzimmer«, fügte er hinzu. »Und ehe ihr fragt: Sie trinken Radler, in Ordnung?«

Jack lachte. »Darf ich dir einen ausgeben, Billy?«

Auch Billy lachte und entspannte sich merklich. »Ein Pint 6X, danke, Jack! Ich hebe es mir im Fass für später auf.«

Jack zahlte das Pint, dann gingen Sarah und er durch die Bar und die Treppe hinauf zum Pool-Raum.

Sarah hörte das harte Klackern der Billardkugeln, noch bevor sie die Treppe bis oben hochgestiegen waren.

Es gab keine Tür zum Billardzimmer, das eigentlich nur ein offener Raum über der Bar war.

An seinem Ende standen zwei Billardtische. An dem einen spielten zwei Teenager, auf dem anderen saß ein weiterer Jugendlicher und sah den anderen zu.

Letzterer kam Sarah bekannt vor, auch wenn sie nicht sagen konnte, woher.

Hinter ihnen an der Wand lief eine Sportsendung auf einem großen Flachbildfernseher. Der Ton war leise gestellt.

Sarah blickte sich um. Der Rest des Raums war leer bis auf eine Reihe von aufgestapelten Tischen und Stühlen.

Billy nannte es gern sein Billardzimmer, doch eigentlich war es sein Abstellraum, den er gelegentlich für größere Veranstaltungen nutzte.

Als Sarah das letzte Mal hier oben gewesen war, hatte die hiesige Band Lizard vor vollem Haus gespielt. Eine Veranstaltung, bei der Jack und Sarah als Privatermittler ins Spiel gekommen waren.

Nun ging sie mit Jack an ihrer Seite durch denselben Raum auf die drei Jungen zu.

Einer wollte gerade mit seinem Queue stoßen, hielt jedoch inne, als Jack und Sarah sich näherten, und richtete sich auf.

»Privatspiel«, sagte er. »Alles klar?«

»Sonnenklar«, antwortete Jack. »Macht einfach weiter.«

»Ey, das habe ich nicht gemeint, okay?«

»Und was *hast* du gemeint?«, fragte Jack und trat einen Schritt vor.

Sarah beobachtete, wie der dritte, der auf dem anderen Tisch gehockt hatte, herunterstieg und mit ein paar Billardkugeln in der Hand vortrat.

Er war groß, hatte rotes Haar und trug einen Ohrring ... Und jetzt erinnerte Sarah sich wieder.

Das war der Junge mit dem Motorrad, den sie neulich im Imbisswagen gesehen hatte – in ein lebhaftes Gespräch mit Rikky vertieft.

»Er meint, dass wir keine Zuschauer mögen«, erklärte der Rothaarige.

»Tja, das ist richtig schade«, sagte Jack. »Denn wir gehen nicht . . .«

». . . ehe wir uns nicht kurz mit euch unterhalten haben«, ergänzte Sarah.

Lächelnd sah sie die drei nacheinander an.

»Also, Callum, Liam und Jake. Wer von euch ist wer?«

»Und wer will das wissen?«, fragte der Junge mit dem Queue.

Diese toughen Jungs sind im selben Jahrgang wie Chloe?, dachte Sarah.

»Jack Brennan. Wir reden mit jedem, der an dem Abend im Pub war, an dem Josh Owen starb.«

Stille.

»Sind Sie von der Polizei?«, wollte der Junge mit dem Queue schließlich wissen.

»Nein, wir ermitteln im Auftrag von jemand anders«, antwortete Jack.

»Also, wer von euch ist wer?«, wiederholte Sarah.

Sie beobachtete, wie die drei einander ansahen – und irgendwie wortlos zu einer gemeinsamen Entscheidung kamen.

Wie Rudeltiere, dachte sie. *Und vielleicht sagen sie gar nichts.*

»Ich bin Callum«, antwortete der Rothaarige.

»Liam«, sagte der mit dem Queue.

»Lasst mich raten . . . Und du bist Jake?«, fragte Jack und sah den Dritten an.

Die anderen beiden drehten sich zu Jake um, als könnte er der Verdächtige sein.

Sarah erkannte die Verwirrung der drei und musste an sich halten, um nicht zu lachen.

»Und wenn schon?«, entgegnete Jake, der nun nervös wirkte.

Abermals sah Sarah jeden einzeln an.

»Ihr geht alle auf die Cherringham Highschool, nicht?«, fragte Sarah.

»Ja. Na und?«, erwiderte Liam.

»Und ihr wart am Abend nach der Abschlussfeier im Pub«, stellte Jack fest.

»Klar. Ist ja kein Verbrechen«, sagte Jake.

»Vielleicht doch – falls ihr was Alkoholisches getrunken habt«, meinte Sarah.

Callum hob sein Glas mit Radler an. »Nichts Stärkeres als das hier. Wir hatten bloß ein bisschen Spaß.«

»Habt ihr bei den Lehrern gesessen?«, fragte Sarah.

»Oh Scheiße, nee! Das soll wohl ein Witz sein?«, antwortete Liam.

»Na los, worum geht's hier eigentlich?«, verlangte Jake zu wissen. »Wir wollen weiterspielen.«

Callum, der älter schien als die anderen, war still.

»Habt ihr an dem Abend Josh Owen gesehen – im Pub oder danach?«

»Ja«, bestätigte Liam. »Der war total hinüber.«

»Das habt ihr gemerkt, hmm?«, hakte Jack nach.

»Das erkennt doch jeder, oder nicht?«, sagte Jake. »Der hat sich umgebracht.« Und im Flüsterton ergänzte er: »Ein Glück.«

»Kein Fan von ihm, was?«, fragte Jack.

»Von Owen? Der war ein Arsch«, antwortete Jake.

»Ach ja?«, erwiderte Jack. »Soweit ich gehört habe, war er sehr beliebt.«

»Klar, wenn *er* einen mochte.«

»Und dich mochte er nicht?«, fragte Sarah.

Jack ging zur Seite und lehnte sich an einen der Tische.

»Habt ihr gesehen, dass Leute an dem Abend Drogen nahmen – unten im Pub?«, erkundigte sich Jack.

»Wir gehen noch zur Schule, Mr Brennan«, antwortete Liam grinsend. »Wir sind zu jung, um uns mit so was auszukennen.«

Die drei sahen sich an und lachten.

Genialer Witz, dachte Sarah. *Die Befragung ist vorbei. Na ja, so gut wie …*

Sie blickte zu Jack und nickte ihm kaum merklich zu, um ihm zu bedeuten: *Mach bitte mit!*

»Ich schätze, die wissen tatsächlich nichts, Jack«, sagte sie. »Gehen wir wieder.«

Er nickte und kam zu ihr.

Er macht mit, egal, was ich als Nächstes tun will.

»Trotzdem danke, Jungs«, sagte er. »Viel Spaß noch!«

»Ja, danke«, sagte Sarah.

Die Jungen antworteten nicht. Sarah sah, wie sie ihre Queues wieder aufnahmen und zum Spiel zurückkehrten. Dann drehte Sarah sich um und schritt auf die Treppe zu.

Im Gehen sah sie wieder zu Jack. Und, ja, er ahnte gewiss, was sie vorhatte.

Sie wandte einen Trick an, den sie vom Meister gelernt hatte.

Sarah blieb plötzlich stehen und drehte sich wieder um.

»Callum!«, rief sie.

Er richtete sich erschrocken auf.

Sicher hatte er gedacht, das war es mit den Fragen gewesen.

»Wenn du das nächste Mal am Imbisswagen bist, grüß doch bitte Rikky von mir, ja?«

»Was?«

»Du weißt schon – Rikky. Grüß ihn das nächste Mal von mir.«

»Wie? Ich kenn keinen Rikky.«

»Doch, doch. Er ist dein Kumpel. Rikky, vom Imbisswagen oben.«

»Was hat der denn damit zu tun?«, fragte Callum.

Sarah winkte den dreien zu.

»Tja, wie auch immer, wir sehen uns, Leute.«

Jetzt wandte sie sich wieder zur Treppe um, zwinkerte Jack zu und kehrte mit ihm nach unten zurück.

Draußen im Sonnenschein auf der Terrasse des Pubs drehte Jack sich zu ihr.

Er sah ihr an, dass sie sich oben im Billardzimmer amüsiert hatte.

»Ich muss sagen – ein netter Schachzug, Sarah.«

»Danke«, sagte sie. »Ich konnte dich nicht richtig vorwarnen. Aber in dem Moment, als ich den Größeren wiedererkannte, hatte ich das Gefühl, dass es eine Verbindung zu den Typen vom Imbisswagen gibt.«

»Ich denke, die hast du jetzt nachgewiesen«, konstatierte Jack. »Hier entwickelt sich eine Spur. Rikky, Ted, diese Typen, Josh ... Wenn wir bloß wüssten, wohin sie führt.«

»Jake vor allem, der kein großer Fan von Josh war, könnte derjenige gewesen sein, der ihm an dem Abend etwas ins Glas geschmuggelt hat.«

»So voll, wie der Pub war ... Klar, das wäre leicht gewesen«, stimmte Jack ihr zu. »Doch das hätte jeder von denen machen können.« Er holte tief Luft. »Was denkst du? Könnte jemand den Imbisswagen als Drogentaxi benutzen?«

»Möglicherweise ist es Rikky selbst«, mutmaßte Sarah.

»Und der kleine Bruder hat irgendwie mit den Raves zu tun. Das ist ein verteufelt großer Markt.«

Aus dem Augenwinkel bemerkte Jake, wie die drei Jungs aus dem Billardzimmer den Pub durch die Seitentür verließen.

»Sieh mal«, sagte er.

Beide beobachteten, wie die drei zum Parkplatz marschierten und auf drei Geländemotorräder zugingen, die an der Hecke standen.

Sie setzten Helme auf, schmissen ihre Maschinen an und rasten mit aufheulenden Motoren über den Parkplatz.

»Wäre ich schneller, würde ich ihnen folgen«, meinte Jack. »Ich glaube nämlich, dass dieser überstürzte Aufbruch etwas mit uns zu tun hat.«

»Was jetzt?«, fragte Sarah.

Jack sah hinauf zum Nachmittagshimmel, den helle Wolken sprenkelten.

Warm und herrlich.

»Ich schätze, es wird Zeit, dass du mich Louise James vorstellst«, antwortete er. »Zwar wollte sie, dass wir uns von den Schülern fernhalten, aber ich würde sagen, das geht nicht mehr.«

»Und es wird Zeit, dass wir uns selbst mal diese Spinde ansehen, was meinst du?«

»Genau. Heute Nachmittag muss ich allerdings noch am Boot arbeiten«, sagte Jack. »Wie wäre es morgen? Glaubst du, Louise ist am Sonntag in der Schule?«

»So kurz vor Ferienbeginn? Darauf würde ich wetten.«

»Soll ich dich nach Hause fahren?«

»An einem Tag wie heute? Nein, danke; ich denke, ich gehe lieber zu Fuß«, antwortete Sarah. »Bis morgen dann!«

Jack lächelte ihr zu und ging zu seinem Sprite. Er freute sich auf einen Nachmittag auf seinem Boot.

TEIL 3

Enthüllte Geheimnisse

27. Sonntagsschule

Jack hatte darauf bestanden, dass sie den Sprite nahmen.

»Schließlich ist es ein fantastischer Sommertag. Das Auto wurde für solche Tage gebaut.«

Und Sarah widersprach nicht. Sie dachte eher daran, wie ihr Treffen mit Louise verlaufen würde.

Bei ihrer ersten Besprechung war die Direktorin freundlich gewesen. Aber sie hatte auch tough gewirkt – die richtige Persönlichkeit, um eine Schule und deren Mitarbeiter auf Vordermann zu bringen.

»Jack, nur zur Information: Ich glaube, wir müssen hier diplomatisch vorgehen.«

Jack steuerte seinen Wagen auf den Bereich des Parkplatzes zu, der den Lehrern vorbehalten war. Der gesamte Platz war verlassen bis auf einen einsamen Range Rover.

Man konnte sagen, was man wollte, doch Louise James war auf jeden Fall engagiert.

Als Jack den Wagen parkte und den Motor ausschaltete, sagte er: »Du meinst, ich soll meinen üblichen Verhörton ein bisschen runterschalten?«

Hierüber musste sie grinsen.

Sicher war ihre Sorge überflüssig, denn Jack konnte Situationen und Menschen besser einschätzen als jeder andere, den sie kannte.

»Ja, genau.«

»Geht klar, Boss.«

Louise schleppte einen zweiten Stuhl vor ihren Schreibtisch, und Jack sprang sofort hin, um ihr zu helfen.

»Was für ein schönes Möbelstück«, sagte er und klopfte auf die lederne Rückenlehne des alten Stuhls.

Louise lächelte. »Damals wusste man noch, wie man haltbare Möbel herstellt. Denke ich zumindest.«

»Genau die Art Stuhl, die ich gerne in meinem Büro hätte«, sagte Jack und blickte Louise an. »Wenn ich denn eines besäße.«

Hier kommt die Charme-Offensive, dachte Sarah.

»Ich könnte Tee machen, wenn Sie möchten.«

Sarah sah Jack an. »Für mich nicht, danke«, erwiderte sie.

An einem Wochentag hätte die Direktorin eine Sekretärin zur Teeküche weiter hinten im Flur geschickt. Es war unnötig, dass Louise sich jetzt selbst bemühte, zumal sie dringend zur Sache kommen sollten.

Das gespannte Warten auf Louise' Reaktion machte Sarah nervös.

»Okay, dann setzen Sie sich doch bitte. Wie kommen Sie voran?«

Sarah brachte Louise kurz auf den neuesten Stand und berichtete, was sie herausgefunden hatten und was es bedeuten könnte. Louise machte sich Notizen.

Von dem Einbruch in ihr Haus erzählte Sarah ebenfalls.

»Gütiger Himmel, das ist ja furchtbar!« Louise sah von Sarah zu Jack. »Vielleicht sollten Sie beide das hier lieber lassen? Ich meine ...«

»Wenn wir der Schule helfen können – und meine Kinder sind schließlich auch hier –, dann sollten wir genau das hier tun«, entgegnete Sarah.

Louise nickte.

Und damit kamen sie zu dem Punkt, der Sarah Sorgen machte, weil sie nicht absehen konnte, wie Louise reagieren würde.

193

Die Direktorin legte ihren Stift hin.

Und sie wirkte alles andere als freundlich.

»Sie haben mit *Schülern* gesprochen?«

Louise wandte das Gesicht ab, und Sarah blickte zu Jack.

Das sieht gar nicht gut aus.

Gleich einem Leuchtturmstrahl, der sich langsam wieder in ihre Richtung zurückdrehte, traf Louise' frostiger Blick erst Sarah, dann Jack.

»Ich hatte Ihnen ausdrücklich gesagt, ich wünsche *nicht*, dass Sie mit Schülern reden. Erinnern Sie sich?«

Sarah nickte.

Fürwahr eine harte Nuss.

»Und dennoch haben Sie es getan?«

Jack sah die Direktorin an und nickte. Dann stand er auf und trat an die großen Fenster, von denen man über das Gelände an der Rückseite der Schule sah, über die Fußballfelder weiter hinten und schließlich auf die Hügelkette in der Ferne.

An einem der Fenster blieb er stehen und drehte sich um.

»Louise, ich möchte Sie wissen lassen, dass wir nicht gezielt nach Schülern gesucht haben, um mit ihnen zu reden.«

Er hielt inne, und Louise blickte ihn abwartend an.

»Wir waren im Ploughman und sind buchstäblich über sie gestolpert – Liam, Jake, Callum –, als sie dort Billard gespielt haben.«

»In einem Pub? Haben sie getrunken? Ich lasse den Besitzer ...«

Jack hielt eine Hand in die Höhe.

Sarah beobachtete ihn. Normalerweise fand sie, dass er jede Situation meisterte. Aber bei dieser war sie sich nicht so sicher.

»Sie hatten Radler«, erklärte er lächelnd, »was immer das sein mag.«

194

Und aus dem Augenwinkel sah Sarah, wie die Schulleiterin verhalten schmunzelte.

»Sie waren in dem Pub. Also haben wir sie lediglich ... nach dem Abend gefragt. Wir haben sie nicht ...« – er ging zu seinem Stuhl zurück – »willentlich aufgespürt. Sarah und ich hatten nicht geplant, Ihrem ausdrücklichen Wunsch zuwiderzuhandeln.«

Louise nickte.

Dann nahm sie ihren Stift wieder auf.

Ein Zeichen dafür, dass der Sturm vorüber ist.

»Ich hoffe, das können Sie akzeptieren«, sagte Jack sanft.

Kann sein, kann aber auch nicht sein, dachte Sarah.

Aber ...

»Okay. Danke, Mr Brennan!«

»Jack ...«

Na klar.

»Jack. Und da Sie schon nach dem Abend gefragt haben, können Sie mir vielleicht verraten, was die drei Ihnen erzählt haben?«

Jack setzte sich wieder und sah Sarah an.

Der Ball ist bei mir.

Aber zuerst lächelte sie ihm zu.

Was heißen sollte: *Sehr gut gespielt!*

Und Sarah begann das Gespräch wiederzugeben.

»Wir fragten sie nach dem Abend, nach Josh Owen ... und was sie gesehen haben.«

»Ich nehme an, dass sie abstritten, an dem Abend getrunken zu haben?«

»Ja.«

»Aber sie sahen Mr Owen in dieser ... Verfassung?«

»Ja«, antwortete Sarah. »Doch das ist es nicht ...« – sie blickte kurz zu Jack – »was wir, nun ja, besorgniserregend finden.«

»Fahren Sie fort.«

»Zwei der Jungen schienen ihre Schwierigkeiten mit Josh

195

Owen gehabt zu haben. Sie waren richtig wütend auf ihn. Offensichtlich war er bei ihnen nicht beliebt.«

Louise nickte. Sie machte sich wieder Notizen. Während sie schrieb, äußerte sie eine Vermutung.

»Insbesondere nicht bei Callum Bradley, schätze ich. Und ...«

»Ähm, nein, eigentlich nicht.«

Nun hörte Louise auf zu schreiben.

»Hmm?«

»Callum hat so gut wie nichts gesagt, als wir mit ihnen sprachen.«

Verwirrt sah die Direktorin zur Seite.

»Interessant.«

Jack reagierte als Erster ...

»Warum?«

»Weil das überhaupt keinen Sinn ergibt.«

28. Ein Blick auf die Spinde

Da Jack wartete, tat Sarah es auch.

»Ich begehe hier einen Vertrauensbruch. Ich weiß, es ist paradox, bedenkt man, was ich Ihnen über den Schutz meiner Schüler erzählt habe.«

Louise blickte zu den Fenstern, als fiele ihr dies hier wirklich sehr schwer.

»Aber ich denke, was Sie beide hier untersuchen, ist wichtig. Und was ich Ihnen jetzt erzähle, könnte bedeutsam für Ihre Ermittlungen sein.«

»Das weiß ich sehr zu schätzen«, sagte Jack.

Nun schien es, als würde Louise nur mit ihm reden. In der kurzen Zeit, die sie hier waren, hatte Jack ihr Vertrauen gewonnen.

Und geht das nicht jedem so, dem Jack begegnet?

»Wenige Wochen vor seinem Unfall hatte Josh eine Auseinandersetzung mit Callum. Der Junge rauchte im Gebäude, und Josh sagte, dass er es melden würde. Solch ein Verstoß wird leider immer mit einem zeitlich begrenzten Verweis geahndet. Er gilt zumindest für einige Tage. Aber das war nicht alles.«

Louise sah jetzt auch Sarah an.

Was die Sache hier noch spannender und überdies noch ungewöhnlicher für die Direktorin machte, war die Tatsache, dass sie es letztendlich auch einer Mutter erzählte.

»Callum wurde aggressiv. Er schlug und schubste Josh. Doch Mr Owen konnte die Situation wieder unter seine Kontrolle bringen. Als er mir davon berichtete – und wir über einen Verweis sprachen –, sagte er jedoch, dass er wegen des Angriffs nichts

197

unternehmen wollte. Ihnen ist sicher klar, dass es für den Jungen gravierende Folgen gehabt hätte, wäre auch der Angriff geahndet worden.«

Sarah sah zu Jack und nickte. »Also wurde Callum von einem beliebten Lehrer suspendiert. Und dennoch, als Liam und Jake sich uns gegenüber über den Lehrer beschwerten ...«

»Eben. Sie sagten, da hätte er geschwiegen. Und das kommt mir seltsam vor. Wenn irgendjemand mit Mr Owen ein Hühnchen zu rupfen hatte, dann Callum.«

Auf einmal fröstelte Sarah.

Sie waren mit dem Jungen in dem Billardzimmer gewesen. Callum war beinahe so groß wie Jack, eigentlich schon eher ein Mann als ein Junge.

Und jetzt dachte Sarah: *Könnte* er *etwas in Joshs Glas getan haben?*

Ihm genug Drogen in den Drink geschmuggelt haben, dass er starb?

Die entscheidende Frage jedoch war, ob er aus Rache für einen Verweis so weit gehen würde.

Wieder sah sie Jack an, denn sie hatte eine Idee.

»Louise, zunächst mal danke, dass Sie uns das erzählen. Obwohl ...« – Sarah warf noch einen Blick zu Jack – »ich nicht sicher bin, wie es hineinpasst ... oder ob überhaupt.«

»Ich weiß. Ich wünschte, ich könnte Ihnen eine größere Hilfe sein.«

»Aber ich habe mich gefragt ... Die Durchsuchung der Spinde ... Vielleicht können wir mal einen Blick hineinwerfen? Ich hatte vor Jahren selbst einen Spind da unten, wie Sie wissen.«

Die Direktorin lächelte.

»Es wäre gut, sie sich mal anzusehen. Falls sie irgendwie eine Rolle spielen?«

»Eine Rolle spielen?«

198

»Dabei, wie die Drogen in die Schule gekommen sind. Wer sie hergebracht hat ...«

»Wie sie in die Schule gelangten?« Die Schulleiterin griff diese Überlegung auf. »Wir hatten auch den Eindruck, dass die Spinde dabei eine Rolle spielen. Aber wir fanden nichts, was sich zu einem bestimmten Schrank zurückverfolgen ließ.«

Louise stand auf. »Selbstverständlich. Ich könnte mir vorstellen, dass sich einiges verändert hat, seit Sie hier zur Schule gingen. Aber im Großen und Ganzen dürfte alles noch so sein, wie Sie es in Erinnerung haben.«

Die Direktorin führte die beiden aus dem Büro und durch die große Eingangshalle zur Treppe, über die sie ins Untergeschoss gelangten, wo die Spinde waren.

»Hieran erinnere ich mich«, sagte Sarah mit Blick zu Jack. »Mein Schrank war ...« Sie ging zügig einen Gang hinunter, dann um die Ecke zur nächsten Reihe cremefarbener Schließfächer. »Genau *hier*, fast am Ende. Eine Spitzenlage!«

»Seit deiner Zeit haben sie sicher noch einige Reihen angebaut«, meinte Jack.

Sarah schaute sich um. Obwohl Chloe und Daniel hier zur Schule gingen – und Sarah oft im Hauptgebäude war –, hatte sie die Räumlichkeiten hier unten seit zwanzig Jahren nicht mehr gesehen.

Im Untergeschoss hatten die Kids ihr eigenes Reich. Es war eine Welt voller Turnschuhe, Sportsachen, Bücher, Musikinstrumente. Und dazu gab es den Geruch nach allem, was mittags nicht gegessen worden war.

Wahrscheinlich ist dieser Geruch weltweit gleich.

Sarah erinnerte sich auch an das, was ihre Freundinnen und sie hier unten ausgeheckt hatten.

Sie dachte an die Streiche, die Streitereien, die einige der Mädchen hatten, die Tränen wegen potenzieller Freunde und die Pläne für Partys, Drinks ...

All das erlebte jetzt Chloe.

Plötzlich wurde Sarah bewusst, dass sie aufgrund all der zahlreichen anderen Aufgaben wohl viel zu wenig von der Welt ihrer Tochter mitbekommen hatte – einer sich rasant verändernden Welt.

Zwischen ihnen beiden war ein richtiges Gespräch längst überfällig.

Es ist wichtig, dass wir weiterhin miteinander reden.

Sie nahm sich vor, das sofort zu korrigieren, und zwar schnellstmöglich.

»Erinnerungen?«, fragte Jack, als hätte er ihr angesehen, was in ihrem Kopf vorging.

»Ja«, antwortete sie nur.

Dann wandte er sich an Louise.

»Die Durchsuchung ... als alle Spinde überprüft wurden. Wie ging die vonstatten?«

»Nun, zu ihrer eigenen Sicherheit wurden die Lehrer paarweise in verschiedenen Bereichen eingesetzt – einige bei den Jungen, andere bei den Mädchen. Die Sportspinde wurden ebenfalls durchsucht – und sogar die Bereiche hinter der Bühne in der Aula.«

»Also alle Stellen, wo jemand Drogen verstecken könnte?«, fragte Jack.

»Ja.«

»Gibt es keine Sicherheitskameras?«, fragte er und sah an die Decke.

»Nächstes Jahr«, antwortete Louise.

»Schade«, meinte er nur.

Er sah wieder zu den Spinden. Sie wirkten so eintönig und

unpersönlich in dieser gedämpften Farbe und mit den Schlitzen, die weiß der Himmel was belüften sollten.

Er denkt nach, schätzte Sarah.

Worüber, würde sie später erfahren.

Sie sah, wie Jack nach oben griff und einen der Metallschränke berührte.

Dann drehte er sich zur Direktorin um.

»Ich habe eine Frage.«

Sarah wartete, dass Jack etwas fragte, das ihrem Gefühl nach sehr wichtig sein würde. Ja, sie wusste, dass es sehr bedeutsam war.

29. Die Vogelfreundin

Jack kratzte sich am Kopf.

»Sie sagen, dass die Lehrer die Durchsuchung in Teams vornahmen?«

»Ja. Das Leitungsteam – die Konrektoren und die Jahrgangsstufenleiter.«

Jack sah sie an. Er hatte das Gefühl, dass er die Antwort auf seine nächste Frage schon kannte.

»Und wissen Sie noch, wer mit wem ein Team bildete?«

Louise runzelte irritiert die Stirn.

»Ähm, nein. Ich meine, ich habe das einer Konrektorin überlassen.«

»Klar. Und wer war das?«

»Hilary Tradescant.«

»Ah«, sagte Sarah. »Miss Tradescant! Sie war schon zu meiner Zeit hier!«

»Ja, sie gehört zu den Lehrern, die schon am längsten hier sind, glaube ich. Und ich nehme an, dass sie die Teams ziemlich willkürlich zusammengestellt hat.«

Ziemlich willkürlich . . .

Tja, dachte Jack, *das könnte stimmen.*

Allerdings wusste er, dass Glück, Zufall und alle Formen von *willkürlichen* Dingen am Ende oft entscheidende Faktoren waren, wenn Schlimmes geschah.

Schlimme Dinge. Tödliche Dinge.

»Ich denke«, sagte er, »dass wir mit Hilary reden sollten, um sie zu fragen, wer mit wem in einem Team war.«

»Na ja, heute ist Sonntag, und ich kann Ihnen nicht einfach ihre Nummer geben. Das wäre wohl kaum angemessen.«

»Natürlich nicht«, pflichtete Sarah ihr bei. »Könnten Sie sie vielleicht kontaktieren und sie bitten, einen von uns anzurufen?«

»Sicher. Ich weiß, dass sie leidenschaftlich Vögel beobachtet. An einem Tag wie heute wandert sie sicher irgendwo mit ihrem Fernglas herum.«

Hmm, dachte Jack, *die Direktorin ist noch nicht lange hier, weiß aber schon, was ihr Kollegium in der Freizeit macht. Alle Achtung!*

»Tja, wann immer Sie sie erreichen, geben Sie ihr doch bitte unsere Telefonnummern«, sagte Jack.

»Selbstverständlich. Und da wäre noch Callum. So, wie er sich Ihnen gegenüber verhalten hat, meine ich. Möchten Sie, dass ich ein Treffen für Sie mit ihm arrangiere? In meinem Büro, versteht sich.«

Sarah drehte sich zu Jack.

Und er dachte: *Das ist die Preisfrage. Könnte Callum hier reinpassen?*

Doch diese Frage behielt er für sich, solange sie nicht mehr wussten.

»Ich denke, das lassen wir. Vorerst zumindest. Stimmst du mir zu, Sarah?«

Er sah, dass sie überlegte.

»Tja, da könnte etwas sein. Aber, ja, solange wir nicht mehr wissen . . .«

Louise nickte.

»Na gut. Ich rufe Hilary an. Und Sie beide – na ja, ich beneide Sie nicht um Ihre Arbeit. Das muss sehr schwierig sein.«

Jack lächelte. Er mochte diese Frau. *Stark, geradeheraus, legt sich für die Kids und die Schule ins Zeug. Und klug.*

»Ach, die hat durchaus ihre Vorzüge. Und wir haben einen

203

guten Batting-Durchschnitt darin, die Einzelteile zusammenzu-fügen.«

»Batting-Durchschnitt!«, wiederholte Louise. »Übrigens *liebe* ich amerikanischen Baseball. Und diese tollen Baseball-Filme.«

Jack lachte. Es dürfte das erste Baseball-Gespräch sein, das er führte, seit er in Cherringham war.

Wunder über Wunder!

»Und was halten Sie von den Mets?«, fragte er.

Alle drei lachten zum ersten Mal bei diesem Treffen. Dann schritt Louise voraus zur Treppe und hinauf in die Eingangshalle.

»Was denkst du?«, fragte Sarah.

Sie wartete auf eine Antwort, während Jack nickte und dann hinaus zum sattgrünen Rasen der Schule, zum nahen Fußballfeld und zu dem Waldstück blickte, das Schulgelände und Dorf von-einander trennte.

»Wunderschön hier.«

»Ja, gewiss ein wunderschönes Fleckchen Erde. Habt ihr in den Staaten keine Schulen in einer solchen Umgebung?«

Kopfschüttelnd drehte er sich zu ihr um.

»Nein – das heißt, es ist anders.« Er grinste. »Wir haben natür-lich Schulen. Und es gibt die unglaublich teuren Privatschulen. Wenn man sich die leisten kann, bekommt man ein bisschen was von dem hier.«

Sarah blickte sich gleichfalls um.

Sie war hier zur Schule gegangen, und wie jedes Kind hatte sie nie daran gedacht, dass man eines Tages ... von hier fort wäre. Später hatte man nichts als Erinnerungen: ganz besonders daran, dass man nie einfach genossen hatte, jung zu sein, Freunde zu haben ...

Und, dachte sie, *sicher zu sein.*

Nur leider fühlte sich diese idyllische Schule, die so perfekt schien, dieser Tage alles andere als sicher an.

»Du hast mich gefragt, was ich denke«, sagte Jack. »Tja, mir scheint, dass wir an einem Punkt stehen, an dem wir abwarten müssen.«

»Abwarten?«

»Leider ja. Wir müssen darauf warten, dass Hilary Tradescant uns zurückruft und wir von ihr erfahren, welche Lehrer welche Spinde durchsucht haben. Es könnte wichtig sein. Vielleicht kommen wir dann noch mal her und sprechen mit ihnen. Dann wären da diese Jugendlichen. Und dein Freund.«

»Mein Kontakt in London?«

Jack grinste. »Der so ziemlich gegen jede Polizeivorschrift verstößt, von der ich je gehört habe. Aber wenn er uns verraten kann, wem jener Transporter gehört, hilft es uns vielleicht, zu ergründen, was dieser Ted im Steinbruch gemacht hat.«

»Könnte es nicht sein, dass er und Rikky bei den Raves Essen verkaufen?«, fragte Sarah. »Und Ted hat nur den Müll abgeholt?«

»Klar könnte das sein.«

»Oder sie sind Teil der Drogenverbindung?«

»Man darf darauf hoffen.«

Noch ein Blick in die Ferne.

Ein leichter Wind kam auf und zerzauste Jacks Haar.

In dem Moment dachte Sarah: *Er darf nicht in einer Woche oder so weggehen.*

Das darf nicht sein ...

»Und wo wir schon über Verbindungen reden: Ray hat angeboten, heute Nachmittag vorbeizukommen und ein bisschen auf der *Goose* mitzuarbeiten.«

»Vertraust du allen Ernstes auf sein handwerkliches Geschick?«

Jack lachte. »Keine Bange, ich werde ihn im Auge behalten ... und mit ihm reden.«

»Aha?«

»Wegen der Drogen. Ich möchte wissen, ob Ray dazu noch etwas eingefallen ist.«

»Ach ja? Ich wusste gar nicht, dass du Ray kombinatorische Fähigkeiten unterstellst.«

»Ich bezweifle, dass er diesen Ausdruck auch nur buchstabieren könnte. Aber als treuer Konsument und Kunde, der fraglos in der Szene ›herumkommt‹, könnte er ein paar Dinge wissen.«

Jack atmete durch. »Die kämpfende Truppe eben ...«

»Du meinst wohl eher die kiffende Truppe.«

Ein breites Grinsen.

Und wieder dieser Gedanke – fast schon schmerzlich.

Jack darf nicht weggehen!

»Also, mein Plan ist, ein bisschen Arbeit geschafft zu bekommen und in den Untiefen von Rays Hirn nach drogenbezogenen Erkenntnissen zu forschen. Und du?«

Bei den Worten geriet Sarah ins Stocken.

Während der Unterhaltung mit der Direktorin war sie vollkommen auf den Fall konzentriert gewesen. Es hatten sich anscheinend wichtige Teile des Rätsels aufgetan, und doch war eine Aufklärung des Falls noch in weiter Ferne.

Hier draußen jedoch, angesichts des Schulgeländes, meldete sich ein anderes Problem zurück, um das Sarah sich dringend kümmern musste ...

Die Kluft, die sich zwischen Chloe und ihr aufgetan hatte ...

Sarah hatte sie viel zu lange hingenommen.

»Ich denke, ich werde den Nachmittag mit meinen Kindern verbringen. Einen richtigen Sonntagnachmittag.«

Jack nickte. Ahnte er, was Sarah umtrieb? Ihre Sorge wegen Chloe und ihrer Beziehung?

Natürlich ahnt er es.

»Schön. Ganz besonders an einem Nachmittag wie diesem.«

Der besondere Moment war vorbei, und Sarah begann zum Sprite zurückzugehen. Da berührte Jack ihren Arm.

»Halte die Augen offen, ja? Obwohl es ganz und gar nicht so ausschaut, glaube ich, dass wir der Sache näher kommen. Und wer auch immer hinter alldem steckt, wird dies erkennen.«

Er bezog sich auf die Drohung und den Einbruch in ihr Haus.

Sarah wusste auch, dass Alan letzte Nacht alle halbe Stunde bei ihrem Haus vorbeigefahren war.

Und ein paarmal, als sie wach wurde, hatte sie das dumpfe Brummen des Sprite gehört.

Dennoch nahm sie die Warnung ernst.

»Mach ich.« Sie stieg in den Sportwagen, und Jack setzte sich hinters Steuer. Nach wie vor herrschte ideales Wetter, um mit offenem Verdeck zu fahren.

»Gut. Gib mir Bescheid, falls du einen Anruf bekommst.«

»Und du mir auch.«

Dann brummte der Motor los – ja, der ganze Wagen vibrierte –, und Jack fuhr die Schuleinfahrt hinunter.

Die Sonne schien, die Luft war warm.

Dennoch fröstelte Sarah, was nichts mit dem Wetter zu tun hatte.

207

30. Halbwahrheiten

Jack trat mit dem Pinsel in der Hand vom Brückenhaus zurück, um sein Werk zu begutachten.

»Was sagst du, Riley? Wie findest du die Farbe?«

Er sah übers Deck zu seinem Springer, der im Schatten unter dem Tisch lag und schlief. Kein Wunder, bei dieser Hitze.

Es war erst neun Uhr, und Jack konnte bereits blauen Dunst über der Wiese weit hinten sehen – sowie das Flirren der Luft über den Bäumen in der Ferne.

»Schon klar, lass dir Zeit«, sagte er und trat wieder vor, um noch etwas marineblauen Lack auf eine Ecke am Fensterrahmen zu tupfen, die er übersehen hatte.

Ray und er hatten den Sonntagnachmittag größtenteils damit zugebracht, die Aufbauten der *Goose* abzuschmirgeln, sodass alles noch diese Woche gestrichen werden konnte. Schließlich wusste man nie, wie lange das trockene Wetter anhielt.

Obgleich Ray hinreichend Bier getrunken hatte, um jede normale menschliche Zunge zu lösen, hatte Jack von ihm nichts Neues über das Drogengeschäft in der Gegend erfahren.

Wenigstens hatten sie die vorbereitenden Arbeiten für den Anstrich fast komplett beendet, ehe es zu dunkel wurde, und Ray war vor Mitternacht zu seinem Boot geschlurft.

Was bedeutete, dass Jack heute früh aufgestanden war, das Radio mit an Deck genommen und mit dem Lackieren angefangen hatte.

An einem Tag wie diesem war es sowieso keine lästige Tätigkeit, den Fluss langsam aufwachen zu sehen, wenn die kleinen

Boote auf und ab schipperten und die Einheimischen ihm zuwinkten und zunickten.

Im Hintergrund lief irgendein Streitgespräch über angelsächsische Dichtung auf BBC.

Natürlich überaus höflich ...

Höflichkeit ...

Von der ist in den Staaten dieser Tage nicht mehr viel zu merken, dachte Jack.

Die Kirchenglocken in Cherringham schlugen die Stunde. Schwäne kamen im Gleitflug herbei, um direkt neben dem Boot zu landen. Hier und da kräuselte sich das silbrige Wasser, wenn ein Fisch nach einer Fliege schnappte. Jack hatte einen Becher Kaffee neben sich, und ab und zu kam Riley angetapst, um nachzusehen, wie Jack mit dem Streichen vorankam.

Perfekt.

Das wird mir fehlen, wenn ich weggehe, dachte Jack. *Cherringham. Sarah. Die* Goose. *An einem Fall zu arbeiten ...*

Wie aufs Stichwort läutete sein Telefon.

Jack legte den Pinsel ab, wischte sich rasch die Hände an einem Lappen sauber und nahm das Telefon auf.

»Sarah!«

»Jack, ich hatte eben Alan am Telefon.«

»Aha?«

»Er sagt, dass in Josh Owens Haus eingebrochen wurde.«

»Ach«, entfuhr es Jack. »Dabei habe ich ziemlich aufgepasst, um keine Spuren zu hinterlassen. Konnte er dir Genaueres mitteilen?«

»Nur, dass jemand dort eingebrochen und alles kurz und klein geschlagen hat.«

»Na, das ist wirklich interessant«, sagte Jack. »Womit ich jedenfalls aus dem Schneider bin.«

»Ja, sicher. Aber wenn er mich gefragt hätte, ob du in dem Haus warst – wer weiß, was ich geantwortet hätte?«

209

»Vermutlich die Wahrheit, stimmt's?« Jack lachte. »Ich kann mir schwerlich vorstellen, dass du einen Cop belügst, Sarah.«

»Noch dazu einen, mit dem ich zur Schule gegangen bin.«

»Und ich sitze hier mit Drogen im Wert von zwanzig Riesen auf dem Boot.«

»Zum Glück hat er mich nicht gefragt. Aber er sagte, dass er noch eine gute Stunde in dem Haus sein wird.«

»Was wohl bedeutet: Einer von uns soll da vorbeikommen, was?«

»Ja, so interpretiere ich es auch«, antwortete Sarah. »Allerdings sitze ich den ganzen Vormittag mit Grace in einem Meeting fest, und hier drängen sich die Termine.«

»Kein Problem. Ich fahre hin. Du klingst gestresst.«

»Ja. Ich bin mit der Arbeit im Rückstand – und gestern mit den Kindern lief es nicht ganz so, wie ich es mir vorgestellt hatte.«

»Das tut mir leid«, sagte Jack.

»Ist nicht weiter wild. Ich erzähle dir mehr, wenn wir uns sehen.«

»Klar. Wir sollten versuchen, heute auch noch mit Tim zu reden. Seine Erinnerung an den Abend im Pub passte ja nicht so ganz zu dem, was Maddie erzählte.«

»Gute Idee! Kannst du das übernehmen?«, fragte Sarah. »Ruf Louise in der Schule an; sie arrangiert das.«

»Mach ich. Und du konzentrierst dich heute Vormittag auf deine Arbeit. Wie wäre es mit einem kleinen gemeinsamen Mittagessen?«

»Super! Danke, Jack! Bis nachher!«

Nach dem Telefonat machte Jack sich daran, die Malutensilien wegzuräumen. Anschließend eilte er nach unten, um sich umzuziehen, und dachte:

Wie es sich anhört, wusste jemand, dass die Drogen in Joshs Haus waren. Aber wer?

Und was wird jetzt passieren, da sie ... verschwunden sind?

Jack parkte auf dem Grasstreifen neben dem schmalen Weg, direkt hinter Alans kleinem Streifenwagen, und ging zu Fuß zu Joshs Cottage.

Als er die Pforte öffnete, sah er Alan an der Haustür warten und sich Notizen machen.

»Jack. Super! Sarah sagte, dass du rüberkommst.« Alan blickte auf. »Ich kann hier wahrlich Hilfe brauchen!«

Jack sah an ihm vorbei ins Haus. Schon von hier aus konnte er verstreute Bücher, kaputte Bilderrahmen und Kleidungsstücke sehen, die überall herumlagen.

»Was für ein Chaos«, sagte er. »Und was ist deiner Meinung nach hier passiert?«

Alan steckte sein Notizbuch ein und ging zum vorderen Fenster des Cottages.

»Gewaltsames Eindringen hier – was bei diesen alten Fenstern recht einfach ist. Jemand ist eingestiegen und hat das Fenster hinter sich geschlossen.«

»Gehen wir rein?«

»Klar doch«, antwortete Alan, kehrte zur Haustür zurück und ging ins Haus.

Jack folgte ihm und stakste über das Chaos im Flur.

Er schaute ins Wohnzimmer. Alles, was auf den Regalen gestanden hatte, war auf den Boden geworfen worden. Schubladen lagen umgekippt auf dem Fußboden. Der Fernseher war zertrümmert.

Allerdings waren es das Sofa und der Sessel, die Jacks Aufmerksamkeit erregten.

Die Polster hatte man aufgeschlitzt und deren Füllung überall verstreut. Auch die Sitzpolster der Stühle waren aus den Rahmen geschnitten.

»Kein alltäglicher Einbruch«, konstatierte Jack mit einem Nicken zu den Möbeln.

»Nein. Mit den Betten oben hat man das Gleiche angestellt.«

Jack beobachtete, wie Alan zurück in den Flur ging und in der Küche verschwand.

»Sieh dir das hier mal an!«, rief er.

Jack folgte ihm, auch wenn er schon wusste, was ihn erwartete.

Als er in die Küche kam, sah er, dass die Türen der Schränke alle offen standen, deren Inhalt im Raum verteilt war und teils aufgeplatzt auf dem Fußboden lag.

»Jeder Behälter, jede Mehl-, Zucker- und Cornflakes-Tüte wurde ausgeleert«, betonte Alan. Er zeigte in die Ecke. »Und die Dielen sind auch noch angehoben worden!«

Jack musste nicht näher herangehen, um den Schaden zu inspizieren.

Er sah auch so, dass man den Schrank zur Seite gezogen und die kurzen Dielenbretter darunter aufgehebelt hatte.

Damit war klar, dass derjenige, der hier eingebrochen war, nach den Drogen gesucht hatte.

Als hätte er seine Gedanken gelesen, grinste Alan vielsagend und erklärte: »Möglicherweise hat der Einbrecher nach Bargeld gesucht. Aber ich würde eher sagen, der war hinter Drogen her. Was meinst du, Jack?«

Alan starrte ihn richtig an.

Ahnte der Polizeibeamte, dass Jack etwas wusste – das er ihm nicht erzählte?

Gut möglich.

»Das würde ich auch vermuten«, sagte Jack, der genau wusste, wonach der Einbrecher gesucht hatte.

Nun stellte sich ihm die große Frage, ob er die Karten auf den Tisch legen und Alan erzählen sollte, dass die Drogen derzeit in einem Trimmfach auf der *Goose* lagerten?

Klar *sollte* er es Alan sagen – aber irgendwie hatte Jack sich hier in eine Klemme gebracht.

Früher hatte Alan ein Auge zugedrückt, wenn Jack und Sarah die polizeilich korrekten Ermittlungsmethoden umgingen – was schließlich höchst selten der Fall gewesen war.

Allerdings könnte der Polizist wohl schlecht die Entfernung von Drogen der Klasse A im Wert von zwanzig Riesen ignorieren. Er müsste Jack dafür belangen. Daran führte kein Weg vorbei.

Und demzufolge blieb Jack keine andere Wahl.

Irgendwann später, falls Sarah und er diesen Fall aufklärten, würde Jack sein kleines Fehlverhalten elegant aus der offiziellen Geschichte herausdichten müssen.

»Okay, das wirft einige Fragen auf«, sagte Alan. »Wir wissen, dass Owen Drogen im Blut hatte, als er starb. Also . . . hat er vielleicht auch gedealt?«

»Möglich«, antwortete Jack. »Doch alle Beweise, die Sarah und ich bisher gesehen haben, legen nahe, dass es sehr unwahrscheinlich ist.«

Alan lächelte. »Ähm, möchtest du mir eventuell verraten, was das für Beweise sind?«

Jack erwiderte sein Grinsen. »Na ja, keine handfesten Beweise, Alan. Eher Hinweise, Anzeichen – und ein bisschen Intuition. Nichts Greifbares – bisher.«

»Alles klar. Und was sagt deine ›Intuition‹ hierzu?«

Jack blickte sich in dem verwüsteten Raum um. Er dachte an die Stunde, die er erst wenige Tage zuvor hier verbracht hatte, als dieses Haus noch ein Schnappschuss aus Josh Owens friedlichem Leben gewesen war.

»Das weiß ich noch nicht genau.« Noch ein Grinsen. »Ich erzähle es dir, wenn ich so weit bin. Wenn wir etwas weiter sind? Ist das okay?«

Er sah, dass Alan zögerte.

Dies war ein schwerer Einbruch. Das Cottage war vollständig verwüstet worden, und Alan würde sehr gerne seinen Job machen . . . und das Verbrechen aufklären.

Doch er nickte schließlich. »Na gut. Aber falls ihr etwas habt . . .«

»Kommen wir damit direkt zu dir.«

»Schön.«

Nun drehte Alan sich weg und ging durch den Flur zur Haustür.

Jack folgte ihm, und sie beide blieben draußen im strahlenden Sonnenschein stehen.

»Holst du die Spurensicherung her, um Fingerabdrücke zu suchen?«, fragte Jack.

»Ja, auch wenn ich annehme, dass es nichts bringt. Die werden wohl kaum welche finden.«

Jack nickte.

Meine jedenfalls nicht, dachte er, denn zum Glück hatte er Handschuhe getragen, als er hier war.

»Erst wird bei Sarah eingebrochen, dann hier«, sagte Alan und wandte sich zu Jack um. »Etwas sagt mir, dass ihr beide tiefer in dieser Geschichte drinsteckt, als ihr zugebt.«

»Stimmt«, antwortete Jack und sah weg. *Ob wir tief drinstecken? Und wie! Doch in was . . . ?* Er atmete durch. »Und die Geschichte hat es wirklich in sich, Alan.«

Alan nahm eine Rolle Absperrband aus seiner Tasche. »Okay. Ich muss hier alles sichern. Und lass es mich wissen, falls ihr mich braucht.«

Jack blickte ihm nach, als Alan zur Haustür zurückkehrte. Dort drehte der Polizist sich noch einmal zu ihm um. »Ich habe übrigens ein bisschen mit Terry Hamblyn geplaudert, wie du vorgeschlagen hattest.«

»Und hat er irgendwas Brauchbares erzählt?«

»Eigentlich nicht. Nur bin ich mir jetzt sicher, dass wir es hier nicht mit Einheimischen zu tun haben, Jack. Seid bitte vorsichtig, alle beide, okay?«

»Das war schon immer mein Lebensmotto, in New York ebenso wie hier.«

»Sicherheit geht vor?«

»Unbedingt.« Dann nickte Jack ihm zu und ging den Gartenweg entlang, durch die Pforte und auf die schmale Straße.

Noch bevor er seinen Wagen erreichte, klingelte sein Telefon.

Er kannte die Nummer nicht, die auf dem Display angezeigt wurde.

»Jack Brennan. Hallo?«

»Jack, hier ist Louise James.«

Jack hatte die Nummer der Schule angerufen, bevor er die *Goose* verließ, weil er hoffte, ein Treffen mit Tim arrangieren zu können.

»Louise, ich hätte nicht erwartet, dass Sie mich persönlich zurückrufen. Entschuldigen Sie, dass ich Sie gleich morgens störe.«

»Nein, ist schon gut, Jack. Im Büro ist mir mitgeteilt worden, dass Sie nach Tim gefragt haben. Aber das Komische ist, dass er heute Morgen nicht in die Schule gekommen ist. Er hat schon zwei Unterrichtsstunden versäumt.«

»Und er hat sich nicht gemeldet?«

»Nein. Das passt überhaupt nicht zu ihm. Er ist auch nicht zu erreichen. Halten Sie mich bitte nicht für hysterisch, aber ehrlich gesagt, mache ich mir Sorgen, Jack.«

»Ja, vollkommen zu Recht«, sagte Jack. Inzwischen war er bei seinem Sprite und öffnete die Fahrertür. »Schicken Sie mir seine Adresse per SMS, dann fahre ich jetzt gleich zu ihm hin. Er wohnt doch im Dorf, oder?«

»Ja, irgendwo oben beim Cricket-Club, glaube ich. Ich suche die Adresse schnell raus. Und, Jack ...«

215

»Hmm?«

»Danke!«

Jack bemerkte eine Wärme in ihrer Stimme, die vorher nicht da gewesen war.

»Kein Problem.«

Er schaltete das Telefon aus, schloss die Wagentür und startete den Motor.

Die Adresse kam, als er seinen Wagen auf der schmalen Straße wendete.

Schnell fuhr er in Richtung Dorf.

31. Falscher Ort, falsche Zeit

Jack fuhr am Cricket-Club vorbei, verließ die Umgehungsstraße, als sein Navi es ihm befahl, und bog in die Etheridge Crescent ein.

Es handelte sich um einen nur fünfzig Meter langen Straßenbogen, in dem vier sehr neue Einfamilienhäuser standen, jedes mit angebauter Garage und briefmarkengroßem Vorgarten.

Jack war sich sicher, dass diese Häuser noch nicht hier gestanden hatten, als er vor einem Jahr Cherringham verlassen hatte.

Bei genauerem Hinsehen stellte er fest, dass die Rasenflächen frisch ausgesät waren und die Sträucher und Hecken vor jedem Haus gleich aussahen, als hätte man sie en gros im Gartencenter gekauft.

Er überprüfte die Adresse, die Louise ihm geschickt hatte: Nummer vier. Das Haus war gleich vorn.

Nachdem er den Wagen geparkt hatte, ging er zur Haustür und läutete.

Keine Reaktion. Jack wartete und wollte schon wieder gehen, als er ein Geräusch aus dem Haus hörte.

Er klingelte noch mal.

Nach längerem Warten wurde die Tür ein klein wenig geöffnet, und in dem Spalt erschien ein nervös wirkendes Gesicht.

»Tim Wilkins?«

Ein lautes Räuspern. »Wer sind Sie?«

»Ich bin Jack Brennan, Mr Wilkins. Ich möchte mich mit Ihnen unterhalten. Louise James sagte, dass Sie heute nicht in die

Schule gekommen sind. Sie bat mich, bei Ihnen vorbeizusehen, ob alles okay ist.«

Jack war nicht sicher, ob die »Halblüge« wirken würde.

Doch sie funktionierte, und die Tür ging weiter auf.

»Okay. Ähm, kommen Sie rein.«

Tim trat hinter die sich öffnende Tür.

Als würde er sich nicht trauen, sein Gesicht zu zeigen, dachte Jack.

Er betrat den dunklen Flur und hörte, wie die Tür hinter ihm geschlossen wurde.

Ein Hüsteln. Dann: »Gehen Sie durch. Da nach links.«

Jack trat durch die Tür links und in ein kleines Wohnzimmer hinein.

Rasch sah er sich um: ein glänzendes Ledersofa, ein dazu passender Sessel, ein großer Fernseher – und sonst kaum etwas. Sämtliche Oberflächen waren leer. Keine Bücher, keine Dekoration, keine Fotos.

Ziemlich unpersönlich hier, dachte er.

Er drehte sich um, als Tim hereinkam, und jetzt, im Tageslicht, erkannte er, warum der Lehrer sein Gesicht lieber nicht zeigen wollte.

Er hatte ein blaues Auge und einen großen Bluterguss auf einer Wange. Seine Lippe war aufgeplatzt und mit einem Pflaster versehen.

Außerdem war eines seiner Ohren angeschwollen.

Es bestand kein Zweifel: Tim Wilkins war in einer üblen Prügelei gewesen.

»Bitte, setzen Sie sich«, sagte Tim und zeigte zum Sofa.

Jack nahm Platz und beobachtete, wie der Lehrer beinahe in den Sessel hineinfiel.

Demnach schien er am ganzen Leib verprügelt worden zu sein.

»Als ich mit Louise sprach«, berichtete Jack, »war sie um Sie besorgt. Weil Sie nicht zum Unterricht erschienen sind.«

»Ah, ja, ich hätte anrufen müssen.«

Jack beobachtete ihn aufmerksam. Tim schien unter Schock zu stehen.

Zeit, das Offensichtliche anzusprechen.

»Ich will nicht unhöflich sein, aber Sie sehen furchtbar aus«, sagte Jack.

»Ach, ehrlich?«, entgegnete Tim. »Ich habe noch nicht in den Spiegel gesehen.«

Jack wartete auf eine Erklärung. Sekunden vergingen, aber Tim starrte ihn nur ausdruckslos an.

»Was ist passiert?«, fragte Jack, dem klar wurde, dass er diese Unterhaltung steuern musste.

»Autounfall«, platzte es aus Tim heraus, als wäre es ihm eben erst eingefallen. »Gegen einen Baum gekracht.«

Jack nickte mitfühlend.

Obwohl er wusste, dass Tim log wie gedruckt.

»Heute Morgen?«

»Ähm, gestern Abend.«

»Muss ein mächtiger Bums gewesen sein«, sagte Jack.

»Ähm, ja, das war es. Schrecklich.«

»War noch jemand betroffen?«

»Nein, nein, nur ich. Und der Baum.«

Hierüber musste Jack grinsen. Manchmal konnten Menschen einfach zu witzig lügen.

»Im Ort?«

»Ähm, nein, draußen auf dem Land. Sie wissen schon … Es war dunkel. Enge Straßen, eine Kurve verpasst – wumms!«

»Schaurig. War sicher ein gewaltiger Schock für Sie.«

»Ja, war es.«

»Der Wagen muss ein Wrack sein«, sagte Jack.

Tim zögerte, denn er hatte ja keine Zeit gehabt, sein Märchen gründlich auszufeilen.

»Äh ... ziemlich schlimm, ja«, stimmte er zu.

»Ich vermute, Sie konnten nicht mehr nach Hause fahren?«

Noch eine Pause, während Tim sich immer hoffnungsloser verstrickte.

»Ja, das ist richtig.«

»Dann haben Sie sicher einen Pannendienst gerufen, der Sie nach Hause gebracht hat?«

Jetzt, dachte Jack, *hängt Tim richtig drin.*

»Ja, genau.«

»Sie sind nicht ins Krankenhaus gefahren?«

»Krankenhaus?«, fragte Tim unsicher. »Ähm, nein – so schlimm war es ja nicht. Sieht übler aus, als es ist.«

Tim versuchte zu grinsen, doch Jack sah, dass sein Gesicht viel zu zerschlagen war, und heraus kam eine schiefe Grimasse.

Er hätte eindeutig einen Arzt brauchen können.

»Ist nichts gebrochen!«, hob Tim hervor. »Also Augen zu und durch, nicht?«

Jack nickte bloß. Diese ganze Geschichte war pure Erfindung. Und nicht mal besonders gut.

»Hey, wie wäre es, wenn Sie mir sagen, in welche Werkstatt Ihr Wagen gebracht wurde? Ich kenne die meisten Kfz-Mechaniker hier in der Gegend – die haben alle schon an meinem Sprite gebastelt. Ich könnte dafür sorgen, dass sie Ihnen einen guten Preis machen.«

»Die Werkstatt? Ähm. Ich erinnere mich nicht.«

Mann, er kann wirklich schlecht lügen!

»Die haben Ihren Wagen mitgenommen – und Sie wissen nicht, wer die waren?«

Tim dachte sichtlich angestrengt nach. »D-die haben gesagt, dass sie mich anrufen. Heute noch.«

»Ah, verstehe.«

Wieder wartete Jack ab, nur um zu sehen, wohin Tims Nerven diese Unterhaltung führen würden.

»Warum, äh ... warum sind Sie hier?«, erkundigte sich Tim.

»Oh, hatte ich das nicht erwähnt?«, erwiderte Jack. »Ich wollte mit Ihnen sprechen. Und Louise bat mich, vorbeizukommen und nachzusehen, ob mit Ihnen alles okay ist.«

»Mit mir sprechen?«

»Richtig, und jetzt sehe ich ja, dass alles in Ordnung ist«, sagte Jack.

Obwohl es offensichtlich nicht stimmte.

»Ich schätze allerdings, dass Sie einige Tage nicht zur Arbeit gehen können.«

»Hmm, ja. Vermutlich nicht.«

»Wie stehen die Chancen auf einen Kaffee, Tim?«, fragte Jack mit einem breiten Grinsen. »Ich gestehe, dass ich einen vertragen könnte.«

»Oh, ähm, ja«, antwortete Tim und stand auf. »Ich gehe welchen aufsetzen.«

Jack beobachtete, wie Tim sich mühsam aus dem Sessel kämpfte und das Zimmer verließ. Dann wartete er, bis er Tim in der Küche werkeln hörte.

Nun stand Jack auf und begann das Zimmer abzusuchen.

Denn er konnte sich gut vorstellen, warum hier alles so leer und sauber war.

Jack schob das Sofa ein Stück vor.

Bingo!

Hinter dem Sofa lehnten ein zersprungener Spiegel und ein zerbrochenes Bild an der Wand, die hastig dort versteckt worden sein mussten.

221

Und daneben stand ein schwarzer Müllsack.

Jack zog den Sack heraus und öffnete ihn oben. Eingewickelt in blutiges Zeitungspapier waren Bruchstücke von getöpferten Gegenständen – eine Vase vielleicht? Ein zerbrochener Becher und Teller?

Und Bündel von zerrissenen, blutverschmierten Küchenrollen.

Das war es, was Jack gehört hatte, als er an der Tür klingelte: ein panischer Tim Wilkins, der alle Hinweise auf die Prügel verschwinden ließ, die er in genau diesem Zimmer eingesteckt hatte.

Jack schob das Sofa zurück und sah sich erneut um.

Ein Läufer sah aus, als befände er sich an der falschen Stelle, denn er lag in der Zimmerecke. Jack ging hin und hob ihn hoch: ein großer Blutfleck auf dem Teppichboden.

Das musste ein recht heftiger Kampf gewesen sein, der freilich einen ziemlich einseitigen Verlauf genommen hatte.

Jack bezweifelte, dass Tim Boxhiebe austeilen konnte, geschweige denn welchen auszuweichen vermochte.

Er ging zur Küche hinten im Haus.

Als er hereinkam, lehnte Tim auf der Arbeitsplatte, den Kopf in beide Hände gestützt, und wartete darauf, dass das Wasser kochte.

»Tim«, sagte Jack.

Der Lehrer richtete sich abrupt auf, und Jack erkannte, dass er geweint hatte.

Der Mann ist völlig fertig ...

»Möchten Sie mir vielleicht erzählen, was wirklich passiert ist? Wie Sie zu diesen Verletzungen gekommen sind? Wer zur Hölle hat Sie zusammengeschlagen?«

Doch der Lehrer schüttelte den Kopf.

»Wie ich schon *sagte*, ich hatte einen Autounfall.«

Jack sah ihn an.

Tim musste inzwischen klar sein, dass Jack ihm seine Lüge nicht abkaufte.

»Hören Sie, wer immer das war – wer auch immer Sie unter Druck setzt – und aus welchem Grund auch immer ... Ich kann Ihnen helfen. *Wir* können Ihnen helfen. Und wir müssen die Polizei da nicht mit reinziehen, Tim.«

Jack sah, dass der Lehrer nachdachte.

»Na schön«, antwortete er schließlich. »Ich erzähle Ihnen, was passiert ist. Aber das bleibt unter uns – okay? Ich hatte getrunken. Viel mehr, als erlaubt ist. Und trotzdem bin ich vom Pub nach Hause gefahren. Blöd, ich weiß. Ich hatte zu viele Pints, bin von der Straße abgekommen – aber keiner sonst kam zu Schaden. Ich mache das nie wieder. Ende.«

Ja, das Ende eines weiteren Fantasiegespinstes.

Jack sah ihn immer noch an. Der Mann hatte Angst, aber er wollte offenbar nicht zugeben, dass er verprügelt worden war.

»Okay«, sagte Jack. »Wie Sie wollen.«

Er sah sich in der Küche um und fragte sich, ob er noch irgendwas tun könnte.

Immerhin waren in diesem Raum noch Bilder und Fotos an den Wänden und dem Kühlschrank.

Jack ging zu einer Reihe gerahmter Fotos. Es waren größtenteils Urlaubsbilder, die Tim und eine junge Frau zeigten – an Stränden, beim Camping, mit Rucksäcken, beim Wandern.

»Ihre Freundin?«, fragte er.

»Hmm?« Tim blinzelte. »Oh ja ... ähm, Maddie.«

»Ah, Maddie Brookes. Sie unterrichtet auch an der Schule, nicht?«

»Ja.«

»Sie sind schon länger zusammen, oder?«

»Sieben Jahre«, antwortete Tim.

»Sie ist sehr hübsch«, sagte Jack. »Haben Sie vor, Ernst zu

223

machen? Entschuldigung – das ist jetzt recht aufdringlich von mir . . .«

»Nein, ist okay. Ähm, ja, übernächstes Jahr.«

»Das ist noch lange hin.«

»Wir müssen erst finanziell abgesichert sein, Sie wissen schon. Mit einem Lehrergehalt ist es nicht so einfach.«

»Klar.«

Jack wartete, dass Tim mehr sagte, aber der Lehrer stand bloß da und sah unglücklich aus.

Jack sah sich die anderen Fotos an.

»Sie und Josh haben häufiger mal was zusammen unternommen«, sagte er.

»Ähm, ja.«

»Sie haben nicht zufällig Fotos von ihm, die ich mir ausleihen könnte?«

Tim blickte sich zu den Fotos an den Wänden und dem Kühlschrank um.

»Ähm, nein«, antwortete er. »Hier sind anscheinend keine.«

Hmm, dachte Jack. *Ist das seltsam? Vielleicht nicht . . .*

»Macht nichts«, erwiderte er und blickte auf seine Uhr. »Vergessen Sie den Kaffee. Ich sollte lieber los.«

Er drehte sich um, ging zur Tür – und blieb noch mal stehen, um sich nach Tim umzuwenden.

Wahrscheinlich glaubte er – irrtümlicherweise –, Jack hätte beschlossen, keine weiteren Fragen zu stellen.

Ein fataler Fehler . . .

»Nur eines noch«, sagte Jack. »An dem Tag der Abschlussfeier waren Sie bei der Durchsuchung der Spinde dabei . . .«

»Was? Wovon reden Sie?«

»Entschuldigen Sie, Tim . . . Sie sollten wissen, dass ich mit Sarah Edwards zusammenarbeite. Wir versuchen herauszufinden, was mit Ihrem Freund Josh passiert ist. Hatte ich das nicht erwähnt?«

»Nein.«

Tim war deutlich anzusehen, dass ihn Jacks veränderte Angriffstaktik überforderte.

Sehr gut, dachte Jack. *Vielleicht kriege ich jetzt endlich mal die Wahrheit zu hören.*

»Dann muss ich um Verzeihung bitten«, sagte Jack. »Aber, damit ich das richtig verstehe, Ihnen wurde bei dieser Durchsuchung ein Partner zugeteilt, nicht?«

»Ja. Aber das habe ich doch alles schon mit Ihrer Freundin besprochen.«

»Ich weiß«, sagte Jack. »Doch ich glaube nicht, dass Sarah Sie gefragt hat, mit wem Sie zusammen die Spinde durchsucht hatten, oder?«

Jack sah, wie Tim das Gesicht verzog, als fiele es ihm schwer, sich zu erinnern.

»Ich weiß nicht . . . Josh, glaube ich«, erwiderte er. »Ist das denn wirklich so verdammt wichtig?«

»Nein, ist es sicher nicht«, antwortete Jack. »Ich versuche nur, alle Fakten klar und deutlich zusammenzustellen, verstehen Sie?«

»Je eher Sie fertig sind, desto besser«, sagte Tim. »Das . . . Ganze . . . nimmt überhaupt kein Ende. Josh hatte das nicht verdient.«

»Nein«, bestätigte Jack. »Das hatte er sicherlich nicht. Und ich denke, dass er es auch nicht verdient hatte zu sterben.«

Jack ließ den Satz wirken, ehe er hinzufügte: »Tja, ich muss dann . . .«

Er marschierte zur Tür, öffnete sie und ging durch den Sonnenschein zum Wagen. Hinter ihm wurde die Haustür zugeknallt.

Der geprügelte Tim . . . gar nicht glücklich . . .

Jack stieg in den Sprite, ließ den Motor an und setzte seine Sonnenbrille auf.

Jemand hatte den armen Tim Wilkins kräftig bearbeitet.

Und leider sagte er nichts.

Also, was wusste Tim? Schützte er Josh? Hatten die beiden gemeinsam etwas herausgefunden?

Oder hatte Josh vor seinem Tod etwas entdeckt – und es Tim erzählt?

Waren die Leute, die Josh unter Drogen gesetzt hatten, nun hinter Tim her?

Etwas musste bei der Durchsuchung der Schülerschränke passiert sein. Nur was?

Es wurde Zeit, noch mal mit Tims Freundin zu sprechen, mit Maddie Brookes – und auch mit der vogelbegeisterten Miss Tradescant.

Was ist das überhaupt für ein Name?, dachte Jack. *Wie aus einem Sherlock-Holmes-Roman.*

Sie hatte immer noch nicht angerufen.

Unmittelbar bevor er losfahren wollte, ging eine Textnachricht auf seinem Handy ein. Jack sah nach: Die Nachricht kam von Sarah.

Komm zu mir ins Büro. Und bring Sandwiches mit. Wir machen einen Ausflug!

32. Der Ausflug

Sarah klickte ihren Sitzgurt ein und sah hinüber zu Jack, als er einstieg und die Beifahrertür schloss.

»Tut mir leid, dass es so überstürzt sein muss«, sagte sie.

»Kein Problem.«

»Und es ist okay für dich, dass ich fahre?«

»Im Sprite wäre es schön gewesen, vor allem bei diesem Wetter. Aber nein, du hast recht. Dieser Wagen ist weit unauffälliger.«

Sarah beugte sich vor, um die Adresse in Gloucester in ihr Navi einzugeben.

»Gloucester? Verrätst du mir, warum unser Ausflug dorthin geht?«

Sie fuhr los.

»Sicher doch . . .«

»Und als Phil vor einer Stunde anrief, hatte er die Daten zu dem Transporter aus dem Steinbruch.«

»Alles klar. Zugelassen auf Rikky's Burgers?«

»Das ist es ja gerade – nein! Wie sich herausgestellt hat, gehört der Wagen einer Firma namens Midas Leisure. Und die Adresse ist mitten in der Innenstadt, weit weg von Rikkys sogenanntem ›Büro‹.«

»Wow! Das ist komisch, oder?«

»Ja, dachte ich auch. Ich habe sofort beim Online-Street-View nachgesehen und rechnete damit, irgendein Lagerhaus zu finden.

Aber nichts da. Das ist eine Billardhalle – mit einem Club im Untergeschoss.«

»Ich glaube, allmählich wird mir klar, worauf das hinausläuft. Sonst noch etwas?«

»Ja. Ich rief eine alte Freundin an, die beim BBC-Radio in Gloucester arbeitet. Und sie sagte, dass der Club einen sehr zweifelhaften Ruf hat.«

»Zweifelhaft inwiefern?«

»Drogen, Alkoholausschank an Minderjährige, Prügeleien ...«

»Deshalb dieser Ausflug.«

»Wir *müssen* uns den ansehen, oder nicht?«

»Unbedingt.«

Sarah konnte heraushören, dass Jack beeindruckt war.

»Und es war keine Zeit mehr, noch einen Happen zu essen. Hast du Sandwiches mitgebracht?«

»Ich bin bei Huffington's vorbeigegangen, doch da war eine ewig lange Schlange.«

»Sieh mal in der Tüte auf dem Rücksitz nach. Ich glaube, Grace hat auch ein Sandwich für dich eingepackt. Und eine Cola.«

»Super«, sagte er. »Bacon mit Salat und Tomate.«

Jack reichte ihr eine Flasche Wasser, und Sarah trank einen Schluck.

Dann fuhr sie auf die belebte Straße, die an der Schule vorbeiführte.

»Übrigens ist gleich da vorne der berüchtigte Imbisswagen«, teilte Sarah ihm mit.

Sie fuhr langsamer, als sie den Parkstreifen passierten.

Allerdings waren die Läden des Imbisswagens geschlossen, und es parkten nur ein paar Trucks daneben.

»Keine Kids heute, was?«, sagte Jack.

»Ich vermute, dass Rikky und Ted zu Hause sind und sich ein paar ›Bio‹-Gerichte ausdenken.«

»Oder Schlimmeres.«

»Schlimmeres? Ich habe ihre fettigen Hamburger und Falafels gesehen. Schlimmer geht's nimmer«, entgegnete Sarah.

Als sie schließlich auf der Schnellstraße nach Gloucester waren, bat Sarah: »Okay, gib mir bitte ein Sandwich. Und gehen wir noch mal durch, was wir bisher haben.«

»Ich verstehe das nicht«, sagte sie. »Warum sollte Tim lügen?«

»Er hat Angst – große Angst.«

»Also denkt derjenige, der die Drogen sucht, dass Tim weiß, wo sie sind?«

»Sieht so aus.«

Jack hatte sein Sandwich aufgegessen und kramte nun in der Tüte nach der Cola.

Er sah wieder zu Sarah. »Was sagt man dazu! Meine Lieblingskekse.« Dann blickte er aus dem Fenster zu den Feldern und niedrigen Steinmauern, die draußen vorbeirauschten. »Hätte ich doch auch eine Assistentin wie Grace. Sie kann Gedanken lesen.«

»Ja, und ich hoffe inständig, dass sie nicht geht, wenn sie erst verheiratet ist.«

»Mach sie zur Partnerin – in der Firma.«

Sarah blickte kurz zu ihm. »Hmm. Das ist wirklich keine schlechte Idee.«

»Denkst du, das würde sie wollen?«

»Da gehe ich jede Wette ein«, antwortete Sarah.

Nachdem er seinen Proviant vertilgt hatte, sah Jack erneut aus dem Fenster.

Der kurvige Streckenabschnitt lag hinter ihnen, und nun fuhren sie ein gerades Stück oberhalb eines Hangs entlang, von dem aus man zu beiden Seiten mehrere Meilen weit über die Felder sah.

Wow!, dachte Jack. *Ich hatte fast vergessen, wie schön es hier ist.*

»Okay«, sagte er. »Zurück zum Thema. Möchtest du meine Theorie hören?«

»Sicher.«

»Denken wir noch mal zurück an den Tag der Abschlussfeier. Nehmen wir an, dass jemand – ein Schüler – an dem Tag einen Vorrat an Drogen mit in die Schule brachte. Vielleicht war es nicht mal geplant, sondern eher ein blödes Versehen. Wenn man an einer Schule dealt, würde man nie eine so große Menge mit sich herumtragen. Und vor allem hätte man die Sachen in kleine Verkaufseinheiten verpackt.«

»Ja, das leuchtet mir ein.«

»Jedenfalls werden plötzlich die Spinde durchsucht. Unser Verdächtiger dreht durch und denkt: Ich werde gleich erwischt! Er hängt in der Schule herum, in der Nähe der Schließfächer, und versucht mitzubekommen, was da passiert. Endlich sind die Lehrer wieder weg. Doch als er zu seinem Spind geht, sind die Drogen futsch! Verschwunden! Er denkt, dass ein Lehrer sie gefunden haben muss.«

»Natürlich. Was dann?«

»Ich bin mir nicht sicher. Vielleicht bricht er komplett zusammen und wartet, dass bei ihm zu Hause angeklopft wird. Aber nichts geschieht. Also stellt er eine Liste aller zusammen, die sich die Tüte mit dem Vorrat angeeignet haben könnten.«

»Eine Liste mit Lehrern?«

»Könnte sein. Aber vielleicht auch mit Schülern. Er kann sich ja nicht hundertprozentig sicher sein, dass die Drogen bei der Durchsuchung verschwanden.«

»Na gut. Nehmen wir an, dass ein Lehrer die Drogen an sich

genommen hat. Warum hat er die nicht sofort übergeben und den Schüler gemeldet?«

»Tja, an dem Punkt bin ich bisher auch nicht weitergekommen. Ich weiß es nicht – noch nicht. Aber eine Idee hätte ich schon . . . An dem Abend bleibt unser Verdächtiger an den Feiernden dran, begleitet sie zum Pub, weil er nicht anders kann, und beobachtet alle. Wer nimmt etwas? Wer benimmt sich verdächtig? Er bleibt den ganzen Abend bei den Feiernden. Und dann sieht er Josh – der ganz offensichtlich high ist.«

»Stimmt. Das war leicht zu erkennen.«

»Und er denkt: Aha, das muss der Typ sein, der meinen Vorrat hat! Also lässt er Josh nach Hause gehen und nimmt sich vor, die Sache am nächsten Tag zu regeln. Doch Josh verschwindet. Und stirbt.«

»Interessant. Und jetzt weiß unser Verdächtiger nicht mehr, was er machen soll . . .«

»Genau. Ein paar Tage vergehen. Sein Boss – ein besserer Ausdruck fällt mir nicht ein – fängt inzwischen an, Druck zu machen. Was ist aus dem Stoff geworden? Unser Verdächtiger gesteht alles – und sein Boss ist *richtig* angefressen.«

»Der Junge steckt in Schwierigkeiten.«

»Eben. Und vergiss nicht, dass diese Typen keine Gefangenen machen. Sie sagen unserem Verdächtigen: ›Wir wollen unsere Drogen zurück – oder das Geld –, sonst bist du geliefert.‹«

»Beängstigend.«

»Oh ja! Es wird massiv gedroht. Möglicherweise sogar mit Mord. Also wartet unser Verdächtiger ab, bis sich die Aufregung um Joshs Tod ein bisschen gelegt hat, und bricht in dessen Haus ein. Nur findet er da nichts.«

»Warte mal! Woher wusste er von den Dielenbrettern in der Küche?«

Jack lachte. »Das ist eine sehr gute Frage! Keine Ahnung.«

Sarah fuhr und dachte über das nach, was Jack gesagt hatte.

Über die Drogen, die Dielenbretter, die Schwierigkeiten dieses Schülers – des Verdächtigen.

Sie sah zu ihm. »Vielleicht hatte er schon vor der Abschlussfeier Josh in Verdacht, ging zu ihm nach Hause und sah, wie er die Tüte versteckte?«

»Hmm. Wäre denkbar. Aber würde er dann nicht, statt in den Ploughman zu gehen, noch am selben Abend einbrechen, um sich seinen Stoff zurückzuholen?«

Doch . . . , dachte Sarah. *Meine Hypothese ergibt keinen Sinn.*

»Okay, lassen wir das erst mal so stehen. Hast du noch andere Ideen?«

»Ja, aber ich bin nicht sicher, wie gut die sind. Eigentlich werfen sie mehr Fragen auf, als dass sie Antworten liefern. Aber vielleicht bricht unser Verdächtiger in Joshs Haus ein, findet die Drogen nicht und denkt: *Mist* – es muss einer von den *anderen* Lehrern gewesen sein, der sie aus dem Spind geholt hat! Und geht zum nächsten auf der Liste.«

»Welcher Liste?«

»Die Liste der Lehrer, die bei der Durchsuchung dabei waren.«

»Ah, verstehe. Und der nächste auf der Liste ist Tim Wilkins?«

»Richtig. Ist wirklich nur so eine Idee. Aber vielleicht geht er nachts zu Tim nach Hause und jagt ihm eine Riesenangst ein. Oder womöglich sind inzwischen schon seine Kumpels eingeschaltet – die richtig schweren Jungs, die hingehen und Tim gewaltig zusammenschlagen. Leider weiß Tim wirklich nichts, also geben die Typen auf.«

»Nachdem sie ihn fertiggemacht haben. Und dann?«, fragte Sarah.

»Tja, ich schätze, er ist noch nicht vom Haken. Wer immer ihn verprügelt hat, könnte wiederkommen. Jetzt wird Tim bei den anderen Lehrern Druck machen, bei einem nach dem andern. Bis irgendwer gesteht.«

»Moment mal. Eines verstehe ich hier nicht … Warum hat Tim dir heute Morgen nicht einfach gesagt, dass er Hilfe braucht, weil richtig fiese Drogendealer hinter ihm her sind?«

Immer mehr gute Fragen, dachte Jack.

»Wer weiß! Vielleicht haben die etwas gegen ihn in der Hand. Irgendwas, womit sie ihn erpressen.«

»Ist das wahrscheinlich?«

»Jeder hat ein Geheimnis, das wissen wir beide doch, hmm? Sogar englische Lehrer.«

»Ha, die sogar mehr als jeder andere, würde ich unterstellen.« Sarah lachte. »Besonders die stillen. Aber die bösen Jungs können nicht jeden erpressen.«

»Stimmt.«

»Also dieser ›Verdächtige‹ – glaubst du, er war es, der neulich bei mir eingebrochen ist?«

»Ja. Entweder unser Drogendealer oder einer der Schläger von seinem Boss«, sagte Jack. »Klingt das plausibel?«

»Klar, könnte sein. Ich kann nicht einschätzen, wie alt der Kerl war, der mich umgeworfen hat.«

Sie sah zu Jack hinüber.

»Natürlich beantwortet das nicht die wirklich wichtige Frage«, sagte sie.

»Und die wäre?«

»Wer hat Josh Owen umgebracht?«

33. Die Gloucester-Connection

Jack sah aus dem Fenster. Die ländliche Gegend war Vororten gewichen.

»Wir sind fast da«, sagte Sarah.

»Es ist eine Weile her, seit ich hier war.« Jack dachte an die früheren Fälle, die ihn in diese Stadt geführt hatten. »Weißt du, wo du hinmusst?«

»Ja, das sollte klappen. Und sonst erzählt mir die nette Dame im Navi, wie ich fahren soll.«

Jack erkannte ein bisschen was wieder ... Und in der Ferne war schon die Kathedrale zu sehen.

Prächtig – trotz der heruntergekommenen Innenstadt drum herum.

»Ach so, wie war es überhaupt gestern mit Chloe?«, erkundigte er sich.

Als er zu Sarah sah, schüttelte sie den Kopf.

»Alles fing gut an«, antwortete sie. »Wir haben zusammen Törtchen gebacken. Daniel war zu Hause und hatte seine Freundin Abbie zu Besuch. Wir saßen auf der Terrasse in der Sonne und haben Tee getrunken.«

»Und dann ...?«

»Dann dachte ich, dass ich beiläufig ansprechen könnte, wo sie und ihre Freunde an den Wochenenden für gewöhnlich sind.«

»Lass mich raten. Das hat die Atmosphäre verwürzt.«

»›Verwürzt‹ ist gar kein Ausdruck! Sie war total hinüber – alles vergiftet, und zwar von jetzt auf gleich.«

»Aha.«

234

»Daniel und Abbie sahen das Donnerwetter kommen und flüchteten nach drinnen. Chloe ging in die Luft. ›Du vertraust mir nicht ... Ich habe ein Recht auf meine Privatsphäre ... Wenn ich bei Dad in London bin, behandelt er mich wie eine Erwachsene ...‹ Und so weiter.«

»Ja, so etwas kenne ich auch. Glücklicherweise ist das lange her. Es muss hart für dich gewesen sein. Autsch!«

»Ich kam mir wie die schlechteste Mutter aller Zeiten vor.«

»Also seid ihr der Freundschaft, die ihr früher mal hattet, kein Stück näher?«

Jack sah wieder zu ihr, und Sarah schluckte.

»Ich glaube eher, dass es ein Riesenschritt in die entgegengesetzte Richtung war. Vielleicht ist es auch bloß ein blöder Traum, dass Chloe und ich wieder beste Freundinnen sein könnten. Ich habe darüber nachgedacht, wie ich in dem Alter war – und offen gesagt, war ich kein Engel. Frag mal meinen Dad!«

»Nein, kann ich mir auch nicht vorstellen, dass du ein Engel warst«, pflichtete er ihr bei.

Sie blickte ihn kurz an – und lachte.

»Mit so einem Satz kommst auch nur du ungeschoren davon, Jack Brennan«, sagte sie. »Nur du.«

»Oho, vielen Dank«, entgegnete er grinsend.

Dann sah er nach vorn. Sie waren schon im Stadtzentrum.

Er hätte Sarah gern noch einen Rat gegeben – gewonnen aus dem, was er auf die harte Tour im Umgang mit seiner eigenen Tochter hatte lernen müssen.

Doch das konnte warten.

»Dann gehen wir mal zurück an die Arbeit«, sagte er. »Wie lautet die Adresse?«

»Es sollte hier geradeaus sein und dann rechts, denke ich.«

»Kann man da parken?«

»Müsste gehen – falls das Straßenfoto im Internet nicht veraltet war.«

Sarah bog ab und fuhr langsam durch die kleine Seitenstraße. Zu beiden Seiten sah Jack vernagelte Schaufenster mit Schildern, auf denen stand, dass die Läden zu vermieten waren.

Bei den wenigen Geschäften, die hier noch geöffnet waren, handelte es sich zumeist um Second- oder Third-Hand-Läden. Und hier und da gab es Friseursalons, was recht erstaunlich war.

Es waren kaum Leute unterwegs.

Keine bevorzugte Einkaufsgegend, dachte Jack.

»Da ist es«, sagte Sarah.

Sie zeigte nach vorn, und Jack sah, eingeklemmt zwischen einem Handy-Reparaturgeschäft und einem Wohltätigkeitsladen von Oxfam, eine Eisentür mit der Aufschrift »The Dive«.

Daneben war noch eine Tür, die offen stand, und über ihr blinkte ein Leuchtschild: »On Cue«. Der Billardsalon.

Im oberen Stock waren alle Fenster mit Folien zugeklebt, auf denen Bilder von Billardtischen und Bierwerbung aufgedruckt waren.

In Manhattan hätte Jack bei solch einer Adresse sofort seine Waffe entsichert und gut aufgepasst.

Hier habe ich keinen Revolver ...

»Wer hätte das gedacht?«, entfuhr es Sarah.

Sie wies zu einem weißen Transporter, der direkt neben der Billardhalle parkte.

»Der Wagen aus dem Steinbruch?«, fragte Jack.

»Ja, genau der.«

Als sie an dem Transporter vorbeifuhren, rutschte Jack auf seinem Sitz ein Stück weit tiefer und spähte durch das Seitenfenster. Es war niemand in dem Wagen.

»Fahren wir noch mal um den Block herum«, sagte er. »Und

236

halte dann auf der anderen Straßenseite. Von da können wir den Laden beobachten.«

Sarah sah Jack an.

»Was jetzt?«

»Tja, im Big Apple würden wir dies hier eine Observierung nennen. Wir sitzen hier und warten. Früher hatten wir dabei oft Kaffee aus einem griechischen Imbiss.«

»Einfach warten?«

»Manchmal erfordert die Polizeiarbeit eine ganze Menge Geduld.«

»Das war noch nie meine Stärke.«

Sie blickte wieder hinüber zu dem Gebäude.

Es fiel ihr schwer, in Gedanken nicht zum gestrigen Nachmittag und zu Chloe abzuschweifen.

Doch was das betraf, konnte sie jetzt sowieso nichts tun. Vielleicht konnte sie überhaupt nichts in dieser Angelegenheit unternehmen, weder jetzt noch irgendwann.

Beinahe wollte sie Jack fragen, wie er damit umgegangen war.

Als seine Tochter ein Teenager war. Noch dazu in New York!

Aber er sah todernst hinüber zu dem Gebäude und dem Transporter.

Und Sarah musste zugeben – obwohl sie nur hier saßen und beobachteten –, dass es ganz schön aufregend war.

Unwillkürlich dachte sie an eine frühere gemeinsame Observierung, als sie einem zwielichtigen Akademiker ins nördliche Oxford gefolgt waren. Jene begrünte Straße war etwas völlig anderes gewesen als diese verlassene Seitenstraße in der Innenstadt.

Mit Jack zusammenzuarbeiten bescherte einem oft Momente wie diesen.

237

Und wieder mal ermahnte sie sich: *Gewöhn dich nicht dran! Bald ist er fort.*

Sie sah auf ihre Uhr, um zu sehen, wie viel Zeit vergangen war.

Fünfzehn Minuten.

Dann zwanzig.

Und als sie gerade sagte: »Jack, meinst du . . .?«, da ging die Tür vom »The Dive« gegenüber auf.

Und Jack hob einen Finger, was bedeuten sollte: *Warte . . . und beobachte.*

Als die erste Person aus dem Haus trat, flüsterte Sarah: »Das ist Rikky.«

Jack nickte. Und hinter Rikky . . .

»Ted. Der Bruder.«

»Alles klar.« Das Erste, was Jack seit einer ganzen Weile gesagt hatte.

Dann kam eine dritte Person aus dem Gebäude.

Ein Mann in einem eleganten Anzug – klein, fast kahlköpfig. Selbst aus dieser Entfernung war zu erkennen, dass der Anzug beste Qualität war.

Der Mann . . . lächelte nicht.

»Verdammt!«, fluchte Jack. »Hätte ich doch mein Fernglas dabei!«

»Warte mal!« Sarah öffnete das Handschuhfach und holte ein kleines, aber sehr gutes Fernglas heraus.

»Na, du bist wahrlich auf alles vorbereitet, was? Wie ist es mit der Kamera in deinem Handy – ist die Auflösung gut?«

»Trilliarden Megapixel«, antwortete sie.

Jack nahm die Schutzkappen vom Fernglas.

»Mach ein Bild von dem Typen.«

Sarah hielt das Mobiltelefon vor ihr Gesicht. Würde das Trio auf der anderen Straßenseite herüberblicken, sähen sie den RAV4 mit den zwei Leuten darin.

Haben Rikky oder Ted mitbekommen, mit welchem Wagen ich beim Imbiss gewesen bin?

Das könnte ihre heimliche Observierung direkt auffliegen lassen.

Doch als sie das Foto machte, stellte Sarah fest, dass die drei Männer viel zu sehr in ihre Unterhaltung vertieft waren – und die war offensichtlich hitzig.

»Wie es aussieht, hat Rikky Ärger am Hals«, meinte Jack.

Sarah nickte. Der bullige Burger-Bräter hob immer wieder die Hände; eine Geste, mit der er förmlich schrie: *Ich tue ja, was ich kann ... Was soll ich denn noch machen?*

Aber das schien den Anzugträger nicht zu beschwichtigen, denn er pikte immer wieder mit dem Zeigefinger gegen Rikkys Brust.

»Ich glaube«, sagte Jack sehr leise, »wir haben unseren ›Boss‹ gefunden.«

»Meinst du?«

»Vorausgesetzt, dass unsere Theorien stimmen. Das da drüben ist jedenfalls keine freundschaftliche Unterhaltung darüber, ob Manchester United das nächste Spiel gewinnt.«

Dann sah Sarah, wie Rikky sich zu Ted umwandte, der die beiden anderen deutlich überragte.

Ihr fiel auf, dass der Mann im Anzug Ted nicht mit dem Zeigefinger pikte.

Stattdessen gestikulierte er weiter auf Rikky ein, während sie weggingen.

Es war ein Leichtes, die Bildunterschriften zu dem zu erraten, was dort los war.

Wahrscheinlich ging es in die Richtung: *Krieg du deinen Bruder in den Griff! Regle das, oder ...*

239

Aber Sarah glaubte, noch etwas anderes in Teds Zügen zu lesen. Oder vielmehr, etwas *nicht* darin zu lesen. Da war weder dieser Anflug von Verzweiflung wie bei Rikky noch die Wut wie bei dem Anzugträger.

Etwas anderes.

Und sie fragte sich: *Wie sehr ist Ted in das verwickelt, was die hier machen?*

Schließlich trat der Mann in dem Anzug einen Schritt zurück.

Er warf beide Arme kurz in die Höhe und stürmte zurück in den Club, sodass Ted und Rikky allein auf dem Gehweg stehen blieben.

Nun sah Sarah, wie Rikky seinem Bruder fest auf die Schulter klopfte.

Das war zweifellos eine Verwarnung.

Bei den Imbiss-Brüdern ist längst nicht alles bestens.

Ted ging anschließend zur Fahrerseite des Transporters, während Rikky auf dem Beifahrersitz Platz nahm.

»Sie fahren weg.«

»Jap«, sagte Jack.

Der Transporter setzte sich in Bewegung.

»Ich frage mich, wohin sie wollen«, sagte Jack.

»Das können wir rausfinden.«

Sarah legte ihr Telefon hin und ließ den Motor an.

»Na gut, aber sei vorsichtig, und bleib zurück.«

Erst observierten sie, und jetzt ... wie hieß das noch?

Sie hängte sich dran.

Zwar hatte Sarah ziemliches Herzklopfen, doch sie musste gestehen – das hier machte Spaß.

34. Eine Zufahrt der besonderen Art

Sarah tat ihr Bestes, um einen gewissen Abstand zu dem Transporter zu halten, der sich nicht um Tempolimits zu scheren schien.

»Gleich kommen wir zu einer Strecke voller Kurven und Hecken, Jack. Da wird es unmöglich sein, sie im Blick zu behalten. Vielleicht solltest du lieber fahren.«

Doch aus dem Augenwinkel sah sie, dass Jack den Kopf schüttelte.

»Du machst das prima. Außerdem gefällt es mir, dir neue Sachen beizubringen, die wichtig für unsere Arbeit sind.«

»Eine Verfolgung? Vielleicht geht das dann doch ein bisschen zu weit ...«

»Okay, der Trick ist, nicht zu nahe heranzufahren. Wenn du das machst, werden die abbiegen oder anhalten, und du fliegst auf. Manch ein Grünschnabel musste schon eine Verfolgung abblasen, weil er vom Zielobjekt bemerkt wurde. Und der Verfolgte kann jederzeit ranfahren und warten, bis die Verfolger ihn überholt haben.«

»Aber was ist mit den vielen Seitenstraßen ... Da können sie leicht verschwinden.«

»Stimmt. Das ist die Herausforderung. Du musst immer noch versuchen, sie im Blick zu behalten – zumindest die meiste Zeit.«

»Und wenn sie in den Rückspiegel sehen, werden sie dann nicht ...?«

»Ein bisschen paranoid? Stimmt, könnte passieren. Aber in solchen Situationen kann ein bisschen Paranoia gut sein. Ängst-

241

liche Leute machen Fehler. Verhalten sich impulsiv. Das kann uns nützen.«

Sarah bemerkte, dass sie ihr Lenkrad umklammerte, als würde sie durch einen Schneesturm fahren.

Sie ermahnte sich, in einem gleichmäßigen Rhythmus zu atmen.

Dann jedoch, obwohl Jack und sie konzentriert nach vorn auf die Straße blickten, wo der weiße Farbklecks abwechselnd auftauchte und verschwand ...

War er auf einmal ganz weg.

Plötzlich war nichts mehr von einem Transporter zu sehen.

»Fahr langsam«, wies Jack sie an.

»Sie sind weg!«, rief Sarah. »Ich habe es versaut!«

»Nicht so schnell. Drossle einfach ein bisschen das Tempo.«

Nun kamen sie an eine Haarnadelkurve, die links und rechts von den höchsten Hecken der Cotswolds eingerahmt war.

Die ideale Stelle, den Transporter verschwinden zu lassen.

»Langsam«, wiederholte Jack.

Nach einer weiteren Biegung gelangten sie an eine Kreuzung.

Geradeaus ging es mit mehr Kurven und Abbiegungen weiter. Links und rechts sah es nicht besser aus.

»Hmm«, machte Jack.

»Die können sonst wohin sein.«

Sie sah, wie Jack sich vorbeugte und schnell nach rechts und links blickte.

»Okay. Noch ein Trick. Siehst du geradeaus irgendwelchen Staub, der die Sonne einfängt?«

Sie sah nichts dergleichen.

»Und links?«

Dort konnte Sarah tatsächlich ein zartes, körniges Flirren ausmachen, wie Hausstaub, der in niedrig einfallendem Sonnenlicht tanzte, das durch ein Fenster hereinkam.

»Sind sie nach links gefahren?«

»Richtig erkannt.«

Nun bog Sarah ab, wurde ein wenig schneller, erinnerte sich aber, dass sie bei zu hohem Tempo hinter der nächsten Kurve direkt hinter den beiden Imbiss-Brüdern sein könnte, und das wäre nicht gut.

Schließlich wurde die Straße wieder ein Stück weit gerader, und sie sah den weißen Transporter ein gutes Stück vor ihnen.

»Wow!«

»Gut gemacht, Detective«, lobte Jack.

Und Sarah kam es vor, als hätte sie den dicksten Fisch ihres Lebens an der Angel.

Jetzt ... musste sie ihn nur noch einholen.

Die Straße wurde noch gerader.

»Nähern wir uns schon Cherringham?«, fragte Jack.

»Nein, das ist noch einiges hin. Hier draußen ist eigentlich nichts, mit Ausnahme von Kühen, Schafen und Weizenfeldern.«

Jack lachte.

»Kann sein, dass du dich ihrem Ziel näherst.«

»Alles klar.«

Und gleich darauf bemerkte Sarah, dass der Transporter langsamer wurde.

Hatten Rikky und Ted den Wagen hinter ihnen bemerkt? Stritten sie sich gerade, wer das sein könnte? Was es bedeutete?

Ja, Sarah begriff, warum Angst nützlich sein konnte.

Es konnte von Nutzen sein, bei Rikky und Ted nach ihrem Treffen mit dem anscheinend sehr wichtigen und mächtigen Mann mehr Druck zu machen.

Der Transporter wurde noch langsamer.

»Jack, da vorne ist eine Einfahrt.«

»Deine Augen sind besser als meine. Werde ein bisschen langsamer, aber nicht zu sehr.«

»Ist gut.«

Und nun bog der Transporter quietschend in einen schmalen, von Hecken gesäumten Weg, bei dem es sich um eine Zufahrt handeln musste.

Das kann keine Straße sein, dachte Sarah. *Hier draußen geht es nirgends hin!*

Als sie sich der Zufahrt näherte, drosselte sie das Tempo auf fünf Meilen die Stunde. Dann wurde sie noch langsamer.

»Ah, warte mal«, sagte Jack. Dann fügte er hastig hinzu: »Weiterfahren. Bieg nicht in die Einfahrt. Und bleib nicht stehen.«

Hatte er etwas gesehen? Aber was?

Sarah behielt ihr Tempo bei, während sie in die schmale Einfahrt blickte.

Da ist was.

Wie ein Mast. Oder ...

Was war das?

Erst als sie schon ein gutes Stück an der Einfahrt vorbeigefahren waren, holte Sarah tief Luft und sagte: »Du hast etwas gesehen.«

»Stimmt genau.«

»Und?«

»Kannst du hier irgendwo ranfahren? Wir müssen reden.«

Sie schüttelte den Kopf. »Das geht hier nicht. Vielleicht an der nächsten Kreuzung. Wir haben sie verloren, stimmt's?«

»Nicht zwangsläufig.«

Nach einer Reihe weiterer Kurven und Abbiegungen erreichten sie eine T-Kreuzung, und dort war gerade genug Platz, um den RAV4 am Straßenrand anzuhalten.

Sie drückte den Wählhebel in die Parkstellung und drehte sich zu Jack.

»Okay, was hast du gesehen?«

»Sicherheitskameras an der Einfahrt. Wahrscheinlich mit einer Alarmanlage verkabelt.«

»Was machen wir jetzt?«

»Wir finden einen anderen Weg, um da reinzukommen.«

Sarah überlegte, wo genau sie sein könnten.

Wo die Straßen lagen, wo ein Dorf endete und das nächste anfing ...

Sie sah Jack an.

»Ich glaube, ich weiß einen Weg.«

»Wirklich?«

»Ja.« Sie zog den Wählhebel aus der Parkstellung. »Es ist einige Jahre her, aber ... mal sehen.«

Dann bog sie wieder auf die Straße ein.

35. Die Farm

Sobald Sarah ein paarmal abgebogen war, erkannte Jack, dass sie in einem großen Bogen fuhren, um irgendwo hinter dem Haus anzukommen.

»Ah«, sagte er. »Hier geht es zu dem Hügel auf der anderen Seite, nicht?«

»Sollte es. Viele dieser Straßen verlaufen im Zickzack durch das Ackerland. Hier gibt es einen Hügel, auf dem ich früher mit den Kindern gepicknickt habe, und ich glaube, dass man von dort oben aus hinunter in dieses Tal sehen konnte.«

Jetzt bog Sarah wieder ab – ganz schön schnell, wie Jack fand. Sie landeten auf einer Straße, die einen bewaldeten Hang hinaufführte.

Hier und da konnte man durch die Bäume einen Blick auf das Tal unten erhaschen.

Nette Aussicht.

»Auf dieser Straße gelangen wir zurück nach Cherringham, wenn wir weiterfahren«, erklärte Sarah. »Man kommt dann hinter Mabb's Hill raus.«

»Und du denkst, dass wir das Grundstück von da oben sehen können?«

»Ich bin mir fast sicher.«

Sarah bog in eine kleine Haltebucht in einer der Kurven.

»Siehst du den Weg da durch die Bäume?«, fragte sie. »Wenn wir den raufgehen, sollten wir direkt über dem Tal sein.«

Jack stieg aus, drehte sich jedoch noch mal um, als Sarah das Handschuhfach öffnete.

»Das nehmen wir lieber mit«, sagte sie und schwenkte das Fernglas.

»Jap.«

Dann gingen sie in den Wald.

»Wirf mal einen Blick hindurch«, forderte Sarah ihn auf. »Was meinst du?«

Jack nahm das Fernglas und stellte es auf seine Augen ein.

Sie lagen am Waldrand im Schutz niedriger Ginsterbüsche. Von hier aus hatten sie einen guten Blick auf ein Anwesen, das wie eine Farm aussah. Es lag, jenseits einiger kahler Felder, ein paar Hundert Meter von ihnen entfernt.

Und es war nicht nur ein Haus dort; da unten befanden sich zudem eine große Scheune sowie gut erhaltene Nebengebäude. Und alles war ausschließlich über die eine Zufahrt zu erreichen.

Jack sah sich das Haus an, die Scheune und wieder das Haus.

»Keine Spur von dem Transporter«, stellte er fest.

»Denkst du, die sind wieder weg?«

»Könnte sein. Oder . . .«

»Ja?«

»Es sieht nicht so aus, als wäre die Farm in Betrieb. Keine Traktoren, kein Vieh.« Er nahm das Fernglas herunter und sah Sarah an. »Stimmt's?«

»Es ist aber ein beachtliches Farmhaus.«

»Für einen Imbissbetreiber? Ja, gewiss. Vielleicht benutzen sie die Scheune als Garage. Groß genug ist sie.«

Er reichte Sarah das Fernglas. »Schau dir mal das Haus an . . . und sag mir, was du siehst.«

Jack beobachtete sie, während sie sich das Haus genauer anschaute.

»Okay. Die Fenster . . . die sind alle von innen verdeckt.«

247

»Eben. Das ist typisch. Keiner kann irgendwas sehen – selbst wenn er irgendwie die Einfahrt hinaufgekommen ist. Sonst noch was?«

Sie hielt sich wieder das Fernglas vor die Augen.

»Ich glaube, dass ich noch mehr Sicherheitskameras am Haus sehe.«

»Ja. Das Imbissgeschäft muss verdammt gut laufen. Oder irgendein anderes Geschäft.«

Nun bemerkte Jack eine Bewegung in der Ferne. Ein Wagen war von der Straße abgebogen und glitt lautlos die heckengesäumte Einfahrt zum Farmhaus hinauf.

»Darf ich noch mal das Fernglas haben?«, bat Jack.

Sarah gab es ihm.

Jack richtete sein Augenmerk auf den Wagen, der sich dem Haus näherte.

Durch das Fernglas sah er ihn ganz deutlich: Es handelte sich um einen schwarzen Mercedes – ein Luxusmodell. Und das Gesicht hinter der Windschutzscheibe war Jack alles andere als unbekannt.

»Wer hätte das gedacht!«, sagte er und gab Sarah das Fernglas zurück. »Unser Freund aus Gloucester.«

Inzwischen konnte Jack auch mit bloßen Augen den Mercedes erkennen, der neben der Farm hielt.

Er wartete, während Sarah das Fernglas justierte.

»Kannst du das Nummernschild sehen?«, fragte er.

»Ja«, antwortete sie und las es laut vor.

Jack schrieb das Kennzeichen in seinen Notizblock.

»Versuch, auch ein Foto zu machen«, sagte er.

»Ich frage mich, warum er hier ist.« Sarah machte ein Foto mit ihrem Mobiltelefon.

»Ein Mafiosi-Treffen«, vermutete Jack. »Er sieht auf jeden Fall wie ein Mafiaboss aus – falls es hier so etwas wie eine Mafia gibt.«

»Ich glaube, wir nennen die ›Gangsterbosse‹.«

Der Kahlkopf in dem edlen Anzug stieg aus. Jack sah, wie die Seitentür der Farm geöffnet wurde: Rikky kam heraus, ging zu dem Wagen und sagte etwas.

Der Mann nickte ihm zu und schritt an ihm vorbei ins Haus.

Rikky blieb noch einige Sekunden draußen, und Jack beobachtete, wie er über die Felder blickte.

Und dann direkt in ihre Richtung.

»Bleib unten«, sagte Jack und drückte sich tief ins Gras. Rikky spähte hinauf zum Wald, und es schien, als würde er direkt auf sie beide schauen.

»Er kann uns doch nicht sehen, oder?«, fragte Sarah.

»Ausgeschlossen«, erwiderte Jack. Ganz sicher war er sich allerdings nicht.

Schließlich drehte Rikky sich um – anscheinend war er überzeugt, dass keine Gefahr auf den Feldern lauerte – und kehrte ins Haus zurück.

»Interessant«, sagte Jack.

»Ich glaube nicht, dass Mr Mercedes nur auf einen Kaffee vorbeigekommen ist«, merkte Sarah an.

»Ich auch nicht.«

»Was würde ich darum geben, bei denen da unten Mäuschen spielen zu können«, sagte Sarah.

»Ja, es muss einen sehr guten Grund geben, dass unser großer Boss den weiten Weg hierher auf sich genommen hat. Das ist nicht ungefährlich für ihn.«

Dann hörte Jack ein Geräusch von unten.

Kein Auto.

Etwas Röhrendes. Ein Geräusch, das er schon mal gehört hatte.

Ein Motorrad . . .

»Na, was haben wir denn da?«, entfuhr es Jack.

249

Und während er sich umblickte, um festzustellen, woher das Geräusch kam, begann Sarah, alle Straßen und Wege abzusuchen, die sich um die abgelegene Farm wanden.

»Wie es aussieht, stößt noch ein später Gast zur Party«, konstatierte Sarah.

»Da ist es«, sagte sie und reichte Jack das Fernglas, während sie mit der anderen Hand auf eine schmale Straße zeigte, die zur Zufahrt führte.

Jake konnte das Motorrad sehen, das über die Straße bretterte.

»Hab ihn. Mit dem Helm und der Montur kann ich aber nicht erkennen, wer das ist.«

»Ich auch nicht. Aber denkst du das Gleiche wie ich, Jack?«

Er nickte. »Einer von den drei Clowns aus dem Ploughman? Hmm . . .«

»Die hatten alle Geländemaschinen.«

»Wer es auch sein mag«, sagte Jack. »Mit einer Maschine wie der rangiert er garantiert weit unten in der Nahrungskette.«

Sekundenlang verlor Jack den Biker hinter den Trockenmauern an der Straße aus den Augen.

Dann stellte er fest: »Okay, er wird langsamer, biegt ab, die Zufahrt hinauf.«

Er senkte das Fernglas und gab es Sarah zurück.

»Du hast die jüngeren Augen. Sieh mal, ob du erkennst, wer es ist, wenn er beim Haus ankommt.«

Plötzlich verschwand das Motorrad hinter den Hecken der Zufahrt.

»Ich habe ihn verloren.«

»Gib ihm eine Minute.«

Und tatsächlich erschienen Motorrad und Fahrer auf dem Kies im Hof, wo die Maschine dicht ans Haus fuhr.

»Hab ihn wieder. Er hat den Motor abgestellt.«

»Okay. Warten wir ab, was passiert.«

Nun konnte sogar Jack sehen, dass die ferne Gestalt nach oben griff und den wuchtigen Helm abnahm.

Allerdings erkannte er nicht, wer es war.

»Ich sehe ihn«, sagte Sarah. »Wow!«

»Lass mich raten. Jake?«

Sie sah Jack an.

»Nein«, antwortete sie. »Callum.«

»Hmm. Der Stille.«

»Der Rikky und Ted einen Höflichkeitsbesuch abstattet.«

»Oder einen Befehl befolgt«, mutmaßte Jack. »Einen Befehl vom Boss.«

Auf einmal fand Jack diese Entwicklung beunruhigend.

»Hmm«, machte er. »Mir gefällt das hier nicht.«

»Was meinst du?«

»Drogen im Wert von zwanzigtausend Pfund sind verschwunden, da neigen die Leute dazu, gewalttätig zu werden.«

»Denkst du, die tun Callum etwas?«

Jack zuckte mit den Schultern.

»Aber er ist doch praktisch noch ein Kind!«, sagte Sarah.

Jack sah, wie sie ihr Telefon hervorholte und es genauer betrachtete.

»Kein Signal«, sagte sie. »Also können wir Alan nicht herrufen, selbst wenn wir wollten.«

»Ich wüsste sowieso nicht, was wir sagen sollten. Tatsache ist, dass wir kurz davor sind, diesen Fall zu knacken. Doch im Moment haben wir nichts, *nada*, was wir irgendwem nachweisen können.«

Jack dachte an den Drogenvorrat im Trimmfach auf seinem Boot. Sollte Callum Brady etwas zustoßen – würde Jack sich auf ewig dafür verantwortlich fühlen.

»Ich gehe da runter.«

»Wie? Hier ist nur freies Feld!«

»Ich kann zwischen den Bäumen bleiben. Da drüben.«

Er zeigte zum Waldrand, der schräg den Hang hinunter verlief.

»Siehst du, wo er an die Mauer stößt? Sowie ich da drüben bin, dürften mich die Kameras nicht mehr erwischen.«

Er sah Sarah an, die ihn mit großen Augen anstarrte.

»Was?«, fragte er.

»Du sagtest ›ich‹. Meintest du nicht eher ›wir‹?«

Jack blieb zunächst still, dann schüttelte er den Kopf.

»Es ist riskant, Sarah.«

»Ich weiß.«

Jack war klar, dass er dies hier nicht gewinnen würde.

»Deine Entscheidung«, sagte er.

»Wir beide zusammen wirken wie – Spaziergänger.«

Er nahm ihr das Fernglas ab.

»Wie ein Paar, das Vögel beobachtet«, ergänzte er.

»Das auch«, pflichtete Sarah ihm grinsend bei. »Komm.«

Jack wollte vorangehen, aber da war sie schon fort. Geduckt bewegte sie sich durch die Ginsterbüsche und Sträucher in Richtung Trockenmauer.

36. Hier ist der Boss

Sarah blieb etwa hundert Meter vom Haus entfernt im Schutz der Mauer am Feldrand stehen. An einer Hausecke konnte sie direkt unter dem Dachvorsprung eine Kamera erkennen.

»Wenn ich die Kamera sehe – sieht sie uns dann auch?«, fragte sie.

»Das werden wir bald wissen«, antwortete Jack, der mit dem Rücken zur Mauer hinter ihr stand.

»Ich schätze, wir müssen es wohl riskieren, was?«

»Ja, das glaube ich auch. Wenn wir uns geduckt halten, sollten wir die Rückseite der Farm erreichen. Siehst du, wie diese Mauer genau dort angrenzt?«

Sarah blickte den sanften Abhang hinunter zum Farmhaus. Auf dieser Gebäudeseite waren bei allen Fenstern die Läden geschlossen. Und an der Rückseite des Hauses ragte eine hohe Mauer empor, was so aussah, als könnte sich dahinter ein Garten befinden.

»Okay«, sagte sie. »Gehen wir.«

Geduckt lief sie schnell auf diese Mauer zu. Sekunden später war Jack wieder bei ihr.

»Gott, das ist Gift für meine Knie«, raunte er leise.

»Deine Knie? Sieh dir an, was es mit meinen Schuhen macht! Und das sind meine Lieblingsschuhe!«

Sie bemerkte, dass er grinste, und musste ebenfalls schmunzeln.

Schuhe hin oder her – ich würde das hier gegen nichts in der Welt eintauschen, dachte sie. *Was für ein Spaß!*

Sie drehte sich zur Mauer um. Es war eine Trockenmauer mit kleinen Lücken zwischen den Steinen.

Sarah entdeckte ein Loch, das groß genug war, um hindurchzuspähen.

Sie hatte mit einem Garten gerechnet, doch auf der anderen Seite war alles zementiert. Und dort – neben dem Haus – parkte der weiße Transporter. Die hinteren Türen standen weit offen.

Sie sah Ted und Callum Kisten aus dem Haus tragen und tief in den Laderaum des Wagens schieben.

»Anscheinend ist mit Callum alles okay«, flüsterte sie.

Jack drückte sein Gesicht an eine andere Lücke in der Mauer und nickte. Sarah sah ihm an, wie erleichtert er war.

»Was könnte in den Kisten sein?«, fragte Sarah, die wieder durch das Mauerloch spähte.

»Weiß ich nicht. Sieht aus wie Essen.«

Sarah veränderte den Winkel, sodass sie zur anderen Seite des Hauses blicken konnte, an die der Hof anschloss.

Auch hier waren alle Fenster geschlossen und die Läden zu.

»Ich sehe Rikky nicht . . .«

»Warte. Da ist er«, flüsterte Jack.

Abermals änderte Sarah ihre Position und fand noch eine Lücke im Mauerwerk. In der hinteren Ecke des Hofs konnte sie Rikky gerade noch ausmachen. Er saß an einem Gartentisch und trank Bier aus einer Flasche.

Ihm gegenüber hatte der Kahlköpfige am Tisch Platz genommen.

»Ich kann nicht hören, was sie reden«, sagte Jack.

»Ich auch nicht. Wir müssen näher ran.«

Sie sah Jack an. Diesmal grinste er nicht. Das hier wurde heikel.

»Okay«, flüsterte Jack. »Aber kein Wort mehr von jetzt ab, klar?«

Sarah ließ ihn diesmal vorangehen. Halb krochen, halb schlichen sie die Mauer entlang und näherten sich langsam den beiden Kerlen am Gartentisch.

Bald konnte Sarah sie reden hören, aber immer noch nicht verstehen, was sie sagten.

Nach weiteren zehn Metern hob Jack eine Hand leicht: *Stopp!*

Sarah wartete mit klopfendem Herzen, als Jack sich zu ihr umdrehte und stumm fragte: *Kannst du sie hören?*

Sarah hielt den Atem an. Horchte – und nickte.

So leise, wie sie konnte, ließ sie sich auf den Boden hinunter und setzte sich mit dem Rücken zur Mauer hin.

Vor ihr lagen die Felder und die fernen Hügel.

Wie eigenartig Jack und sie wirken mussten, sollte sie irgendwer mit einem Fernglas von den Hügeln aus beobachten. Wie zwei Vogelscheuchen, die an einer Hofmauer lehnten!

Aber waren sie hier sicher versteckt? Das konnte Sarah nur hoffen.

Solange die beiden Männer nicht aufstanden und über die Mauer sahen, müssten Jack und sie für diese Leute eigentlich unsichtbar sein.

Sarah lauschte konzentriert. Da beide Männer leise sprachen und die Mauer einiges schluckte, konnte sie lediglich Brocken aufschnappen.

Zuerst von dem Kahlkopf: »Regle das mit dem verfluchten Lehrer ein für alle Mal. Und hol mir mein Eigentum zurück.«

Daraufhin Rikky: »Ich mach das heute Abend. Nachdem wir aufgebaut haben . . .«

Dann wieder der Kahle: »Ich verlass mich auf dich, Rikky. Ist das klar?«

»Ja, Mr Ross.«

»Du tust, was nötig ist – ja?« Der Kahlköpfige legte eine kleine Pause ein, ehe er ergänzte: »Egal wie.«

Sie hatten jetzt also einen Namen. *Ross.*

Dann wurde es still. Stühle schabten über Beton, und die Stimmen entfernten sich.

Jemand ging fort.

Im Haus knallte eine Tür, dann startete ein Motor.

Sarah sah zu Jack. Wer fuhr weg? Jack nickte zur Straße, die jenseits der Felder gerade noch zu sehen war.

Und tatsächlich – dort raste der schwarze Mercedes von dannen.

Ross hatte seine Befehle erteilt, seine Drohungen ausgesprochen und war wieder fort.

Sarah war sich bewusst, dass er jetzt nur zur Farm zurücksehen müsste, um Jack und sie zu entdecken. Wie Zielscheiben lehnten sie an der Farmhausmauer, hell erleuchtet von der spätnachmittäglichen Sonne.

Mühsam atmete Sarah ruhig ein und aus, bis der Wagen endlich hinter einer Anhöhe verschwand.

Nun hörte sie Rikky auf der anderen Seite des Hofs sprechen – und noch andere Stimmen. Sie stritten.

Sarah riskierte, sich umzudrehen und durch eine Lücke in der Mauer zu sehen.

Neben dem Transporter waren Gegenstände aufgestapelt, die wie Gerüstbretter und Rohre aussahen.

Zur einen Seite konnte Sarah auch noch offene Kisten und Kartons erkennen, die voller Kabel und Bühnenstrahler waren. Ein Generator. Etliche Benzinkanister.

Wuchtige Lautsprecherboxen.

Ein sehr großes Soundsystem.

Das also hatten Ted und Callum gemacht: Ausrüstungsgegenstände für einen Rave eingeladen, der irgendwo stattfinden würde.

Jetzt aber hatten die beiden eine heftige Auseinandersetzung mit Rikky.

Und Sarah konnte problemlos jedes Wort verstehen.

»Das war *nie* der Plan«, beschwerte sich Ted.

»Nein, sicherlich nicht«, bestätigte Callum.

Sarah sah, wie Rikky vortrat und Callum gegen die Brust stieß.

»Du hast dich auch nicht über die viele Kohle beschwert, du kleines Stück Scheiße«, erwiderte Rikky. Dann drehte er sich zu Ted um. »Du genauso wenig. Euch ist es doch gut gegangen hier mit der Sache. Ihr habt eure Gigs, jede Menge Mädchen . . .«

»Ich wollte nie, dass Leute verletzt werden«, warf Ted ein.

»Ich dachte, wir wollen bloß unsern Spaß haben«, sagte Callum. »Ich wollte nicht −«

»Erzähl doch keinen Mist!«, fiel Rikky ihm ins Wort. »Dieser Scheiß ist ganz alleine deine Schuld, Brady, du kleiner Scheißer. Und soll ich dir was verraten? Du hilfst mir, das wieder in Ordnung zu bringen.«

Jetzt kam nichts von den beiden Jüngeren.

»Ist das klar? Habt ihr verstanden?«

»Ja, Rikky«, sagte Callum. Dann nickte Ted.

Der Bruder scheint sich nicht so sicher zu sein.

»Gut. Also ladet den Mist jetzt fertig ein. Ich will alles in trockenen Tüchern haben, bevor es dunkel wird. Danach kümmern wir uns um den Arsch Wilkins. Endgültig.«

Sarah beobachtete, wie Rikky einen Schluck Bier aus seiner Flasche nahm und im Farmhaus verschwand.

Ted und Callum sahen einander einen Moment lang an, ehe sie weiter den Transporter beluden.

Sarah drehte sich zu Jack um und zeigte zum Wald: *Gehen wir zurück?*

Er nickte.

Geduckt folgte sie Jack, der an der Trockenmauer entlang und dann quer über die Felder zurückeilte.

Erst als sie den Schutz der Bäume erreicht hatten, fühlte Sarah sich endlich wieder sicher.

Sie blickte zur Farm zurück.

»Sie wollen sich um Wilkins kümmern – hast du das gehört?«, fragte sie.

»Ja, und das heute Abend.«

»Dann beeilen wir uns lieber«, sagte Sarah.

Und mit Jack an ihrer Seite lief sie durch den Wald zu ihrem Wagen zurück.

Während Sarah nach Cherringham zurückfuhr, sah Jack auf sein Telefon und wartete darauf, dass es endlich wieder Empfang hatte.

»Mann, das wurde aber auch Zeit«, sagte er schließlich, suchte Tim Wilkins' Nummer und tippte sie an.

»Mailbox«, informierte er kurz Sarah und sprach dann ins Telefon hinein: »Hi, Tim! Jack Brennan hier. Hören Sie zu. Sie müssen unbedingt aus Ihrem Haus verschwinden. Es gibt noch mehr Ärger – haben Sie verstanden? Von denselben wie letztes Mal. Rufen Sie mich sofort an, wenn Sie das hier abgehört haben. Danke!«

»Jack, findest du nicht, dass wir jetzt Alan einschalten sollten?«

Jack blickte durchs Fenster zu den Feldern, die in der Abendsonne vorbeiflogen.

»Könnten wir machen. Aber ich glaube nicht, dass wir schon alles geklärt haben, oder?«

»Wir wissen, wer hinter allem steckt, kennen die Befehlskette – Ross, Rikky, Ted, Callum Brady – und haben mitgehört, dass Tim nochmals angegriffen werden soll.«

Jack nickte.

Alan mit reinzuziehen könnte jedoch alle verschrecken.

Und die Gefahr, die Tim droht, wäre bestenfalls aufgeschoben.

»Stimmt, aber wir haben keinen einzigen Beweis, der vor einem Gericht Bestand hätte. Ich bin mir nicht sicher, was Alan tun könnte. Und ich habe das Gefühl, dass wir ganz nahe dran sind.«

»Ja, doch Tim ist in ernster Gefahr.«

»Wir können für seine Sicherheit sorgen. Gib uns nur noch ein bisschen mehr Zeit ...«

»Okay«, stimmte Sarah zu. »Sobald wir bei mir sind, können wir das Nummernschild vom Mercedes überprüfen.«

»Klasse.«

Jack nahm sein Telefon wieder in die Hand, suchte Louises Nummer heraus und wählte sie.

»Louise«, sagte er. »Jack Brennan.«

»Jack, ist alles in Ordnung?«

»Klar. Ähm, eine Frage – sind Sie noch in der Schule?«

Jack hörte sie lachen.

»Um halb sieben abends? Natürlich! Hier ist gleich noch die große Schlussbesprechung; also werde ich noch eine ganze Weile hier sein.«

Jack musste lachen. Ihre Stimme war wie ein Blick in die richtige Welt da draußen – eine ruhige Welt, in der Leute noch abends bei der Arbeit waren und nicht umgebracht wurden oder mit Gewalt drohten.

»Okay, gut ... Ich habe mich bloß gefragt, ob Tim Wilkins in der Schule ist.«

»Bedaure, nein«, erwiderte Louise. »Wir erwarten ihn auch nicht vor nächster Woche. Er hatte einen Autounfall, haben Sie das gewusst?«

»Ja, das habe ich gehört. Falls er sich bei Ihnen meldet, sagen Sie ihm bitte, dass er mich umgehend anrufen soll, okay?«

Die Direktorin zögerte.

»Mach ich. Jack, das klingt ernst. Haben Sie etwas herausgefunden?«

»Möglicherweise«, antwortete Jack. »Und wenn wir uns sicher sind, werden Sie es als Erste erfahren, Louise. Versprochen.«

»Danke, Jack! Bis dann!«

Jack beendete das Telefonat und sah durchs Fenster.

Sie hatten bereits den Ortsrand von Cherringham erreicht.

»In ein paar Minuten sind wir da«, sagte Sarah.

»Super. Übrigens, setz mich doch lieber bei meinem Wagen ab. Ich habe nicht bedacht, dass es schon so spät ist. Da fahre ich lieber erst mal zum Boot zurück und gönne Riley seine Abendrunde.«

»Klar. Und ich muss noch ein Abendessen für die Kinder kochen.«

»Das wahre Leben, was?«

»Elternpflichten, ja«, sagte Sarah. »Und weiß der Himmel, was ich heute alles im Büro verpasst habe.«

Wenig später hielt sie neben Jacks Sprite auf dem Marktplatz.

»Jack, das wollte ich dich vorhin schon fragen: Wie geht es mit dem Boot voran?«

»Fast fertig«, antwortete er. »Eine Woche noch, dann kann ich es zum Verkauf anbieten.«

Er sah Sarah nicken und wartete kurz darauf, dass sie sich dazu irgendwie äußerte. Aber anscheinend wollte sie das Thema nicht vertiefen.

Sie ist nicht froh über diese Nachricht, vermutete er.

Jack stieg aus dem Wagen.

»Was sagt man dazu?« Er blickte zur Windschutzscheibe. »Kein Strafzettel.«

Er drehte sich zu Sarah um.

»Ich hatte Grace gebeten, die Parkuhr zu füttern«, teilte sie ihm mit.

»Tatsächlich?« Lachend stieg er in den kleinen Sportwagen. »Ich schulde dir was. Und Grace auch.«

»Kommst du später vorbei?«, fragte sie.

»Gib mir eine Stunde.«

»Es stehen Martinis und Käsemakkaroni auf der Speisekarte.«

»Klingt großartig«, sagte Jack. »Aber halte dich bei den Martinis zurück. Wir haben einen anstrengenden Abend vor uns.«

»Meinst du?«

»Glaub mir.«

Er ließ den Motor an und winkte Sarah zu. »Bis später!«

Dann bog er auf die High Street ein. Er fuhr in Richtung Cherringham Bridge und Fluss, wobei ihm durch den Kopf ging, wie nahe dran sie waren, das Drogenproblem zu lösen.

Allerdings dachte er auch: *Wir sind immer noch von einem Durchbruch entfernt bei der Aufklärung des Mordes an Josh Owen.*

37. Ein Anruf aus heiterem Himmel

Sarah holte die Käsemakkaroni aus dem Ofen und stellte sie zwischen ihren beiden Kindern auf den Tisch. Der Käse obendrauf warf noch Blasen.

»Fantastisch!«, rief Daniel. »Das beste Essen der Welt!«

»Bedient euch selbst. Und vergesst den Salat nicht. Das ist übrigens ein Befehl, Daniel.«

»Ach, Mum!«, jammerte Daniel, der ein entsetztes Gesicht zog – was natürlich nur vorgetäuscht war. »Salat macht alles kaputt.«

»Wenn du achtzehn bist, darfst du so was entscheiden«, entgegnete sie grinsend. »Bis dahin bestimme ich.«

»Ja, wenn ich achtzehn bin, trinke ich Bier dazu.«

»Oh, das glaube ich sogar«, sagte Chloe, nahm den Teller von Daniel und füllte ihn auf.

»Du hast gut reden«, murrte ihr Bruder. »Ich weiß, was du so treibst.«

»Nein, das weißt du nicht, *Idiot*«, erwiderte Chloe.

Sarah setzte sich auf ihren Platz an der Kopfseite des Tisches, füllte sich den Teller und nahm einen Happen.

Herrlich! Endlich wieder Normalität, dachte sie.

Sogar mit Gezanke ist es ... wunderbar.

Prompt kam ihr der Gedanke befremdlich vor, dass sie vor zwei Stunden noch über ein Feld gekrochen war und sich vor einer Gang von Drogendealern versteckt hatte.

»Haben wir Ketchup, Mum?«

»Im Kühlschrank, Schatz.«

Daniel stand auf, holte den Ketchup aus dem Kühlschrank und spritzte sich sein übliches Schleifenmuster über die Makkaroni.

Das macht er schon seit seinem fünften Lebensjahr, dachte Sarah.

»Eklig«, befand Chloe.

»Gekonnt«, entgegnete Daniel, setzte sich wieder und machte sich über sein Essen her.

Während Sarah aß, lauschte sie den kurzen, witzigen Bemerkungen, die ihre Kinder sich gegenseitig an den Kopf warfen.

Ganz wie in alten Zeiten.

Wie schön es wäre, wenn sie heute Abend mit den beiden einfach auf dem Sofa kuscheln und zusammen mit ihnen einen Film ansehen könnte.

Aber das würde nicht passieren. Sie blickte auf ihre Uhr.

»Leute, nur damit ihr es wisst: Jack kommt noch vorbei. Also lasst ihm ein bisschen Essen übrig, ja?«

»Wollt ihr arbeiten?«, fragte Chloe.

»Jap.«

»Du arbeitest *dauernd*, Mum.«

»Weiß ich, Schatz. Aber das ist bald vorbei ... Und wir sollten vielleicht mal Urlaubspläne machen, was?«

»Genial«, sagte Daniel.

Sarah stand auf und brachte ihren Teller zur Spüle. Dort drehte sie sich um.

»Übrigens, wie wäre es, wenn ihr zwei heute Abend schon mal ein bisschen recherchiert. Dann könnten wir am Wochenende buchen. Abgemacht?«

»Abgemacht«, antwortete Chloe. Endlich lächelte sie.

Und Daniel, der den Mund voll hatte, reckte beide Daumen in die Höhe.

Lachend ging Sarah in ihr Arbeitszimmer.

Mit einem Teller in der Hand stand Jack neben Sarah vor dem Whiteboard und aß Käsemakkaroni.

»Die sind besser als die von meiner Mutter«, sagte er. Sarah lächelte, blickte aber weiter auf das Whiteboard.

Er hatte gleich gesehen, dass es voller war als beim letzten Mal – mehr Fotos, mehr kleine Karten, mehr Verbindungslinien.

»Darf ich vorstellen – Mr Marc Ross«, verkündete Sarah und zeigte auf das Porträtfoto, das nun in der Mitte des Whiteboards prangte.

»Alias ... der Kerl von der Mafia. Hmm.« Jack trat einen Schritt näher und sah sich das Foto an.

Von Ross führten Verbindungslinien zu den anderen auf dem Whiteboard.

»Genau der. Direktor von Midas Leisure. Billardhallenbesitzer und Manager diverser Nachtclubs in den Midlands. Keine Vorstrafen, soweit ich es herausfinden konnte. Allerdings hat in den letzten Jahren mehrfach die Steuerbehörde gegen ihn ermittelt. Ohne Erfolg. Eine Menge Fälle wurden einfach fallen gelassen aus Mangel an Beweisen. Er sitzt im Vorstand von zig Firmen – irgendwo habe ich eine Liste abgelegt ...«

»Lass mich raten«, sagte Jack. »Alles Firmen, bei denen eine Menge Bargeld durch die Bücher wandert.«

»Volltreffer. Er wohnt in einem Herrenhaus ungefähr zehn Meilen außerhalb von Cherringham. Ich habe es mir im Internet angesehen – sehr schick, mit Swimmingpool, Pferdekoppel und See.«

»Also sauber, mit guten Verbindungen – und gerissen.«

»Genau«, bekräftigte Sarah. »Ach, und er vermietet auch die Farm, auf der wir heute waren, allerdings über eine kleine Firma. Von der gibt es natürlich keine direkte Verbindung zu ihm.«

»Kluges Kerlchen. Er weiß, wie man ein Geschäft durchzieht, ohne sich die Hände schmutzig zu machen.«

»Was bedeutet, dass er schwer zu schnappen sein dürfte – habe ich recht?«

»Ja, das ist wohl wahr«, bestätigte Jack. »Doch es ist nicht unmöglich.«

»Aha. Möchtest du mir mehr erzählen?«

»Hmm, noch spiele ich mit ein paar Ideen.«

»Hi, Jack!«, erklang Chloes Stimme hinter ihm.

Jack drehte sich um und sah Chloe an der Tür stehen. Sie hielt einige Blätter Papier in der Hand.

»Hey, Chloe.«

Sie lächelte, und er dachte: *Hat sie mir vergeben, dass ich weg war?*

Oder dass ich nicht Bescheid gesagt habe, bevor ich wiedergekommen bin?

»Mum, wir haben einige richtig tolle Sachen für den Urlaub gefunden«, sagte Chloe. »Willst du dir mal die Ausdrucke ansehen?«

»Das ist super, Schatz«, antwortete Sarah. »Leg sie auf den Schreibtisch; ich sehe sie mir später an.«

Chloe kam herein und ließ ihren kleinen Stapel auf Sarahs Schreibtisch fallen.

Dann drehte sie sich um und sah zum Whiteboard.

Und hielt inne ...

»Wow!«, entfuhr es ihr. »*CSI Miami.*«

»*CSI Cherringham*«, verbesserte Jack sie.

»Wer ist das böse Superhirn?«

»Das versuchen wir gerade herauszubekommen«, antwortete Sarah.

»Unheimlicher Typ«, sagte Chloe.

Sie ging näher an das Whiteboard heran und drehte sich plötzlich entsetzt zu ihnen um.

»Hey, warum habt ihr Ted da?«, fragte sie; ihre Stimme klang auf einmal sehr besorgt.

265

»Kennst du ihn etwa?«, wollte Sarah wissen.

»Ja, klar! Das ist Kates Freund!«

Jack bemerkte, dass Sarah ihn ansah. War Chloe in all dies hier verstrickt? Ihm entging nicht, wie sehr Sarah sich zusammennehmen musste, um ruhig zu bleiben.

»Dann bist du auch häufiger mit ihm zusammen?«

»Eigentlich nicht. Manchmal, wenn ich bei Kate bin ... kommt er vorbei«, antwortete Chloe, die nun einen trotzigen Ausdruck annahm. »Er ist nett. Er steckt doch nicht in Schwierigkeiten, oder?«

Jack schaute zu Sarah, die nun am Haken zappelte. Sie blickte Jack ebenfalls an.

Er zuckte mit den Schultern, und da sie keinen Hinweis von ihm bekam, wie sie reagieren sollte, antwortete sie: »Könnte sein.«

Sarahs Tochter überlegte.

»Wisst ihr was?«, sagte Jack. »Wie wäre es, wenn ich mir einen Kaffee hole, solange ihr zwei euch unterhaltet?«

»Danke, Jack«, antwortete Sarah und wandte sich zu Chloe um, während er das Arbeitszimmer verließ. »Ich denke, wir müssen reden, Schatz.«

Jack sah Chloe nicken und verschwand in der Küche, damit die beiden ungestört waren.

Jack stand auf der Terrasse in Sarahs Garten und trank Kaffee. Er wusste, dass Sarah rauskommen und ihn holen würde, wenn sie und Chloe fertig waren.

Nun blieb ihm nichts anderes zu tun, als diesen schönen Abend am Fluss zu genießen und zu überlegen, wie sie Marc Ross zur Strecke bringen konnten.

Da klingelte sein Telefon. Er nahm es hervor; die Nummer auf dem Display kannte er allerdings nicht.

»Ja? Jack Brennan.«

»Ah, Mr Brennan! Hilary Tradescant hier.«

Die joviale, im Tonfall der Oberklasse sprechende Stimme klang so, als käme sie geradewegs aus *Downton Abbey* – mit einem Extraschuss Tweed.

»Miss Tradescant ...«

»Um Gottes willen, Mann, sagen Sie Hilary! Ich kann diesen ›Miss-Unsinn‹ nicht leiden ...«

»Hilary, danke, dass Sie mich anrufen. Ich nehme an, die Direktorin hat Sie kontaktiert.«

»Ja, aber ich hing in dieser vermaledeiten Konferenz fest. Nicht zwei Tage lang natürlich, aber es fühlt sich durchaus so an. Nein. Davor bin ich gerade erst aus Norfolk zurückgekehrt. Seltene Vogelart – oben an der Küste – großer Schwarm – wunderbar – das durfte ich einfach nicht verpassen. Ich schätze, Sie haben versucht, mich zu erreichen, ja?«

Jack setzte sich auf einen von Sarahs großen, gemütlichen Gartenstühlen. Das Timing dieses Anrufs könnte nicht besser sein.

»Ja, ehrlich gesagt schon«, antwortete er. »Louise ist der Ansicht, dass Sie sich eventuell erinnern, welche Zweierteams bei der kürzlich durchgeführten Inspektion der Spinde mitgemacht haben.«

»Ja.«

»Also, äh, ich hatte mich gefragt, ob Sie sich daran erinnern.«

»Ja, das sagte ich doch gerade.«

»Ah, sehr gut! Und liege ich richtig, dass ausschließlich Zweierteams gebildet wurden und keiner allein Spinde durchsuchte?«

»Ja«, antwortete Hilary. »So vermeidet man Zankerei, Beschuldigungen und so weiter. Das ist das übliche Vorgehen bei solch sensiblen Aktionen, müssen Sie wissen.«

»Natürlich. Können Sie mir verraten, ob Tim Wilkins und Josh Owen ein Team bildeten?«

»Ja, so ist es gewesen.«

»Ah, okay.«

Jack fragte sich, ob das hier irgendwie weiterführen könnte.

Dann kam von Hilary plötzlich: »Ähm ...«, und sie verstummte gleich wieder.

Jack wartete.

»Nun, um ehrlich zu sein ...«, fuhr sie schließlich fort, »es hat sich herausgestellt, dass sie letztlich doch nicht gemeinsam Spinde durchsucht haben.«

»Wie bitte?«

Jack beugte sich vor und lauschte aufmerksam.

»Josh hat das meiste von der Durchsuchung verpasst, weil er draußen auf dem Sportplatz war, wo er seine Mittagspause auf einer Picknickdecke verbrachte – mit Maddie Brookes zusammen. Ein flatterhaftes Ding – ja, das ist sie.«

Na, das ist doch mal interessant, dachte Jack.

»Haben Sie ihn da draußen gesehen?«

»Himmelherrgott, nein! Aber einer meiner Spione ...«

Spione? Das hier wird zusehends wie ein Sherlock-Holmes-Roman.

»Und wann haben Sie das erfahren, Hilary?«

»Ein paar Tage später, glaube ich.«

Jack suchte nach den richtigen Worten.

»Und Sie haben keinem davon erzählt?«

Erneut zögerte sie. Hilary, die Superspionin, war offenbar auf der Hut.

»Ist das denn wichtig, Mr Brennan?«

»Sehr.«

»Na gut. Wie wir alle wissen, starb Josh wenig später. Und im Hinblick auf Diskretion, Anstand und so weiter hielt ich es nicht für angebracht, die Angelegenheit ausgerechnet da anzusprechen. Schließlich ging es nur um – nun ja – eine gewisse gegenseitige Anziehung zwischen Josh und Maddie.«

»Gegenseitige Anziehung?«

»Ich wage mich hier jetzt recht weit vor, Mr Brennan. Gegenseitige Anziehung – oder möglicherweise eine Romanze. Wie immer Sie das nennen wollen, da war jedenfalls etwas . . .«

Was Jack sofort glaubte.

»Denken Sie, dass Tim Wilkins davon wusste?«

»Ob er es wusste? Ich bin sicher, dass er deswegen förmlich kochte! In jeder Pause, ganz besonders in der langen zur Mittagszeit, beobachtete er Maddie auf Schritt und Tritt. Und Josh behielt er ebenfalls im Auge. Stille Wasser, Sie wissen schon.«

»Ich dachte, Tim und Josh wären befreundet gewesen.«

»Ach, Mr Brennan, nichts dürfte der Wahrheit ferner liegen als das!«

Jack stand auf. Seine Gedanken überschlugen sich. Dieses Gespräch stellte alles auf den Kopf.

»Hilary, Sie sagten, dass Sie noch bei der Konferenz sind, richtig?«

»Ja, ich bin nur raus, um eine zu rauchen.«

Eine Raucherin auch noch? Jack musste grinsen . . . *Ganz alte Schule, fürwahr.*

»Können Sie mir einen Gefallen tun?«

»Sofern es in meiner Macht liegt.«

»Ist Maddie Brookes in der Konferenz?«

»Ja.«

»Gut, könnten Sie – vertraulich – Louise bitten, dafür zu sorgen, dass Maddie noch bleibt, wenn die Konferenz vorbei ist? Ich komme zur Schule, denn ich muss mit ihr reden.«

»Wird gemacht«, versicherte Hilary. »Meine Herren . . . Auch wenn ich nicht weiß, worum es hier geht, ist es mächtig aufregend, was?«

Jack lachte. »Fürwahr! Und alles strikteste Geheimhaltungsstufe. Sagen Sie das nicht so?«

»Haargenau«, antwortete Hilary.

»Wiederhören, Hilary – und vielen Dank!«

Jack beendete den Anruf und steckte sein Telefon in die Tasche.

Dann ging er zurück ins Haus.

Was Sarah auch von Chloe erfahren haben mochte, diese Neuigkeit verlangte nach schnellem Handeln.

38. Zurück zur Schule

Sarah sah hinüber zu Jack, dessen Hände das Lenkrad des Sprite umklammerten, als er schneller denn je die Cherringham Bridge Road hinauffuhr.

»Damit ich das richtig verstehe ...«

Er nickte.

»Josh hätte mit Tim zusammen die Schränke durchsuchen sollen, hat es aber nicht getan?«

»Nein, er war draußen.«

Sie überlegte, was das bedeuten könnte ... *Tim ist allein dort gewesen.*

Der einzige Lehrer, der allein Spinde durchsucht hat ...

»Wow«, sagte sie. »Unsere Vogelfreundin hat uns da etwas richtig Spannendes geliefert.«

Als Jack auf die Hauptstraße bog, die zur Schule führte, sah er kurz zu Sarah.

»Ich denke, das war es, was wir übersehen hatten.«

»Und was ist der Grund, weshalb wir mit Maddie reden müssen?«

»Um einen weiteren bedeutsamen Eintrag für dein Whiteboard zu bekommen. Und wer weiß – vielleicht ergeben sich noch mehr Überraschungen. Danach müssen wir einen Plan schmieden.« Wieder drehte er sich zu ihr um. »Wie lief es mit Chloe?«

»Gut. Ich meine, danke, dass du uns ein paar Minuten gegeben hast. Wir versuchen wohl beide, herauszufinden, wie wir – ich weiß nicht – miteinander umgehen sollen.«

»Ich glaube, das nennt man ›Autonomie‹.«

Sie lächelte. »Du hast recht. Loslassen und das Beste hoffen.«

»In der Art.«

Sie sah zu ihm. »Aber sie hat etwas über Ted erzählt, das vielleicht wichtig ist.«

»Ach ja?«

»Sie sagte, dass Ted wirklich ein netter Junge ist. Ihm geht es um seine Musik, seine Auftritte als DJ ...«

»Okay.«

»Und was sein Bruder Rikky da an krummen Geschäften nebenbei laufen hat ... Er steckt da *nicht* drin.«

Jack wurde langsamer, als sie sich der nächsten Kurve näherten.

»Gut für Chloe.«

»Sie hat auch gesagt, dass Ted und sein Bruder für morgen Abend einen Rave organisieren.«

»Da kamen doch einige Geheimnisse zutage, was?«

»Ein paar.«

»Aber nichts Schlimmeres als das, was du selbst in dem Alter gemacht hast, würde ich wetten.«

Sarah grinste. »Kann sein.«

»Ich nehme mal an, dass sie dir nicht erzählt hat, wo der Rave sein soll.«

»Im Steinbruch morgen Abend. Aber sie bauen heute Abend schon auf.«

»Hmm.«

»Hilfreich?«

»Kann sein. Also ...«

Bis zur Schule waren es nur noch wenige Minuten, und Louise hielt hoffentlich Maddie nach der Konferenz fest.

»Meinst du, dass du bei Maddie die Gesprächsführung übernehmen solltest?«, fragte er. »Das könnte heikel werden.«

»Dachte ich auch schon. Vielleicht ist es ihr peinlich. Und sollte ich irgendwas übersehen . . . «

Ein breites Lächeln von Jack. »Das bezweifle ich, aber notfalls springe ich ein.«

Dann schwiegen sie, während Jack in die Einfahrt der Schule einbog.

Maddie stand Jack und Sarah in Louises Büro gegenüber.

Louise hatte angeboten, dass sie allein mit ihr sprachen. Doch Sarahs Gefühl sagte ihr, dass es, was auch immer hierbei herauskommen würde, das Beste wäre, die Direktorin dazuhaben.

Und dem Ausdruck in Maddies Augen nach zu schließen – war es Angst oder Sorge? –, wusste Sarah, dass etwas nicht stimmte.

»Maddie, können Sie uns von jenem Tag erzählen? Was passierte wirklich während der Durchsuchung der Spinde?«

Maddie sah von Sarah zu Louise und Jack und wieder zurück zu Sarah.

Und in ihrem Blick spiegelte sich, was sie dachte: *Die wissen Bescheid.*

»Tim und Josh sollten nach dem Mittagessen zusammen die Spinde durchsuchen. Aber Josh traf mich im Lehrerzimmer an und sagte: ›Komm, lass uns erst mal draußen auf dem Rasen zu Mittag essen . . . ‹ Es war so ein schöner Tag, wissen Sie? So heiß. Und dann haben wir irgendwie nicht auf die Zeit geachtet . . . «

Sarah sah kurz zu Jack, konzentrierte sich aber gleich wieder auf Maddie.

»Also hat Tim allein die Spinde durchsucht?«

Die Frage war sehr direkt, und Sarah hoffte, dass sie Maddie nicht allzu sehr verschreckte.

Doch die junge Lehrerin nickte.

Allmählich sickert die Wahrheit durch.

»Hinterher kam Tim zu uns nach draußen. Er sagte, es wäre kein Problem, und er würde Josh schon nicht in Schwierigkeiten bringen, weil der nicht aufgekreuzt war. Das hat er ganz scherzhaft formuliert, wissen Sie? Wir haben noch darüber gelacht.«

Nun sah Maddie weg. Ihr Geheimnis war gelüftet.

Dann beobachtete Sarah, wie Louise etwas Unerwartetes tat.

Sie ging zu der jungen Lehrerin und legte ihr eine Hand auf die Schulter.

»Maddie, Sie sollen wissen, dass alles, was in diesem Raum gesagt wird ...« – hier blickte sie auch Sarah und Jack an –, »ihn nie verlassen wird.«

Es schien Maddie zu beruhigen, und sie sah die anderen wieder an.

»Wir – Josh und ich – haben uns sehr gut verstanden. Dauernd haben wir herumgealbert, immer mal miteinander geredet. Ich mochte das.« Sie holte tief Luft. »Und Josh auch.«

»Klingt im Grunde harmlos«, meinte Sarah. »Aber Sie sind mit Tim verlobt, nicht?«

Ein weiteres Nicken.

»Es ist ja nicht so, als hätten wir irgendwas *gemacht*. Nicht richtig. Trotzdem ...«

Sie zögerte, und Sarah wartete schweigend, dass sie fortfuhr.

»Ich fing an zu denken, dass ich es Tim vielleicht sagen müsste. Sie wissen schon ... Ihm erzählen, dass ich mir nicht mehr so sicher wäre, was uns beide angeht. Aber ich wusste, dass er dann am Boden zerstört wäre.«

Sarah sah, wie Jack zu ihr herüberblickte. Maddies Wahrheit kam ans Licht.

»Er wäre völlig fertig gewesen«, sagte Maddie, als würde sie laut nachdenken. »Er kann so eifersüchtig sein.«

274

»Eifersüchtig? Wie äußert sich das?«

Maddie zuckte mit den Schultern. »Er kontrolliert mich immerzu, kommt nach dem Unterricht in meinen Klassenraum, kreuzt im Lehrerzimmer auf, nachdem ich eine Freistunde hatte.«

»Glauben Sie«, begann Sarah langsam, »dass Tim einen Verdacht hatte? Was Ihre Gefühle für Josh betraf?«

Zunächst schüttelte Maddie den Kopf.

Dann jedoch . . .

»Ich . . . ähm, weiß es nicht. Kann sein . . . Wahrscheinlich. Ich nahm mir ja fest vor, mit Tim zu reden; deshalb war ich weniger vorsichtig und scherzte offen mit Josh herum, versteckte meine Gefühle für ihn nicht mehr.«

»Aber Sie haben es nie jemandem erzählt?«, fragte Sarah.

Maddie schüttelte den Kopf. »Nach Joshs Tod war es, nun ja, sowieso sinnlos, nicht? Ich meine, Josh war . . . Josh war . . .«

Hier brach sie in Tränen aus. Louise nahm die junge Frau in die Arme und hielt sie fest, während sie schluchzte.

Eine sehr lange Minute schwiegen alle.

Schließlich blickte Maddie mit immer noch feuchten Augen zu Sarah auf.

Ihre Stimme zitterte, als sie fragte: »Sie sagten, dass die Drogen in einem Spind gefunden wurden?«

Sarah bejahte mit einem Kopfnicken.

Sie sah es Maddie an, dass sie darüber nachdachte.

Und Maddie sprach die eine Silbe aus, die alles zusammenfasste, was sie bisher wussten . . .

»Tim.«

Louise gab der Lehrerin ein Papiertaschentuch.

»Wann haben Sie ihn zuletzt gesehen, Maddie?«, fragte Sarah.

Maddie tupfte sich die Augen ab und blinzelte.

»Vor ein paar Tagen«, antwortete sie. »Er hatte einen Autounfall, aber das wissen Sie sicher schon. Er hat gesagt, ich soll lieber nicht vorbeikommen, weil er gerade nicht so klasse drauf ist.«

»Haben Sie ihn in der letzten Zeit angerufen?«, wollte Jack wissen.

»Er geht nicht ran«, antwortete Maddie. »Ich bin bei ihm vorbeigefahren, aber im Haus war alles dunkel. Er war nicht da.«

Sarah sah Jack an. Tim könnte überall sein ...

Jack, der gelassen dagestanden hatte, während Sarah die schwierige Befragung durchführte, sagte nun in einem beruhigenden Tonfall: »Danke, dass Sie uns das erzählt haben, Maddie! Louise, Ihnen auch vielen Dank!«

Die Direktorin, die Schulter an Schulter mit Maddie stand, nickte.

Dann wandte Jack sich an Sarah.

»Jetzt haben *wir* eine Menge zu tun.«

Sarah nickte ebenfalls.

Tim in Gefahr, Drogen und offene Drohungen – Leben stehen auf dem Spiel.

Als sie sich verabschiedeten und hinausgingen, hatte Sarah das Gefühl, dass Jack einen Plan hatte.

Zumindest hoffte sie es.

39. Ein Deal wird perfekt

In Jacks Sprite dachte Sarah über Maddies Ausführungen nach.

»Das stellt alles auf den Kopf, oder?«

Jack nickte.

Alles andere als froh ...

»Ich denke ja, und ich weiß nicht genau, was wir damit anfangen«, antwortete er. »Wie es sich anhört, hat Tim die Drogen gefunden. Aber warum hat er es nicht gemeldet? Und wie zum Teufel sind sie in Joshs Haus gelandet?«

»Was ist, wenn Tim die Drogen als Chance sah, schnelles Geld zu machen?«

»Kann sein. Mir gegenüber hat er erwähnt, dass er knapp bei Kasse ist.«

»Was ist, wenn er sie genommen hat und mit den falschen Leuten einen Deal machen wollte? Und auf einmal ... ist ihm die ganze Geschichte über den Kopf gewachsen?«

»Kann sein. Das würde erklären, warum er zusammengeschlagen wurde.«

»Aber wie passt Josh da rein?«

»Weiß ich nicht«, erwiderte Jack. »Vielleicht haben wir uns ein völlig falsches Bild von Josh gemacht. Vielleicht hatte er von Anfang an mit Drogen zu tun – und zog Tim in diese Sache mit rein.«

»Hmm. Tim als Joshs Handlanger? Kannst du dir das vorstellen?«

Jack lachte. »Nein. Ich versuche wohl eher, mich für alles offenzuhalten.«

»Was ist mit Tim? Er ist immer noch irgendwo da draußen. Sollten wir jetzt nicht doch Alan einschalten?«

»Ich denke, du hast recht. Was er auch vorhaben mag, Tim ist ein toter Mann, wenn er nicht bald gefunden wird.«

»Soll ich das übernehmen? Ich kann Alan helfen, ihn zu suchen. Und etwas sagt mir, dass du einen Plan hast, stimmt's?«

Sie sah, dass Jack grinste.

Bei wirklich jedem Fall gab es einen Punkt, wo er fast wie ein Kind wurde.

»Ach, du kennst mich einfach zu gut! Ich habe tatsächlich einen Plan. Aber zuerst muss ich zurück zur *Goose*. Und danach, glaube ich, können du, Alan und ich die Sache mit Mr Ross, seinen drei Amigos und dem Drogenproblem endgültig klären.«

Jack wollte Sarah nach Hause bringen. Plötzlich fiel ihr jedoch auf, dass er den falschen Weg fuhr.

»Jack, ich bin umgezogen. Schon vergessen?«

»Ah, stimmt. Ich war abgelenkt, entschuldige, und der Weg zu deinem alten Haus ist schon so fest eingespeichert.«

Er wurde langsamer, fuhr an den Straßenrand und wendete.

»Okay, ich werde Alan auf den neuesten Stand bringen, sobald ich zu Hause bin. Was hältst du davon, wenn du mir vorher deinen Plan verrätst?«

Jack lachte. »Der wird dir gefallen! Auch wenn du leider nicht die ganze Zeit dabei sein kannst.«

»Was? Wo bin ich denn?«

»Deine Rolle, meine Liebe, wird die sein, den Deal perfekt zu machen.«

»Rolle? Das klingt *dramatisch* ...«

Jack lachte. »Es klingt nicht nur so.«

Und während er zu ihrem neuen Haus fuhr, hörte sie sich etwas an, das zunächst absurd zu sein schien. Aber dann dachte sie ...

Es könnte funktionieren.

Der Steinbruch.

Da die untergehende Sonne von den Felswänden verdeckt wurde, war es unten bereits dunkel.

Allerdings nicht so dunkel, dass Jack, der versteckt hinter dichtem Gebüsch und einem einsamen Baum hockte, die Männer bei dem weißen Transporter nicht mehr sehen könnte. Und hören konnte er sie allemal.

Rikky stand mit verschränkten Armen da – und tat eher nichts.

Ted lud große Lautsprecherboxen und Verstärker aus dem Wagen. Seine Armmuskeln spannten sich unter dem Gewicht, und obwohl es zum Abend spürbar abkühlte, hatte Ted Schweißperlen auf der Stirn.

Und Callum tat sein Bestes, andere Ausrüstungsgegenstände aus dem Transporter zu hieven.

Die drei bereiten alles für die bevorstehende Spontanparty vor, dachte Jack.

Noch eine Gelegenheit, Drogen zu verkaufen.

Wozu es – wenn es nach Jack ging – nicht kommen würde.

Fürs Erste aber hörte er einfach zu. Seine Hand ruhte auf der Tüte, die er von seinem Boot mitgebracht hatte.

Es ist immer gut, erst mal ein Gefühl dafür zu bekommen, was alle denken, bevor man mit dem Spiel beginnt.

Und so blieb er noch ein bisschen geduckt im Versteck, was ihm sein rechtes Knie mit stechendem Schmerz dankte.

Die hohen Felswände im Steinbruch sorgten dafür, dass die Stimmen wie in einer Tonhalle gut und deutlich zu hören waren, und die drei Männer ahnten nicht, dass sie belauscht wurden.

»Okay, okay, okay«, sagte Rikky. »Ihr beide holt den Mist aus dem Transporter, und dann fahren wir *alle* den *Arsch* von Lehrer besuchen.«

Die anderen beiden sagten nichts.

Und weil sie nichts sagten ...

»Habt ihr verstanden?«

Jetzt trat Rikky zuerst auf Callum zu, der einige Mühe hatte, die Kiste abzustellen, die er gerade trug, ohne dass sie auf den Boden knallte.

Rikky beugte sein Mondgesicht ganz dicht vor Callums.

»Hast du verstanden, Brady?«

Callum nickte.

Und Jack fragte sich, ob Rikky Gewalt anwenden würde, um seinen Worten Nachdruck zu verleihen.

Ein widerlicher Typ, dachte Jack.

Und er hatte solche Typen schon erlebt.

Sehr oft schon.

Typen, die zu jeder Form von Gewalt fähig waren und die nach ihrem eigenen primitiven Kodex lebten. Für sie waren ein Schlag gegen den Kopf, eine Faust in den Bauch – oder schlicht eine Kugel aus nächster Nähe – die beste Form der Kommunikation.

Jack konnte diese besondere Spezies nicht ausstehen.

Und je länger er Rikky in Aktion sah, desto weniger konnte er *ihn* ausstehen.

Dann drehte Rikky sich zu Ted um. Hier war es vielleicht etwas anders. Immerhin war Ted mehr als einen Kopf größer. Und er wirkte stark und durchtrainiert. Ein Kampf zwischen den beiden ... wäre interessant für einen Beobachter. Und prompt änderte Rikky seinen Ton.

»Und du, Mr ›DJ‹, Mr ›Alle Mädchen lieben mich‹ – wenn du mit dem weitermachen willst, was du machst, bist du heute Abend dabei, klar?«

Der jüngere Bruder stand neben seiner aufgestapelten Ausrüstung. Selbst in der Düsternis, die an dieser Stelle herrschte, war zu erkennen, dass Ted wegsah.

»Rikky, ich habe dir gesagt, dass ich damit nichts zu tun haben will. Das ist nicht . . .«

Nun war es an Rikky, zur Seite zu sehen, als wollte er den Boden nach einem handlichen Stein absuchen, den er seinem Bruder an den Kopf schmettern konnte.

Was, wie Jack vermutete, durchaus möglich war.

»Ja, ja. Aber – Überraschung! – du hängst schon mit drin.«

Jack dachte an Ross. Wahrscheinlich hatte er eine kleine Armee von Typen wie dem. Und garantiert erstreckte sich sein Wirkungsbereich weit über Cherringham und die Cotswolds hinaus.

Diese Sache hier unter Dach und Fach zu bringen bedeutete sehr viel mehr, als nur eine einzelne Drogenlieferung zu vereiteln.

Ted schien unsicher, was er sagen sollte.

Rikky spuckte auf den Boden.

»Los, macht das hier fertig. Und zwar schnell!«

Jetzt richtete Jack sich auf. Sein Knie protestierte vehement.

Ein besserer Zeitpunkt, diese Party in Schwung zu bringen, würde nicht kommen.

Ob es funktionieren wird?

Auf die eine oder andere Art muss es einfach klappen, dachte er.

Jack ließ die Tüte mit den Drogen am Baumstamm zurück und ging in den unteren, schüsselförmigen Bereich des Steinbruchs.

Da die drei so sehr damit beschäftigt waren, ihre umfangreiche Ausrüstung auszuladen, bemerkten sie Jack zunächst nicht.

Und Jack ließ sich Zeit.

Ihm kam ein Gedanke, den er bisher noch nie bei einer seiner Ermittlungen mit Sarah gehabt hatte.

Ich wünschte, ich hätte meine Waffe dabei.

Damals in New York wäre Jack ohne seine Smith & Wesson im

Halfter – eine freundliche Leihgabe der Polizei – nicht mal einen Kaffee oder die Zeitung holen gegangen.

Aber in diesem Land?

Das war eine andere Welt. Und in gewisser Weise vielleicht auch eine bessere als Jacks Heimat.

Schließlich blickte Callum auf. Er hielt einen Karton in den Armen, aus dem oben Kabel quollen – gleich Schlangen, die zu entkommen versuchten.

Und er sah Jack.

»R-Rikky. Ted!«, rief er. Vor Schreck wurde seine Stimme höher.

Jack blieb stehen.

Ted, der vor zwei großen Lautsprecherboxen stand, die er übereinandergestapelt hatte, drehte sich um.

Rikky wandte sich ebenfalls um – verblüffend schnell für einen so massigen Kerl.

Der Burger-Maestro war womöglich wendiger und fitter, als Jack ihm zugetraut hatte.

»Was zum Teu–«, begann Rikky.

Jack schnitt ihm mit einem schlichten »Guten Abend, die Herren!« das Wort ab.

Nun genoss er ihre volle Aufmerksamkeit ...

»Wir haben etwas Geschäftliches zu klären.«

Rikky, der für einen Moment sprachlos war, bewegte sich langsam zum vorderen Bereich des Transporters.

Könnte der Fürst der Fritten und örtliche Drogen-Rüpel eine Waffe im Handschuhfach versteckt haben?

Selbst in Anbetracht einer garantierten Strafe von fünf Jahren für unerlaubten Waffenbesitz war Rikky eventuell blöd genug für so etwas.

»Rikky – warum bleiben Sie nicht genau da stehen, wo Sie sind?«

Daraufhin erstarrte Rikky, und Jack glaubte, die Zahnrädchen in Rikkys Hirn arbeiten zu sehen. Mühsam versuchten sie sich zu entscheiden, ob sie weiterrotieren wollten oder nicht.

Das kann so oder so ausgehen.

»Ich dachte mir, ich schau mal hier vorbei und gebe euch drei eine Chance, euch zu retten.«

Rikky sah zu Ted, Ted zu Callum und Callum zu Rikky, bevor der ältere Bruder vom Transporter wegging und auf Jack zuschritt.

Sehr gut.

»*Uns* retten? Wovor denn wohl, du beknackter Yankee?«

Oh, wie gerne würde Jack sich diesen Rikky vornehmen!

Aber wenn man einen Plan hatte, blieb man am besten dabei.

Was Jack auch tat.

Er behielt einen beiläufigen Ton bei und erhob die Stimme nicht. Ein bisschen umgekehrte Psychologie, die verlässlich wirkte.

Je mehr auf dem Spiel stand, umso ruhiger sollte alles vonstattengehen, als könnte schon ein etwas zu lautes Flüstern ein gellendes Chaos auslösen.

Was in diesem Fall durchaus denkbar war.

»Wir wissen alles. Zum Beispiel, dass du, Callum, für Rikky Drogen vertickst.«

»Ich . . .«

Jack bremste den Jungen, indem er eine Hand hob.

»Und du, Rikky, schmeißt das Ganze – und wer weiß was noch – für Marc Ross. Ein gefährlicher Mann. Momentan sogar noch gefährlicher als sonst.«

»Was soll das heißen?«, fragte Rikky.

Doch Jack wandte sich nun an Ted, wobei er an das dachte, was Sarah ihm erzählt hatte.

Stimmte das, was Chloe sagte? Hatte Ted eigentlich nichts mit dem hier zu tun, sondern hing lediglich bei seinem Bruder und dem ganzen schmierigen Geschäft fest?

So oder so, steckte er jetzt mit drin.

»Und du, Ted. Gott, wie konntest du dich bloß in diesen Mist mit reinziehen lassen?«

»Ich bin in gar nichts ›mit reingezogen‹«, entgegnete Ted wenig überzeugend.

»Oh doch, das bist du. Ziemlich tief sogar.«

Dann sah Jack zu Callum, an dessen Blick er erkannte, dass er überlegte, aus diesem Steinbruch zu fliehen, der auf einmal zur Falle geworden war.

»Und du, Callum – lässt solch einen Batzen Drogen in deinem Spind zurück?«

»Ich hab nicht –«

»Darüber ist Mr Ross ganz sicher nicht froh. Die Drogen sind flötengegangen, das Geld ist flötengegangen. Und alles führt zu euch beiden zurück.«

Jack lächelte jetzt Rikky zu.

»Vielleicht könntet ihr einen Käufer für den Imbisswagen auftreiben. Natürlich bräuchte er einen neuen Namen, denn – na ja – euch zwei werden wir lange Zeit nicht mehr sehen.«

Nun wurde Ted lauter, denn ihm dämmerte, was geschehen würde.

»Ich habe nichts getan! Ich habe nicht –«

»Das kannst du vorm Richter versuchen, Ted. Irgendwie glaube ich dir. *Irgendwie.* Aber da ist noch ein Problem, von dem ich bezweifle, dass ihr drei es begriffen habt.«

Sie warteten. Jack kam sich vor, als wäre er ihr Richter und zugleich ihre Jury. Und der Steinbruch schien ein passender Ort, die drei in die Enge zu treiben.

»Die Drogen sind schon schlimm genug. Harte Drogen. In meinem Dorf.« Und jetzt erhob Jack die Stimme, während er jeden Einzelnen mit seinem Blick fixierte. »*Meinem* Dorf. Aber es kommt noch viel schlimmer.«

Rikky leckte sich die Lippen.

Hatte Mr Burger diesen letzten, sehr schwierigen Teil bereits kapiert, ohne dass man es ihm unter die Nase reiben musste?

»Jemand ist gestorben. Und ich denke, das wird man euch auch anhängen.«

Trieb man eine Ratte in die Enge – und das wusste jeder, der New Yorker Ungeziefer kannte –, verwandelte sie sich von einem huschenden kleinen Ding, das um die Ecke flitzte, so schnell es konnte …

In etwas anderes.

Die Ratte griff plötzlich alles und jeden an, von dem sie sich bedroht fühlte. Sie riss ihr spitzes Maul auf. Ihre Zähne blitzten, und was immer die Ratte bedrängt hatte, wünschte sich bald, es nicht getan zu haben.

Denn eine ängstliche Ratte gab nicht kampflos auf.

Und dasselbe traf auf Rikky zu.

Er stapfte mit großen Schritten auf Jack zu, streckte die verschränkten Arme nach unten und bewegte die Finger, als wollte er etwas – alles – in Stücke reißen.

»Ich habe *keinen* gekillt!«

Jack sah zu den anderen beiden. Sie hatten vermutlich nach wie

285

vor nicht begriffen, dass zusätzlich zu ihren vielen anderen Problemen auch eine Mordanklage drohen könnte.

Rikky machte noch einen Schritt.

Und Jack dachte: *Vielleicht wird mein Wunsch doch noch wahr.*

Rikky schien bereit, sich auf ihn zu stürzen.

»Augenblick. Ganz ruhig, Rikky. Wir haben eine lange Nacht vor uns, also verausgabe dich nicht, hmm?«

Jack wartete.

Als nichts geschah, fuhr er fort: »Na gut – ihr habt Josh Owen nicht die Drogen gegeben, die zu seinem Tod führten. Aber wir wissen, woher sie kamen.«

Wieder wartete er kurz ab.

»Ihr Jungs – ihr drei hellen Köpfe – erkennt das doch, oder? Sie führen geradewegs zu euch.«

Jack nickte und ließ sie seine Worte verdauen.

»Wir waren das nicht, verdammt!«, betonte Rikky erneut.

»Kann sein. Doch was wird das Gericht über denjenigen sagen, der diese Drogen geliefert hat – in eine Schule!«

Er wiederholte den letzten Satz, damit sie sich besser vorstellen konnten, wie das auf ein Gericht wirkte.

»Das sieht schlimmer als mies aus. Ich schätze, da werden sie die Höchststrafe fordern.« Er machte eine kurze Atempause. »Für euch alle drei.«

Callum drängte sich an Rikky vorbei.

»Wilkins ist derjenige, den Sie sich vornehmen sollten, nicht uns«, sagte Callum. »Es ist seine verdammte Schuld.«

»Ach ja?«, fragte Jack. »Seine Schuld, weil er euren Drogengeschäften in die Quere gekommen ist?«

»Der hatte es auf Owen abgesehen«, erklärte Callum. »An dem Abend sind die beiden sich richtig an die Gurgel gegangen.«

Nun merkte Jack auf und achtete sehr genau auf das, was Callum sagte.

»Warte mal. Wo war das? Im Pub?«

»Nein, danach. Draußen auf der Straße. Ich und Jake haben sie gesehen. Wie sie sich angeschrien und Flüche ausgestoßen haben.«

Jack dachte an das, was Maddie gesagt hatte:

Ich habe Tim bei sich zu Hause abgesetzt...

Das ergab keinen Sinn.

Es sei denn ... Tim ist an dem Abend noch mal weggegangen ...

Jack sah, wie Rikky rückwärts in Richtung Transporter ging. Jetzt war keine Zeit, über das nachzudenken, was mit Josh passiert war.

Jack hatte hier eine heikle Situation zu meistern.

Und da er Vergleichbares schon oft genug erlebt hatte, war ihm klar, dass diesen Jungs nur zwei Möglichkeiten durch den Kopf gingen ...

Schnellstens wegrennen.

Oder auf Jack losgehen.

Er sollte ihnen jetzt eine dritte Option geben.

»Egal, was Wilkins damit zu tun hatte ... Es gibt einen Weg, wie ihr das alles ein bisschen besser machen könnt. Für euch.«

»Und wie?«, fragte Ted sofort.

»Ihr seid immer noch alle schuldig – sogar du, Ted. Wenn auch wohl nicht so sehr wie dein Bruder. Und Callum? Tja, sagen wir mal, du kannst die Uni aus deinen Zukunftsplänen streichen. Aber was auch geschieht, ihr könnt es besser machen.«

Eine Pause.

»Versteht ihr, was ich meine?«

Rikky fuhr sich abermals mit der Zunge – die vermutlich trocken und ledrig war – über die Lippen.

»Raus damit«, forderte er Jack auf. Es klang fast wie ein Krächzen.

»Ihr braucht bloß einen Anruf zu machen. Jemandem etwas mitteilen. Dann verschwindet ihr und lasst den Transporter hier. Geht zu Fuß zurück zum Dorf – und wartet, bis ich mich bei euch melde. Denkt nicht mal dran abzuhauen. Ich verspreche euch – es gibt keinen Ausweg.«

Sie könnten jetzt auch einfach dichtmachen – das war Jack bewusst.

Schließlich dürfte Rikky wissen, dass Ross ihnen Anwälte besorgen konnte, und zwar wahrscheinlich verdammt gute. Aber wenn einen jemand auf frischer Tat ertappt hatte? Wenn es keine Verteidigung, keine Antwort gab? Dann versuchte man, wieder mal rattengleich, einen Weg vom sinkenden Schiff zu finden.

Also kannte Rikky die Antwort auf seine nächste Frage gewiss schon. Dennoch – um sicherzugehen, vielleicht um *wirklich* zu wissen, was passieren würde – sagte er: »Na gut. Aber wen sollen wir anrufen?«

Jack sah sie alle drei an.

»Na, Marc Ross natürlich.«

Wie aufs Stichwort flog ein Bussard über sie hinweg, dessen Schrei von den Felswänden des Steinbruchs widerhallte.

Und dann erzählte ihnen Jack genau, was sie zu dem Kahlkopf mit dem großen Wagen, dem großen Geschäft, dem großen Vermögen und – sehr bald – dem sehr großen Problem sagen sollten.

40. Warten auf den Boss

Sarah beobachtete Alan, während sie erzählte, was Jack und sie wussten – über die Drogen, Rikky, Ross . . .

Und schließlich über den immer noch vermissten Tim Wilkins und den Tod von Josh Owen.

Eine Minute lang sagte Alan nichts. Er saß auf seinem Bürostuhl und sah hinab auf seine Notizen, die er sich gemacht hatte.

An der Wand hinter ihm hing eine altmodische Polizei-Uhr, auf der die Sekunden dahintickten.

»Das klingt gefährlich, Sarah. Für dich und für Jack.«

Sarah nickte. Sie wusste, dass Alan immer wieder mit dem haderte, was sie machten. Jedes Mal, wenn er ihnen etwas durchgehen ließ, ging er ein Risiko ein.

Sie nahm sich vor, ihm demnächst mal zu sagen, wie sehr sie dies zu schätzen wusste.

»Stimmt. Aber ist es nicht auch gefährlich, dass hier diese Drogengeschäfte laufen? Dass ein Mord unaufgeklärt bleibt? Wenn heute Abend alles nach Plan verläuft, ist das vorbei.«

Alan grinste. »Wenn alles nach Plan verläuft . . .« Er atmete langsam ein und wieder aus. »Okay, da Jack schon im Steinbruch ist, kann die Suche nach Tim wohl warten. Ich sollte dorthin fahren. Es wäre vielleicht das Beste, wenn du . . .«

Sie wusste, worauf er hinauswollte.

Er will, dass ich in Sicherheit bin. Dass mir nichts passiert.

Doch das kam nicht infrage.

»Nein, ich muss da hin.«

Wieder grinste Alan. »Um die richtigen Knöpfe bei ihm zu drücken?«

Sie schüttelte den Kopf. »Um sicherzugehen, dass du den Richtigen erwischst.«

Alan lachte. »Das wird ein interessanter Abend.«

»Wird es ganz gewiss. Aber fürs Erste ...«

»Warten wir?«

Sarah nickte. »Auf Jack.«

Sie blickte zur Uhr und wartete, dass ihr Telefon klingelte.

Es muss klingeln, dachte sie. *Denn wenn nicht ...*

Aber diesen Gedanken schob sie weit von sich.

Es wird funktionieren. Das muss es ...

Jack sah auf seine Uhr.

Das war lange genug.

Reichlich viel Zeit.

Hinreichend Zeit für Ross, in seinen Wagen zu springen und herzufahren. Und dennoch – kein Ross weit und breit.

Jack blickte hinauf zum Himmel. Das Licht im Westen war fast verschwunden, erst recht auch hier unten zwischen den hohen Wänden des Steinbruchs. Er sah ein paar Schwalben, die am fast dunklen Himmel auf und ab flogen und Insekten fingen. Sonst konnte Jack kein Anzeichen von Leben entdecken.

Im Steinbruch war es totenstill. Der hellgelbe Stein schien sämtliche Geräusche zu schlucken. Die Luft fühlte sich schwülwarm an, als nahte ein Gewitter.

Hatte er sich verschätzt? Hing der Erfolg dieses ganzen Plans davon ab, dass Ross sich exakt so verhielt, wie Jack hoffte?

Das könnte eine Gefahr darstellen.

Ein Plan mochte gut und schön sein; doch Menschen verhielten sich nicht immer nach Plan.

Und Sarah und er könnten am Ende mit nichts als einer Tüte teurer Drogen und drei unzuverlässigen Kleinkriminellen dastehen, deren Aussagen gegen den richtig üblen Typen kaum Gewicht haben dürften.

Gar nicht gut.

Während er hier im Freien stand, dachte Jack über seine Entscheidung nach, sich an einer Stelle zu zeigen, die für jedermann gut sichtbar war.

Er könnte sich hinter dem Transporter verstecken und dann, wenn – falls – Ross kam, um seine Drogen ... sein Geld zu holen, hinter dem Wagen hervorkommen.

Eine echte Konfrontation.

Andererseits wäre Ross davon eventuell nicht beeindruckt.

Nein.

Es war eindeutig besser, ganz offen hier zu stehen und zu warten. Als hätte er nicht den geringsten Grund zur Sorge. Als hätte er die Situation unter Kontrolle.

Er hatte die Tüte mit den Drogen unter den Transporter geschoben, sodass sie nicht zu sehen war, aber leicht hervorgeholt werden konnte. Wenn denn alles so verlief, wie er es geplant hatte.

Er atmete tief durch.

Begegnungen dieser Art, bei denen er sich den letzten stichhaltigen Beweis sicherte, hatte er früher zur Genüge gehabt.

Nur damals – mit Verstärkung.

Mit jeder Menge Cops und anderen Detectives im Hintergrund.

Und er hatte seine Waffe griffbereit im Halfter gehabt.

Jetzt besaß er keine Waffe, und seine Verstärkung waren Sarah und der gutmütige Alan.

Vielleicht bin ich deshalb ein bisschen nervös, dachte Jack.

Er sagte sich, dass er ruhig bleiben musste.

Dann hörte er ein Motorenbrummen in der Ferne, das sich in Richtung Steinbruch bewegte.

Ross.

Das muss er sein.

Jack holte sein Telefon hervor, auf dem die Textnachricht an Sarah bereits eingetippt war, und drückte auf »Senden«, bevor er das Handy wieder einsteckte.

Er ballte und lockerte die Fäuste.

Jack war so bereit, wie er nur sein konnte.

Als Scheinwerfer auf der anderen Seite des Steinbruchs auftauchten und zu ihm schwenkten ...

Der elegante Mercedes mit den dunkel getönten Scheiben hielt dicht neben dem Transporter. Der Motor lief weiter.

Dann – passierte nichts.

Ross stieg nicht aus.

Jack stand im Scheinwerferlicht und nickte zum Wagen.

Als wollte er sagen: *Ist alles okay.*

Kein Grund zur Sorge.

Den gab es aber sehr wohl ... falls Ross den Wagen wendete und den Steinbruch verließ.

Als wäre er versehentlich falsch abgebogen.

Dann jedoch ging der Motor aus.

Und die Autotür sprang auf.

Jack beobachtete den kahlköpfigen Mann im Golfshirt mit dem Logo einer Luxusmarke auf der Brusttasche. Seine Arme sahen kräftig aus.

Ein richtig harter Typ, dachte Jack.

Ross knallte die Wagentür zu, stand anschließend einfach da und sah Jack an.

Er hatte die Hände in die Hüften gestemmt wie ein angefressener Napoleon.

»Okay – wollen Sie mir verraten . . .«, begann Ross und machte eine Pause, ehe er sehr viel lauter und verärgerter weitersprach, »wer zur Hölle Sie sind?«

Wie Jack vermutete, war ein Kerl wie Ross bereits darauf gekommen, dass die Polizei nicht eingeschaltet war – weil die ansonsten schon hier wäre.

Dass dies hier etwas anderes war.

Jack rührte sich nicht und lächelte weiter verhalten.

»Mr Ross, mein Name ist Danny.«

Er sprach mit einem Hauch »Brooklyn«-Straßenakzent.

Ich will es ja nicht übertreiben, dachte er.

Ross nickte. »Danny? Und wer zur Hölle sind Sie, *Danny?*«

Immer noch lächelte Jack. Er konnte nichts sehen, traute Ross jedoch zu, eine Waffe in der Gesäßtasche zu haben. Irgendeinen kleinen, kurzläufigen Revolver.

Klein, aber effektiv – sollte Jack das hier vermasseln.

Es war an der Zeit, herauszufinden, ob Marc Ross seine Drogen zurückhaben wollte.

41. Deal or No Deal

»Noch rund fünfzig Meter«, sagte Sarah. »Dann geht ein Weg links ab.«

Sarah sah, wie die Scheinwerfer von Alans Streifenwagen die Abbiegung anleuchteten, bei der es sich eher um eine Lücke in der Mauer entlang der Straße handelte.

Alan bog an den Straßenrand, drehte sich auf seinem Sitz herum und fuhr rückwärts in die Lücke.

»Jacks Wagen«, stellte Alan fest.

Sarah wandte sich ebenfalls nach hinten. Jacks Sprite wurde von den Rückfahrlichtern des Streifenwagens angestrahlt. Er parkte außer Sichtweite von der Straße aus, beinahe im Gebüsch.

Alan stellte die Lichter und den Motor aus, und dann saßen sie im Dunkeln.

Sarahs Augen passten sich der Finsternis an, und sie konnte bald den Weg und die Bäume auf dem Feld dahinter erkennen.

»Der Steinbruch ist ungefähr eine Viertelmeile den Weg runter«, teilte sie Alan mit.

»Jap«, sagte er.

Sarah lauschte dem Klicken des Motors, während er abkühlte. Sie öffnete ihr Seitenfenster.

»Erinnerst du dich, wie wir früher hergekommen sind?«, fragte Alan.

Sarah sah ihn an.

»Haben wir das wirklich getan?«

»Oh ja«, bekräftigte Alan. »In jenem Sommer – unserem letzten Schuljahr – mit der alten Gang.«

Sie nickte.

Das also war das Jahr, in dem Alan und ich ... fast ein Paar waren, dachte sie.

Komisch, wie einen das Gedächtnis manchmal täuschen kann.

Alan hatte zu jener Gang gehört, damals vor zwanzig Jahren ...

»Dann hast du genau gewusst, welchen Ort ich meinte«, sagte sie. Als Alan sie anschaute und nickte, fügte sie hinzu: »Ist lange her.«

Sie erwartete, dass Alan dieses Gesprächsthema fortführte, aber er sah wieder weg.

»Heute ist es eine gute Stelle, um Jugendliche zu erwischen, die betrunken Auto fahren. Man sollte meinen, dass sie es besser wüssten. Es macht keinen Spaß, sie einzukassieren, aber ...«

»Es ist gut, dass du es machst«, sagte Sarah.

Sie hoffte, dass Chloe, sollte sie jemals eine solch dämliche Entscheidung treffen, von Alan aufgehalten würde.

Sarah nahm ihr Telefon hervor. Keine Nachrichten.

Stille.

Und die herrschte bereits seit einer Weile.

Zu lange, wie sie fand.

Alans Funkgerät war ebenfalls still. Sarah konnte eine Eule in der Ferne schreien hören.

»Gibt es Neuigkeiten von der Verstärkung?«, fragte sie.

»Die kommen aus Oxford«, antwortete Alan. »Ich habe ihnen gesagt, dass sie die Straße oben sperren sollen. Und keine Sirenen.«

»Hoffen wir, dass wir sie nicht brauchen«, sagte Sarah.

»Wie ich höre, wollen Sie Ihre Drogen zurück. Eine Menge Einnahmen, die Sie verloren haben, hmm?«

Jack sah, wie Ross zum Transporter blickte.

»Wo sind meine Jungs?«

»Die sind weg. Sie haben gesagt, dass sie was vergessen haben.«

»Nutzlose Penner.«

Dann sah er wieder zu Jack.

»Die Drogen? Ja. Haben Sie sie, Danny? Denn wenn ja, lassen Sie sich gesagt sein ...«

Jack hob eine Hand und ging, wie geplant, näher auf den Mann mit dem kräftigen Oberkörper zu.

»Lassen Sie mich Ihnen etwas sagen, Mr Ross. Ich vertrete eine Gruppe von Leuten, die, nun ja, gern solche Dinge kontrollieren. Wir haben beobachtet, wie Sie hier und anderswo arbeiten. Sehr interessant. Aber ich fürchte, meinen Freunden gefällt das nicht.«

»Tja, Ihre Freunde können mich ...«

Jack ermahnte sich, vorsichtig zu sein.

Die mögliche Waffe könnte zum Vorschein kommen.

»Ich glaube nicht, dass Sie meinen Freunden *irgendwas* sagen möchten, Mr Ross. Glauben Sie mir. Sie müssen nämlich wissen, dass sie mit den großen Geschäften in den Staaten und hier – in all diesen reizenden, verfallenden Ländern in Europa – gewissermaßen daran gewöhnt sind, dass sie die Ansagen machen.« Jack verstummte.

Er nahm an, dass Ross im Kopf alles Mögliche durchdachte. *Wer ist dieser Typ? Für wen arbeitet er? Und was zur Hölle ist hier los?*

Ross leckte sich die Lippen.

Ah, ein Anflug von Sorge, wenn man nicht weiß, mit welcher Bestie man es zu tun hat.

»Aber ich habe gute Neuigkeiten für Sie, Mr Ross. Sie können Ihre Drogen haben. Ich habe sie hier. Alle. Und kann sie Ihnen geben.«

Ross nickte. Das hörte er zweifellos gern. Aber ... er wartete auch auf den Rest des Deals.

»Und alles, was meine Freunde im Gegenzug wollen, ist ... tja, ein kleiner Anteil an allem.«

»Ich gebe keine ...«

Jack schüttelte den Kopf. »Ich dachte, ich hätte es Ihnen erklärt. Meine Freunde? Solche Sachen hören die gar nicht gern. Ich rate Ihnen dringend ...« – Jack tippte an seinen Kopf – »nachzudenken, bevor Sie reden.«

Noch ein Lippenlecken des Kahlköpfigen.

»Ihr Geschäft läuft weiter wie bisher. Keine Sorge. Sie dürfen sogar die drei Laufburschen behalten, obwohl Sie sich überlegen sollten, talentiertere Mitarbeiter anzuheuern.«

Ross sah Jack an.

»Wie groß soll der Anteil sein?«

Jack trat noch einen Schritt vor und legte eine Hand auf Ross' Schulter.

»Na also. Ich weiß es noch nicht genau, aber vertrauen Sie mir, es wird eine Zahl sein, die Sie sich problemlos leisten können.«

Ross nickte. Zweifellos gefiel ihm weder die Hand auf seiner Schulter noch diese Szene, noch der Deal – und wahrscheinlich wollte er einfach nur schnellstens von hier weg.

»Okay«, sagte er. Seine Stimme klang jetzt heiser.

Jack drückte die Schulter des Mannes.

Vielleicht ein bisschen fester als nötig.

Und das tut richtig gut, dachte Jack.

»Also, ich gebe Ihnen jetzt Ihre Drogen. Sie dürfen wegfahren. Und wir lassen es Sie wissen, wann wir über das Arrangement reden möchten.«

Ross nickte, als Jack ihn losließ.

Jack ging hinüber zum Transporter, zog die Tüte hinter dem Rad hervor und brachte sie Ross.

Zehntausende Dollar, die Ross soeben wiederbekommen hatte.

»Bitte sehr, Mr Ross.«

Ross starrte die Tüte an, als könnte er sein Glück nicht fassen.

Dann warf er die Drogen hinten in seinen Mercedes, stieg ein, setzte zurück, wendete und fuhr langsam aus dem Steinbruch.

Sarahs Telefon gab einen leisen Glockenton von sich, und sie sah auf die Nachricht von Jack: *Auf der Rückbank. Er gehört ganz euch ...*

Gleichzeitig vernahm sie das Geräusch eines Wagens, der aus dem Steinbruch kam.

Sie zeigte Alan die Nachricht.

»Können wir?«, fragte Alan.

»Ja.«

»Dann spring lieber raus.«

»Meinst du?«

»Falls er beschließt, uns zu rammen, erwischt es deine Seite, Sarah. Also ich persönlich würde es empfehlen.«

Sarah grinste, öffnete die Beifahrertür des Streifenwagens und stieg aus. Sie hörte, wie der Motorenlärm lauter wurde und durch den Steinbruch hallte, konnte aber noch keine Lichter sehen.

»Ich hätte noch einen Vorschlag«, sagte Alan.

»Nur zu.«

»Ich weiß, dass du mit diesem Kerl reden willst.«

»Und ob ich das will!«

»Aber die Sache ist die, Sarah. Wenn ihr recht habt –«

»Da bin ich mir ganz sicher.«

»Ich weiß. Aber sieh mal: Wenn du dich jetzt raushältst, können wir das Ganze über die Bühne bringen, ohne dass du und Jack jemals vor Gericht aussagen oder irgendwelche öffentlichen Erklärungen abgeben müsst.«

»Bist du sicher? Hast du genug?«

»Mit dem Drogenfund? Ganz sicher.«

Sie sah einen Lichtschweif über die Bäume huschen. Ross' Wagen kam näher, und die Scheinwerfer blendeten.

Sarah dachte über Alans Vorschlag nach. Sie wusste eines: Das Letzte, was Jack wollte, war, in England festzusitzen und auf einen Prozess warten zu müssen, bei dem er aussagen sollte.

Und bei dem er unangenehme Fragen zu den Drogen beantworten sollte.

»Okay«, antwortete sie. »Du hast mich überzeugt. Ich bin nicht hier.«

Mit diesen Worten trat sie zurück in den Schatten neben Jacks Sprite, von wo aus sie alles beobachten und belauschen konnte, ohne gesehen zu werden.

Als der Mercedes nahe war und die Lichter nun den Weg und die Steinmauern anschienen, hörte sie, wie der Wagen beschleunigte. Gewiss war Ross froh, nach einem guten Tag und einem abgeschlossenen Deal nach Hause zu fahren. Zweifellos freute er sich darauf, ein bisschen zu entspannen.

Dann ließ Alan seinen Motor an, schaltete das Blaulicht ein – das hier besonders hell wirkte – und ließ seine Sirene einmal aufheulen, ehe er quer über den Weg fuhr und anhielt, um dem Mercedes die Weiterfahrt zu versperren.

Sarah sah, wie die große Limousine abrupt stehen blieb. Der Motor lief noch, und die Scheiben waren dunkel.

Selbst wenn Ross wollte, könnte er nicht an dem Hindernis vorbeifahren, weil der Weg zu schmal war.

Alan griff nach einer großen Taschenlampe, stieg aus dem Streifenwagen, umrundete ihn langsam und klopfte an das Fahrerfenster des Mercedes.

Mutiger Bursche, dachte Sarah.

Zwar hatte Alan Verstärkung, doch parkte die eine halbe

Meile weiter oben an der Straße und wartete auf seinen Funkruf.

Aus dem Gebüsch an der Wegseite beobachtete Sarah, wie das Fenster des Mercedes endlich nach unten glitt.

»Gibt es ein Problem, Officer?«, fragte Ross überaus charmant.

»Steigen Sie bitte aus dem Wagen, Sir«, forderte Alan ihn auf.

Sarah sah, wie Ross überlegte – und einsah, dass er keine andere Wahl hatte.

Die Autotür ging auf, und der kahlköpfige Mann stieg aus.

»Treten Sie zur Seite, bitte, wenn es Ihnen nichts ausmacht, Sir«, sagte Alan höflich.

Ross befolgte die Anweisung und trat von dem Wagen weg.

Alan öffnete die hintere Tür des Mercedes und leuchtete mit der Taschenlampe auf die Rückbank.

Dann – o Wunder! – streckte er den Arm hinein und zog eine große Plastiktüte aus dem Wagen.

Er leuchtete mit der Taschenlampe in die Tüte, bevor er sich zu Ross umwandte.

»Ist das hier Ihre Tüte, Sir?«

»Ich habe sie nie zuvor in meinem Leben gesehen«, antwortete Ross.

Alan nickte.

Dann sprach er leise in sein Funkgerät und blieb abwartend stehen. Regungslos fixierte er Ross.

Ross starrte ihn ebenfalls an.

Sekunden später sah Sarah mehr Blaulichter oben bei der Hauptstraße aufleuchten und hörte Sirenen, die sich rasch näherten.

Sie sah zu Ross – der zu den nahenden Polizeiwagen blickte. Er drehte sich um, schaute zur Lücke in der Mauer, und für einen Moment schien es, als würde er Sarah direkt ansehen.

Sie konnte sich vorstellen, was er gerade dachte: *Soll ich weg-rennen?*

Dann seufzte er und drehte sich wieder um. Offensichtlich hatte er sich entschieden, es nicht zu riskieren.

Und wahrscheinlich würde er nie erfahren, dass sie die ganze Zeit hier gestanden und ihn aus dem dunklen Versteck beobachtet hatte.

Er würde nie wissen, dass Jack und sie für seine Festnahme verantwortlich waren.

Sarah verfolgte, wie er sich an die Seite seines Wagens lehnte, kurz den Kopf schüttelte und etwas vor sich hin murmelte.

Nach einer Minute hielten zwei Polizeiwagen – große, schnelle Fahrzeuge, geeignet für Verfolgungsjagden – an der Straße, und Sarah sah aus jedem zwei Beamte steigen, die zu Alan und Ross gingen.

Die Polizisten scharten sich um die beiden. Es wurde geredet und gestikuliert, dann legte einer von ihnen Ross in Handschellen und brachte ihn zu einem der Polizeiwagen.

Als Ross auf die Rückbank geschoben wurde, sah Sarah ihn aufblicken. Irgendein Instinkt veranlasste ihn, erneut in ihre Richtung zu schauen.

Als wüsste er Bescheid.

Doch eine Hand drückte seinen Kopf nach unten, und dann war er in dem Wagen verschwunden.

Die Tür wurde geschlossen. Kurz darauf wendeten beide Wagen in der schmalen Zufahrt und brausten mit blinkenden Blaulichtern davon, die noch eine gute Meile weit zu sehen waren.

»Dann sollten wir wohl auch verschwinden«, erklang Jacks Stimme hinter Sarah.

Erschrocken drehte sie sich um und sah, dass er von dem Feld hinter dem Sprite kam. Er musste direkt aus dem Steinbruch hierher marschiert sein.

»Irgendwann kriege ich deinetwegen noch mal einen Herzinfarkt, Jack!«

»Dein Herz ist robuster als das von jedem anderen, den ich kenne«, erwiderte er.

»Alles okay?«, fragte Sarah.

»Ja, ich denke schon«, antwortete Jack. »Und ich glaube, dass ich endlich weiß, was an jenem Abend mit Josh Owen passierte ...«

Sie nickte.

Diese Geschichte war nicht leicht gewesen.

Ob sie wohl endlich eine dringend nötige Pause erhalten konnten?

Dann wandte Jack sich um, als Alan zu ihnen kam.

»Wie sieht es aus, Alan?«, fragte Jack unschuldig. »Hast du jemanden verhaftet?«

»Hi, Jack! Ja. Ein Tipp von einem Bürger, der sich sorgte, dass etwas Kriminelles in dem Steinbruch vor sich gehen könnte. Was sagt man dazu?«

»Wow! Klingt übel«, sagte Jack.

»Ein anonymer Tipp, nehme ich an?«, fragte Sarah.

»Ja, in der Tat.«

»Und stimmte er?«

»Scheint so«, antwortete Alan, der sichtlich Mühe hatte, ein ernstes Gesicht zu machen. »Wir haben einen Mann verhaftet, der nun wegen Besitzes einer großen Menge an Drogen der Klasse A angeklagt wird.«

»Hervorragend«, sagte Sarah.

»Ein Jammer, dass ich die ganze Action verpasst habe«, meinte Jack.

Dann quäkte Alans Funkgerät, und sie warteten, während er hineinsprach.

Als er sich wieder zu ihnen drehte, konnte Sarah sehen, dass sich seine Miene verfinstert hatte.

»Tim Wilkins.«

»Ist er aufgetaucht?«, fragte Sarah.

»Könnte man so sagen. Jemand unten an der Cherringham Bridge hat ihn gerade gesehen ... und er sagt, dass er springen will.«

42. Zurück zum Fluss

Jack hielt ein kleines Stück vor der Cherringham Bridge an, und Sarah und er stiegen aus dem Sprite.

Weiter vorn konnte Jack zwei Wagen auf der Brücke sehen. Die Scheinwerfer waren eingeschaltet, die Türen offen – als hätte man sie überstürzt verlassen.

Eine kleine Gruppe von Leuten stand zwischen den beiden Autos und blickte zum Brückengeländer.

Auf dem Geländer – angestrahlt von den Autolichtern – stand Tim Wilkins mit dem Rücken zu den Leuten auf der Brücke. Er schwankte leicht und starrte hinunter zum Fluss.

»Alan müsste in wenigen Minuten hier sein«, sagte Sarah.

»Ich glaube nicht, dass wir so lange warten können«, erwiderte Jack.

Aus seiner Zeit in New York wusste er, dass Menschen, die in den Tod springen wollten, nicht immer warteten.

Langsam ging er auf die Leute zu, deren Gesichter er nun erkannte.

Da war Ray mit einer Bierdose in der Hand, als würde er sich ein Spiel ansehen.

Neben ihm stand Billy aus dem Ploughman – der Jack zunickte.

Und Maddie: Sie befand sich näher an dem Geländer als die anderen und schien mit Tim zu reden, obwohl er ihr den Rücken zuwandte.

Da gehört einiges dazu, dachte Jack und sah Maddie an.

Sie könnte an derselben Stelle gestanden haben, als Josh Owen in den Tod sprang.

Jack ging zu Billy und unterhielt sich leise mit ihm.

»Wie lange ist er schon da oben?«, fragte Jack mit einem Nicken zu Tim.

»Ungefähr zwanzig Minuten, schätze ich.«

»Hast du ihn entdeckt?«

Billy schüttelte den Kopf und zeigte auf Maddie.

»Das war *sie*. Sie hat uns angerufen und um Hilfe gebeten. Aber viel können wir nicht tun.«

Jack trat näher an das Geländer, bis er neben Maddie stand.

Sie sah ihn an und schüttelte den Kopf. Es war nicht zu übersehen, dass sie verzweifelt war.

Ihr Gesicht war tränennass, ihr Haar zerzaust.

»Er will es tun«, flüsterte sie.

»Hat er mit Ihnen geredet?«, fragte Jack.

Sie nickte.

»Was hat er gesagt?«

»Das ergibt überhaupt keinen Sinn!«

Jack blickte hinauf zu Tim und versuchte, den Abstand einzuschätzen. Da Tim mit dem Rücken zu ihm stand, könnte er eventuell nach vorn springen, dessen Beine packen und ihn vom Rand zurückziehen, ehe der junge Lehrer reagieren konnte.

Aber es war ein bisschen zu weit.

Er sah wieder zu Maddie.

»Glauben Sie, dass Sie es ihm ausreden können?«

»Nein«, antwortete sie und schüttelte den Kopf. »Und wissen Sie was? Ich weiß nicht mal, warum ich das sollte.«

Mit diesen Worten drehte sie sich weg und ging fort.

Jack sah, wie Sarah sich ihr näherte, einen Arm um sie legte und sie hielt, während Maddie weinte.

Jack blickte zu den anderen auf der Brücke, dann wieder hinauf zu Tim.

Es machte nicht den Eindruck, als wollte sonst jemand hier

irgendwas tun – aber jemand musste Tim hinhalten, bis Hilfe da war.

Dann bleibe wohl nur noch ich, dachte Jack. *Na klasse!*

Vor Jahren hatte er in New York ein paar Kurse über den Umgang mit Selbstmördern gemacht, war allerdings nie in die Lage gekommen, das Gelernte in der Praxis einzusetzen.

Er versuchte, sich an die wesentlichen Punkte zu erinnern, doch leider fiel ihm nur ein, wie er die Kurse seinen Kollegen gegenüber zusammengefasst hatte: *Benutzt einfach euren gesunden Menschenverstand und denkt nach, ehe ihr den Mund aufmacht.*

Das war dreißig Jahre lang sein Motto auf der Straße gewesen – und er war gut damit gefahren. Die Frage war: Würde es auch hier funktionieren?

Das konnte er nur auf eine Art herausfinden.

Er trat vor.

»Kommen Sie nicht näher!«, rief Tim, drehte sich ruckartig um und sah Jack an.

Dabei schwankte er stark und wäre fast gestürzt.

»Holla, Tim, schon gut«, beschwichtigte Jack ihn und hob beide Hände. »Ich bin es nur. Jack Brennan, erinnern Sie sich?«

»Ich werde springen«, sagte Tim. »Das mache ich.«

»Ich weiß.«

»Ich bringe mich um.«

»Ja, das ist mir klar.«

Jack hielt kurz inne. Er musste das Gespräch in die Länge ziehen.

»Aber was ich nicht verstehe, Tim, ist, was Sie damit erreichen wollen.«

»Wie jetzt – was ich *erreichen* will?«, fragte Tim genervt. »Es ist der einzige Ausweg. Damit es keiner erfährt.«

»Was erfährt? Das mit den Drogen?«

»Sie wissen davon?«

Jack nickte.

Er sprach betont ruhig. »Sie haben die in Callum Bradys Spind gefunden und sie in Joshs Haus versteckt. Aber das ist nicht alles, nicht wahr, Tim?«

»Was meinen Sie?«

»Josh war scharf auf den Job, von dem Sie fanden, dass er rechtmäßig Ihnen zustand.«

»*Ich* sollte Konrektor werden. Das war mein Job!«

Wieder schwankte Tim. Ein winziger Fehltritt, und er würde stürzen ... runter in den Fluss und auf die Felsen im Wasser.

Jack sprach in einem ruhigen Tonfall weiter. »Und der Job war nicht das Einzige, was Josh Ihnen wegnehmen wollte, nicht wahr?«

Tim sah ihn an.

Jack nickte zu den Leuten am Ufer.

Maddie ...

»Es ging auch um Maddie, hmm?«

Tims Augen verengten sich.

Selbst hier in der Dunkelheit, wo nur etwas Licht von den Autoscheinwerfern die Szenerie beleuchtete, waren seine Augen sehr klar zu sehen.

»Aber das wollten Sie nicht zulassen.«

Schließlich sagte Tim: »Sie wissen gar nichts!«

Jack nickte.

»Ich fürchte, da irren Sie sich, Tim. Callum und sein Kumpel Jake ... Die haben Sie in jener Nacht gesehen. Mit Josh. Maddie hatte Sie zu Hause abgesetzt, doch Sie konnten nicht einfach dableiben. Sie mussten ihn suchen gehen.«

Ein kaum merkliches Nicken von Tim.

»Owen war ein Mistkerl.«

»Ich schätze, Sie haben im Pub die Drogen in sein Bier getan, stimmt's? Aber das war nicht genug.«

Noch ein Nicken.

»Zuerst war es witzig«, sagte Tim. »Doch ich wollte mehr.«

»Sie sind ihm gefolgt . . .«

»Das Schwein sollte wissen, dass er damit nicht durchkommt! Alles hat er kaputt gemacht!«

Tim wurde lauter, sodass seine Stimme von den Steinen widerhallte.

Jack nickte.

Das Bild war vollkommen klar. Sie beide hier. Der drogenverwirrte Josh, der schrie und herumbrüllte. Tim, der immer entschlossener wurde, noch etwas mehr zu tun.

Etwas Drastisches.

»Es endete genau hier, hmm?«

Ein letztes Nicken.

Tim sah weg. »Ich musste sicherstellen, dass er nichts von all dem bekommen würde, was mir zusteht.«

Jack stellte sich Josh vor, wacklig und irre wie Tim jetzt gerade, der oben auf dem Geländer stand. Und Tim, der ihn beschimpfte und ihm drohte.

Es würde nichts weiter brauchen als . . .

Nun senkte Tim die Stimme.

»Ja, ich habe ihn geschubst. Wollten Sie das von mir hören? Und j-jetzt ist alles erst recht hinüber. Es ist . . .«

Als Tim sich umblickte wie ein in die Enge getriebenes Tier . . .

Machte Jack einen Schritt nach vorn.

Einen ganz kleinen Schritt.

Unmerklich.

»Ich könnte sowieso nie wieder unterrichten, oder? Ich würde ins Gefängnis kommen. Wie lange sitzen Mörder heutzutage?«

Jack antwortete ganz ruhig: »Das war nur ein mieser Abend.

Eine miese Entscheidung, Tim. Das ist alles. Es wäre nicht für den Rest Ihres Lebens ...«

Jack wartete darauf, dass Tim etwas erwiderte.

Er blickte hinüber zu Sarah. Nach wie vor keine Spur von Alan.

Ich muss dafür sorgen, dass er weiterredet, bis die Profis da sind, dachte er.

»Was Ihnen passiert ist«, sagte Jack, »wäre für jeden schwer auszuhalten.«

Ich habe keinen Schimmer, worauf ich hinaus will, dachte Jack. *Ich muss nur noch ein winziges Stück näher rankommen.*

Er sah, wie Tim auf der Brüstung in die Hocke ging und abermals schwankte.

Tims Gesicht war nahe.

Und er in Reichweite.

Er beugte sich vom Wasser und der Schwärze unten weg, sodass sich der Schwerpunkt seines Körpers zu Jack und dem Licht hin verlagerte.

»Wollen Sie wissen, was er gesagt hat?« Tim holte Luft. »Josh Owens letzte Worte?«

Könnten die auch Tims sein?

»Ja, geben Sie sie wieder.«

»Er sagte, dass ich Maddie nicht *verdiene*. Er sagte ... dass ich niemals Konrektor werde.«

Jack nickte. Tim machte die ganze Szene jener Nacht ... wieder lebendig.

Auf einmal wurde seine Stimme tiefer, dunkler, als er nach unten sah. »Deshalb ... musste ich ... verstehen Sie? Ich meine ...«

Und dann bewegte Jack sich.

Er machte einen Satz nach vorn, riss die Arme so schnell hoch, dass Tim keine Zeit zum Reagieren blieb, und umklammerte ihn fest.

309

Tim ächzte unter dem Druck.

Beide fielen rückwärts auf die Straße; Jack wappnete sich erst noch vor der harten Landung auf dem Asphalt, mit Tims Gewicht auf sich. Er hörte Tim aufschreien und sah aus dem Augenwinkel, dass nun die anderen – gleichsam in Zeitlupe – auf ihn zukamen.

Tims Gesicht war gegen Jacks gepresst, schockstarr von dem Sturz.

Im nächsten Moment wurde Tim von Jack hochgehoben. Als Jack aufblickte, hielten Billy und Ray den Lehrer an den Armen fest. Sarah kam zu Jack gerannt und kniete sich neben ihn.

»Jack, ist alles in Ordnung?«

»Mir geht es gut«, antwortete er. »Glaube ich jedenfalls.«

Sarahs Gesicht war über ihm, und sie lächelte.

»Solange ich nicht aufstehen muss«, ergänzte er. »Mit meinen Knien ist das schon schlimm genug. Aber meinem Rücken wird das morgen früh kein bisschen gefallen.«

Dann streckte ihm seine allzeit verlässliche Partnerin eine Hand entgegen.

Sie half Jack auf.

Dieser Abend – dieser Fall – war so gut wie zu Ende.

43. Dinner im Spotted Pig

Sarah blickte die lange Tafel hinunter – vorbei an Blumen, Wein- und Wasserflaschen – zu Jack am anderen Ende, der seinen Martini trank und mit Helen plauderte, ihrer Mutter.

Ihr wurde bewusst, dass sie seit Monaten nicht so glücklich gewesen war wie jetzt.

Und das lag nicht allein an dem Dinner im Spotted Pig – Cherringhams sehr besonderem und sehr edlem Restaurant.

Oder an den Leuten, mit denen sie hier war – ihrer Familie und alten wie neuen Freunden.

Ihr Vater Michael. Helen. Tony. Sogar die dankbare Schulleiterin Louise.

Nein.

Es gab einen anderen Grund, weshalb sie sich so gut fühlte: Jack und sie hatten wieder gemeinsam an einem Fall gearbeitet – und ihn gelöst. Sarah hatte befürchtet, dass sie das nie wieder erleben würde.

Und – allein bei dem Gedanken stockte ihr der Atem – jetzt fürchtete sie, dass dies in Zukunft auch nie wieder geschehen würde.

Zwar hatte Jack vor wenigen Tagen gesagt, er wollte versuchen, einmal im Jahr zu Besuch nach Cherringham zu kommen, doch im Grunde wusste Sarah, dass dies unwahrscheinlich war.

Sein Boot war repariert. Jack hatte es noch nicht verkauft, doch es gab schon eine Menge Interessenten.

Und obgleich sie das Thema die letzten Tage gemieden hatten, war sie sicher, dass er inzwischen seinen Heimflug gebucht hatte.

Nichts hielt ihn mehr hier.

Dieses besondere Essen – als Dankeschön von Tony und Louise organisiert – könnte das letzte Mal für lange Zeit sein, dass sie Jack sah.

»Ein Steak, blutig, mit Pfeffersoße«, verkündete Julie. Die Mitbesitzerin des Restaurants war direkt neben Sarah aufgekreuzt und riss sie jäh aus ihren Gedanken.

»Das muss Jacks sein«, sagte Sarah lachend. »Wir kommen seit Jahren her, und ich habe noch nie – *niemals* – gesehen, dass Jack etwas anderes bestellt hat.«

»Hey, ich hatte auch mal die Austern«, erwiderte Jack grinsend. »Das ist wahr!«

»Nur weil sie dich deine eigene Soße dazu machen ließen – stimmt's nicht, Julie?«

Sarah schaute zu, wie Julie noch mehr Teller verteilte und sich dabei um den Tisch herumbewegte.

»Sam redet bis heute von dem fürchterlichen Tag, als ›ein großer, kräftiger Yankee‹ in seine Küche stürmte und Zutaten verlangte, um eine anständige ›Cocktailsoße‹ zuzubereiten«, berichtete Julie. »Was für eine verrückte Mischung!«

»Ist das wahr, Jack?«, fragte Louise lächelnd.

»Ich weiß überhaupt nicht, wovon sie redet«, antwortete Jack und versuchte, sehr unschuldig dreinzublicken.

»Die hat er sogar bei uns zu Hause ausprobiert«, sagte Sarahs Mutter. »Obwohl ich es ihm natürlich, nachdem wir sie gekostet hatten, nicht nur nachsah, sondern mir auch das Rezept geben ließ.«

»Wofür ich dir ewig dankbar sein werde, Jack«, ergänzte Sarahs Vater.

»Vorsicht, Michael«, warnte Jack. »Wir alle wissen, dass Helen eine fabelhafte Köchin ist. Und nun ...«

Sarah sah, wie er sein Glas erhob.

»Wie wäre es mit einem weiteren Toast?«

»Man kann nie genug Toasts haben«, sagte Tony und hob sein Glas in die Höhe. Die anderen am Tisch taten es ihm gleich.

»Auf die britischen Köche! Ihr habt euch über die Jahre erheblich verbessert, und dafür danken wir Yankees euch!«

»Auf die britischen Köche!«, wiederholten die anderen am Tisch lachend.

»Ich richte es Sam aus«, versprach Julie. Bevor sie sich zurückzog, fügte sie noch hinzu: »Aber erwartet ja keine Freigetränke – ich kenne Ihre Tricks, Jack Brennan.«

»Unschuldig bis zum Beweis des Gegenteils, Euer Ehren«, konterte er.

»Esst, meine Guten«, forderte Tony alle am Tisch auf. »Bitte.«

Sarah machte sich über ihr Enten-Confit her. Die kleinen Scheiben waren exquisit – und für ein oder zwei Minuten wurde es still am Tisch, während alle ihr Hauptgericht genossen.

»Apropos unschuldig«, sagte Louise. »Was gibt es Neues über eure verhafteten Verbrecher?«

»Tony?«, fragte Jack.

Tony legte sein Besteck hin.

»Nun, wie ich hörte, wurde Tim Wilkins, der arme Kerl, wegen Mordes angeklagt und wird derzeit in einer geschlossenen Abteilung behandelt. Ich bezweifle, dass es bald zu einem Prozess kommt. Eure Freunde vom Imbisswagen sind wegen Drogenhandels angeklagt, allerdings noch auf Kaution frei.«

»Meinst du, der jüngere Bruder – Ted – wird genauso hart bestraft wie Rikky?«, wollte Sarah wissen.

»Hmm, soweit ich gehört habe, wird er wahrscheinlich ohne Gefängnisstrafe davonkommen. Sein älterer Bruder dürfte weniger Glück haben.«

»Und Callum Brady?«, fragte Louise.

»Keine guten Aussichten«, antwortete Tony. »Er ist noch ein Jugendlicher, also wird man ihn in eine Jugendstrafanstalt stecken.«

»In dem Fall müssen wir hoffen, dass er nicht erst recht auf die schiefe Bahn gerät«, meinte Louise.

»Es ist schwierig für junge Leute, sich aus solch einem Sumpf zu befreien«, sagte Jack. »Aber ich habe es schon erlebt. Und was ist mit diesem Kerl – wie hieß er noch? –, Ross? Angeblich wurde er noch am selben Abend wegen Drogenhandels angeklagt.«

»Ja«, bestätigte Tony. »Marc Ross. Die Strafverfolgungsbehörden waren anscheinend schon einige Zeit hinter ihm her. Der Kerl steht in dem Ruf, sich nie selbst die Finger schmutzig zu machen. Unser guter Alan Rivers kann mächtig stolz auf sich sein, Drogen im Wert von zwanzigtausend Pfund in seinem Auto gefunden zu haben, und das bei einer gewöhnlichen Verkehrskontrolle. Das ist sehr gut für ihn.«

»Er ist ja auch ein guter Polizist«, sagte Jack.

»Und was passiert denn jetzt mit Ross?«, hakte Michael nach.

»Nun, sie haben sein Haus auseinandergenommen und seine Clubs in Gloucester und Oxford auf den Kopf gestellt. Es heißt, dass sie ein sehr großes Schmuggel- und Vertriebsnetzwerk hochgenommen haben. Ich schätze, dass er an die zehn Jahre bekommen wird.«

»Bravo!«, rief Michael, klopfte auf den Tisch und blickte zu Jack und Sarah.

Dann sah Sarah, dass er sich wieder an die »offizielle Version« erinnerte.

»Ah, ich meine, bravo, Alan!«, korrigierte er sich rasch.

Die anderen erhoben wieder ihre Gläser.

»Bravo, Alan!«

»Natürlich«, sagte Louise, während sie lächelnd ihr Glas abstellte, »war es ein außergewöhnliches Zusammentreffen zufälliger Umstände.«

»Inwiefern?«, fragte Jack betont ahnungslos.

»Ross begeht einen solchen Fehler und wird in derselben Nacht verhaftet, in der Sie Cherringhams Drogenproblem und den Tod von Josh Owen aufklären.«

»Hmm«, machte Jack.

»Übrigens, Louise«, sagte Michael. »Ich habe schon häufiger solche Zufälle bemerkt, wenn Jack mit im Spiel gewesen ist. Du nicht auch, Tony?«

»Ja, richtig«, pflichtete Tony ihm bei. »Fast so, als könnte der Mann Festnahmen aus heiterem Himmel herbeibeschwören.«

Sarah sah, wie Tony grinsend Jack ansah und die beiden anstießen.

»Auf die Magie der Polizeiarbeit!«, sagte Tony.

Jack trank seinen Kaffee und sah sich am Tisch um. Sein Blick begegnete Sarahs, und sie lächelte ihm zu.

Er erwiderte ihr Lächeln. Dann schaute er zu Tony, der ihm kaum merklich zunickte.

Nun sah er auf seine Uhr und durch die großen offenen Fenster zur Cherringham High Street.

Es war fast zehn Uhr abends und immer noch hell draußen. Leute schlenderten durchs Dorf und genossen den warmen Sommerabend.

Dann schlug die Glocke von St. James zur vollen Stunde.

Und wieder sah Jack zu Sarah.

Sie bemerkte es und blickte ihn fragend an.

Sie kennt mich zu gut, dachte er, während er sie anlächelte. *Und sie weiß, dass ich etwas vorhabe.*

Anschließend klopfte er vorsichtig mit seinem Teelöffel gegen das Weinglas, bis alle verstummt waren, und stand auf.

»Danke, meine lieben Freunde«, sagte er. »Nun, ich bin kein großer Redenschwinger – was ihr, wie ich denke, alle wisst. Anscheinend liegen mir Taten mehr als Worte. Taten können eine Menge erklären, und das zu erkennen ist doch die eigentliche Aufgabe der Polizeiarbeit, nicht wahr? Zu sehen, wie etwas geschieht, es zu rekonstruieren und dann die Bedeutung herauszuarbeiten. Nach der Geschichte dahinter zu suchen, dem Sinn.«

Er blickte sich am Tisch um. Alle hörten ihm zu – neugierig und nicht ganz sicher, worauf dies hier hinauslaufen sollte.

Tony wusste natürlich Bescheid. Ihm hatte Jack es vor dem Dinner verraten.

Das ist Teil des Plans.

»Also, sehen wir mal, wer herausbekommt, was dies hier bedeutet ...«

Er hob einen Arm und wies zur Tür des Spotted Pig, wo ein grinsender Daniel stand.

»Was ist hier los, Jack?«, fragte Sarah.

Jack zwinkerte ihr zu und zeigte erneut zur Tür.

In dem Moment kam Chloe herein, mit einem Welpen in den Armen.

Ein Springer Spaniel – die gleiche Fellfarbe wie bei Riley.

Jack wandte sich wieder zu Sarah um.

Ich liebe es, ihr beim Nachdenken zuzusehen, dachte er.

Langsam drehte Sarah ihm das Gesicht zu, auf dem sich plötzlich ein Lächeln zeigte.

»Warte mal! Moment!« Jetzt ging ihr ein Licht auf. »Du gehst nicht weg, Jack?«

»Nein.«

Daniel und Chloe kamen mit dem Welpen zum Tisch und stellten sich neben Sarah.

Daniel grinste so glücklich, wie Jack ihn seit Langem nicht gesehen hatte.

Jack bemerkte, dass Sarah eine Träne im Auge hatte, die sie hastig wegwischte.

»Ich verstehe nicht«, sagte Michael.

»Der Welpe ist ein Geschenk, nicht?«, fragte Sarah.

»Er ist ein Großneffe von Riley, haben sie beim Züchter gesagt«, erklärte Jack.

»Ein Geschenk an Chloe und Daniel, weil Riley wieder zu dir zieht.«

»Korrekt«, antwortete Jack.

»Du sagtest, dass du Riley niemals mit zurück in die Staaten nehmen würdest. Also heißt das, du bleibst auf der *Goose*?«

»Wieder korrekt.«

»Was ist mit deiner Tochter – und deiner Enkelin?«

»Wie sich herausgestellt hat, haben sie in den letzten Wochen erkannt, dass sie prima ohne mich zurechtkommen. Und außerdem sind sie selbst im Aufbruch – neuer Job, neues Land. Australien.«

Sarahs Begeisterung könnte kaum größer sein, dachte er.

Dies hier war – perfekt.

»Also ... bleibst du ... in Cherringham?«

»Und abermals korrekt, Detective.«

Und auf einen Wink von Tony hin erschien Julie mit zwei Flaschen Champagner. Jack war überwältigt von den Umarmungen und Küssen sowie dem herzlichen Händeschütteln, als sich alle am Tisch um ihn scharten.

Der letzte Kuss war – von Sarah.

»Ich *wusste*, dass du etwas vorhattest!«, sagte sie.

»Wundert mich nicht. Du hast einen sehr guten Instinkt entwickelt. Aber du wusstest nicht, was ich geplant hatte, oder?«, fragte Jack. »Noch bin ich dir einen Schritt voraus – wenn auch nur einen kleinen.«

»Pass ja auf, Jack Brennan! Ich hole auf!«

Sie umarmte ihn wieder und drehte sich um, als Chloe ihr den Welpen gab.

»Mum, ist der nicht bezaubernd?«

»Was für ein Süßer«, sagte Sarah und knuddelte den jungen Spaniel. Dann wandte sie sich wieder zu Jack um. »Hat er schon einen Namen?«

»Noch nicht«, antwortete Jack. »Ich dachte, wir feiern noch ein wenig und denken uns gemeinsam einen Namen aus.«

»Dann ist das hier eine Nicht-Abschiedsparty?«, fragte Sarah. Sie reichte den Welpen an Daniel weiter, der sich zu den anderen an den Tisch setzte.

»Gefällt mir«, sagte Jack. »Eine Nicht-Abschiedsparty.«

Sarah nahm ihr Champagnerglas und reichte Jack seines.

»Auf den Nicht-Abschied!«, sagte sie lächelnd.

Er stieß mit ihr an und lächelte ebenfalls.

»Ja, auf die Zukunft in Cherringham!«

ENDE

Die Community für alle, die Bücher lieben

Das Gefühl, wenn man ein Buch in einer einzigen Nacht verschlingt – teile es mit der Community

In der Lesejury kannst du
- ★ Bücher lesen und rezensieren, die noch nicht erschienen sind
- ★ Gemeinsam mit anderen buchbegeisterten Menschen in Leserunden diskutieren
- ★ Autoren persönlich kennenlernen
- ★ An exklusiven Gewinnspielen und Aktionen teilnehmen
- ★ Bonuspunkte sammeln und diese gegen tolle Prämien eintauschen

Jetzt kostenlos registrieren: www.lesejury.de
Folge uns auf Facebook:
www.facebook.com/lesejury